btb

Aus Freude am Lesen

Die Journalistin Emma hat nach einem Skandal ihre Heimatstadt Bremen verlassen. Gerade versucht sie bei einem Berliner Radiosender Fuß zu fassen, da wird der amerikanische Professor Tom Rosenberg ermordet. Emma gelingt es, als Erste von dem Vorfall in der Universität zu berichten. Sie findet heraus, dass der jüdische Wissenschaftler deutsche Wurzeln hatte und sich durch seine Publikationen in einigen Zirkeln nicht gerade beliebt gemacht hatte. Bei ihren Recherchen kommt Emma schließlich nicht nur dem ermittelnden Kommissar Edgar Blume in die Quere. Sie deckt eine unglaubliche Geschichte um Neid, Liebe und Verrat auf, die in die Bauhaus-Szene der Vorkriegsjahre reicht und in die selbst honorige Berliner Kreise verstrickt sind. Und sie merkt fast zu spät, dass der Täter es längst auf sie abgesehen hat …

MECHTHILD LANFERMANN ist 1969 in Niedersachsen geboren. Sie studierte Theater-, Film- und Fernsehwissenschaften und später Journalistik an verschiedenen deutschen Hochschulen und an der Sorbonne in Paris. Nach dem Studium arbeitete sie als Reporterin und Redakteurin beim *WDR*, bei *Radio Bremen*, beim *RBB* und bei *Deutschlandradio Kultur*. Als Dozentin an der Hochschule für Musik, Theater und Medien in Hannover lehrt sie seit kurzem Hörfunk. »Wer im Trüben fischt« ist ihr erster Roman. Mechthild Lanfermann lebt mit ihrem Mann und zwei Kindern in Berlin.

Mechthild Lanfermann

Wer im Trüben fischt

Kriminalroman

btb

MIX
Papier aus verantwortungsvollen Quellen
FSC® C083411

Verlagsgruppe Random House FSC-DEU-0100
Das für dieses Buch verwendete
FSC®-zertifizierte Papier *Lux Cream*
liefert Stora Enso, Finnland.

1. Auflage
Originalausgabe Mai 2012

Umschlaggestaltung: semper smile, München
Umschlagmotiv: Bertrand Benoit/cg textures,
plainpicture/whatapicture, plainpicture/iStockphoto
Satz: Uhl + Massopust, Aalen
Druck und Einband: CPI – Clausen & Bosse, Leck
SL · Herstellung: BB
Printed in Germany
ISBN 978-3-442-74376-6

www.btb-verlag.de

Bremen, im März

Ihr rechter Fuß war eingeschlafen. Vorsichtig streckte sich das Mädchen und schüttelte ihn. Es kribbelte wie tausend Ameisen. Sie horchte nach draußen, hörte aber nur einen Traktor weit entfernt über die Felder tuckern. Ein leichter Güllegeruch hing im Raum. Die Bauern düngten die Felder.

Das Mädchen prüfte, ob der Fuß das Gewicht des Körpers halten konnte, und trat aus der Nische. Noch einmal blieb sie stehen und lauschte. Nur der Traktor. Sie musste auf die Toilette, traute sich aber nicht, quer über den Hof zu laufen, sie wollte weder vom Hausmeister noch von einem verspäteten Lehrer gesehen werden. Sie machte einen Schritt auf die schwere Brandschutztür der Turnhalle zu und zog mit aller Kraft. Knarzend öffnete sich die Tür. Das Mädchen erstarrte, horchte, aber alles blieb still. Sie schlüpfte in die Halle und stemmte sich gegen die Tür, die langsam zurück ins Schloss fiel.

In der kleinen Turnhalle mischte sich der Güllegeruch von den Feldern mit dem Geruch nach Schweiß, Gummi und Putzmitteln. Die Sohlen der Turnschuhe quietschten, als das Mädchen quer durch die Halle zur Materialecke ging. Sie zog ein Springseil aus der Halterung und kletterte auf den Matratzenwagen. Rund dreißig Matten waren hier gestapelt, die eine oder andere ragte aus dem Stapel heraus. Die Vorsprünge dienten dem Mädchen als Stufen. Oben angekommen, richtete sie sich vorsichtig auf und legte das Seil in Schlaufen zusammen. Als sie das Gefühl hatte, mit beiden Beinen sicher zu stehen, blickte sie nach oben. Die Decke war niedriger als im Hallenbereich. Rund zwei Meter über dem Kopf des Mädchens war ein Stangengerüst montiert. Darauf lagerten die Sportlehrer die Hockeyschläger. Das Mädchen wog das Seil locker in der Hand und warf es dann zum Gestänge hoch. Fünf Versuche waren nötig, bis sich eine Schlaufe um die Stangen legte. Sie fasste die beiden Enden des Seils und verknotete sie.

Prüfend legte sie sich mit dem ganzen Gewicht auf das Seil. Der Knoten hielt der Belastung stand. Das Mädchen nahm das eine Ende und knüpfte eine Schlinge. Sie hatte die Öffnung klein gewählt und musste ihren Kopf mit Mühe hindurchzwängen. Einen Augenblick stand sie still. Dann kniff sie die Augen zusammen und machte einen Schritt vom Mattenwagen ins Leere.

Berlin, Oktober. Ein halbes Jahr später

Am Eröffnungsabend der neuen Universität betrat der Professor als einer der ersten den Festsaal.

Bei wichtigen Treffen zog er es vor, früh da zu sein. Damit ersparte er sich die Blicke, wenn er mit seinem schleppenden Gang den Raum durchquerte.

Weiter hinten entdeckte er ein paar Bekannte. Der Weg war lang für ihn. Als er es endlich geschafft hatte, hob er grüßend die Hand, um sie beim Fallenlassen unauffällig über die Stirn zu wischen. Die Runde begrüßte ihn respektvoll. Ein Kollege, den er von früher kannte, reichte ihm ein Glas Champagner.

Der Professor hatte viele Kontakte. Bei einem Mann mit seinem beruflichen Renommee blieb das nicht aus. Aber in einer Gruppe von Leuten, die vielleicht seinen Namen, nicht aber sein Handicap kannten, überfiel ihn die alte Scheu.

Bei einem Treffen unter vier Augen konnte er leichter über seine Behinderung sprechen. Kinderlähmung, sagte er sofort, wenn der Blick auf seine Beine fiel. Dann machte er einen Witz, um dem anderen aus der Verlegenheit zu helfen. Dabei achtete er darauf, nicht bitter zu klingen.

Der Kollege erzählte gerade von seinen Berufungsverhandlungen mit dem neuen Präsidenten der Universität. Der Professor nickte, lächelte und nippte in Abständen an seinem Glas Champagner. Was er wohl als Gehalt kriegt, dachte er und fragte sich, ob er selbst zu schnell unterschrieben hatte. Als er den Kopf vom Glas hob, begegnete er dem Blick einer

Frau aus der Runde. Sie war kaum jünger als er, hatte dunkles Haar und trug einen flaschengrünen Anzug. Sie lächelte ihm zu, und es schien ihm, als habe sie eben dasselbe gedacht wie er.

Im Laufe der nächsten Stunde füllte sich der Saal.

Die Mitarbeiter standen um hohe Tische gruppiert und aßen von den Häppchen, die Kellner auf Silbertabletts durch den Raum trugen. Bekannte trafen sich wieder, neue Kollegen wurden vorgestellt.

An diesem Abend des Kennenlernens, noch bevor die Arbeit losging, gab es Momente, in denen sich der Professor als Teil des Ganzen fühlte. Und das machte ihn zu einem glücklichen Mann.

Jeder akademische Leiter, der eine führende Position übernehmen sollte, wurde kurz erwähnt und sagte selbst ein paar Worte zur Begrüßung.

Auch der Professor wurde aufgefordert sich vorzustellen. Es gelang ihm mit Souveränität. Dass er nervöser war als üblich, zeigte sich höchstens an seinen Fingern, die auf das Glas in seinen Händen trommelten.

Als Tom Rosenberg den Saal betrat, stand der Professor an der Bar und bestellte weitere Gläser Champagner. Ihm fiel auf, dass Rosenberg bleich und seltsam derangiert wirkte. Sogar sein flammend rotes Haar erschien blass.

Auch der Präsident hatte Rosenberg entdeckt.

»Mein lieber Tom«, rief er und ging auf Rosenberg zu, der ihm linkisch entgegenblinzelte, »da sind Sie ja endlich.«

Er legte dem Mann seine rechte Hand auf die Schulter, während er mit der linken nach seiner Referentin winkte, die mit dem schnurlosen Mikrofon auf die beiden zugelaufen kam. Tom Rosenberg hatte bislang in keiner Weise reagiert. Weder erwiderte er die Umarmung, noch wehrte er sich dagegen.

Der Professor reichte einem Kollegen ein Glas Champagner. Auf dem Glas blieb ein feuchter Abdruck seiner Finger. Schnell wischte er ihn weg und lachte über einen Scherz, den die brünette Frau machte. Ihm fiel auf, dass sie stark geschminkt war.

Der Präsident räusperte sich laut in das Mikrofon hinein.

»Meine sehr verehrten Damen und Herren. Liebe Kollegen. Ich möchte Ihnen jetzt den Mann vorstellen, den wir glücklicherweise für unsere einjährige Gastdozentur haben gewinnen können. Viele von Ihnen kennen ihn durch seine Publikationen: Tom Rosenberg.«

In den freundlichen Applaus hinein reichte der Präsident Rosenberg das Mikrofon. Er musste es dem seltsam passiven Gastdozenten fast in die Hand drücken.

Im Saal war es still. Die brünette Frau an der Seite des Professors reckte sich, um besser sehen zu können. Der Professor entlastete unmerklich sein rechtes Bein. Rosenberg rührte sich nicht.

Der Präsident lächelte verunsichert.

»Bitte, stellen Sie sich doch kurz Ihren neuen Kollegen vor, Professor Rosenberg.«

Alle schauten auf den hochgewachsenen schlanken Mann. Auch der Professor starrte zu ihm hinüber. Seine Finger krallten sich so fest um das Champagnerglas, das es beinahe zerbrach.

Rosenberg blickte starr auf den Präsidenten. Er hustete lange. Dabei hielt er sich die Hand mit dem Mikrofon vor den Mund, so dass die keuchenden Töne durch den Raum hallten.

Der Präsident wechselte einen Blick mit seiner Referentin.

Dann schaute er wieder Rosenberg an. Er setzte ein breites Lächeln auf und deutete ihm mit einer Handbewegung an, er solle ins Mikrofon sprechen.

Rosenberg fing sich wieder. Er sagte etwas, das der Professor auf die Entfernung nicht verstehen konnte. Der Präsident schüttelte den Kopf. Rosenberg sah ihn wieder an, eine Ewigkeit lang. Im Saal wurde es unruhig. Die brünette Frau lachte nervös und tastete nach ihrem Haar. Rosenberg fuhr mit der linken Hand in seine Anzugtasche und holte einen Zettel heraus.

Der Professor hielt den Atem an. Rosenberg schob den Zettel dicht vor die Augen. Als er endlich die Hand mit dem Mikrofon zum Mund führte, klang seine Stimme heiser. Er las die Worte vom Zettel ab. Die Lippen des Professors bewegten sich synchron zu den Worten, die Rosenberg mit starkem amerikanischem Akzent sagte:

»Ich kann die Professur nicht annehmen.«

Ein Raunen ging durch den Saal. Dem Präsidenten blieb der Mund offen stehen. Komm schon, dachte der Professor. Er fuhr sich über die schweißnasse Stirn. Sag es.

Rosenberg hob leicht die Hand. Sofort war es wieder still. Er wendete sich noch einmal dem Blatt zu.

»Ich fühle mich dieser Stellung nicht würdig.«

Der Professor atmete aus. Rosenberg gab das Mikrofon an den Präsidenten zurück. Seine Lippen formten einige Worte, die der Professor auch auf die Entfernung ahnte – I`m sorry. Der Präsident schaute ihn mit offenem Mund an. Rosenberg blickte über den Kopf des Präsidenten suchend durch den Saal. Der Professor drehte sich ein wenig zur Seite und nahm einen Schluck aus seinem Glas. Sein rechtes Bein schmerzte stärker als gewöhnlich. Das Geraune im Saal schwoll an.

»Aber mein lieber Freund, wissen Sie denn überhaupt, was Sie da …«

In dem Moment ging die Stimme des Präsidenten im Gemurmel unter. Seine Referentin hatte ihm das Mikrofon sanft aus der Hand genommen und es ausgestellt.

Der Professor gab vor, sich auf dem Stehtisch abstützen zu müssen. Jetzt stand die brünette Frau zwischen ihm und der kleinen Gruppe um Rosenberg. Über ihre Schulter warf der Professor einen Blick auf die Szene. Der Präsident redete auf Rosenberg ein. Der stand mit halbgeschlossenen Augen da und wankte leicht. Besorgt sprach ihn die Referentin an. Rosenberg sagte ein paar Worte zu ihr. Die Referentin nickte und führte ihn zur Glastür. Dort fasste Rosenberg sie kurz am Ärmel. Wieder sagte er etwas. Die Frau blieb stehen. Rosenberg verschwand durch die Tür.

Das Geraune im Saal steigerte sich zu einem Tumult.

Die Frau neben dem Professor beugte sich über den Stehtisch. Dabei geriet ihr Busen auf die Tischplatte und wurde leicht nach oben gedrückt.

»Na, das ist ja eine Überraschung. Was soll man denn davon halten?«

Der Professor betrachtete sie lächelnd.

»Ich denke, der Mann ist feige. Sich hinzusetzen und ein Buch auf Kosten anderer zu schreiben ist eben doch einfacher, als zweihundert Studenten gegenüberzustehen.«

Die Frau musterte das Gesicht des Professors. Sie trat einen Schritt zurück und nahm einen tiefen Zug aus ihrem Glas. Als sie es absetzte, war der Lippenstift an ihrem Mund verwischt. Sie tupfte über ihre Lippen und sagte spitz:

»Nun, ganz so einfach ist die Sache wohl nicht.«

Mit einer halben Drehung wandte sie sich vom Professor ab und fing ein Gespräch am Nebentisch an. Der Professor hielt sein Lächeln bei und schwenkte sein Champagnerglas. Als er merkte, dass es bereits leer war, stellte er es behutsam ab und verließ mit schleppendem Gang den Saal.

Der Sender war in den obersten Stockwerken eines Einkaufszentrums untergebracht. Jetzt am Morgen herrschte hier noch wenig Betrieb. Durch die Lautsprecheranlage dröhnten Popsongs, unterbrochen von Sonderangeboten der Läden.

Drei Mädchen in identischen Miniröcken fuhren vor Emma die Rolltreppe nach oben. Wegen der Lautstärke der Beschallung unterhielten sie sich laut über das Fernsehprogramm am Vorabend. Emma wechselte ihre Tasche von der rechten zur linken Schulter. Sie hatte alles eingepackt, Aufnahmegerät, Mikrofon, Block, Kalender und Mobiltelefon. Fast hätte sie aus Routine noch das dicke Adressbuch dazugelegt. Darin standen die Kontaktdaten wichtiger Ansprechpartner, von der Polizei und der Feuerwehr, Handynummern von Bezirkspolitikern und Wirtschaftsfachleuten. Das Buch hatte sie über Jahre zusammengestellt und die Nummern aus lauter Sentimentalität nicht in ihr Handy übertragen. Doch hier in Berlin nutzten ihr die alten Kontakte nichts.

Oben zeigte sie dem Pförtner ihren Presseausweis und wurde von ihm nach links geschickt. In den Räumen der Redaktion stand sie etwas verloren an der Tür, bis ein cirka 30jähriger Mann die Zeit fand, sie zu begrüßen. Er sagte, er heiße Sebastian und sei der Redaktionsassistent. Er war es auch, der sie in der Morgensitzung als neue freie Mitarbeiterin vorstellte.

Sie murmelte einige Worte zur Begrüßung und setzte sich auf einen freien Platz in einer Ecke. Im Laufe des Tages wurde sie durch die Räume geführt und hörte sich verschiedene Beiträge auf dem Computer an, um das Tempo und die Wortwahl auf der Welle zu erfassen. Gegen halb zwölf holte sie sich vom Frühstücksbuffet aus der Kantine ein Brötchen mit Käse, dessen Rand sich schon nach oben wellte. Als Kollegen sie eine Stunde später einluden, zum Essen mitzukommen, sagte sie, sie hätte keinen Hunger. Am Nachmittag bekam sie einen kleinen Job, ein Zusammenschnitt für den nächsten Morgen. Sie war erleichtert, denn Geld gab es nur, wenn etwas über den Sender lief. Darauf muss ich jetzt achten, dachte sie.

Gegen Abend verlangsamte sich das Arbeitstempo. Viele Kollegen hatten ihre Beiträge für den Tag abgeliefert. Sie blieben an den Schreibtischen stehen, fingen an zu plaudern oder verabredeten sich auf ein Feierabendbier.

Immer öfter spürte Emma neugierige Blicke. Ein älterer Kollege fragte sie gleich zweimal, ob er ihr alles zeigen solle. Emma lehnte jedes Mal ab und sprach von der Arbeit für das Frühprogramm, die sie noch erledigen musste. Der Mann schlenderte von Tisch zu Tisch und behielt sie im Auge. Auf dem Rückweg blieb er wieder neben ihr stehen. Was sie denn hierhergeführt hätte, wollte er wissen. Er lächelte, und seine Augen glänzten vor Neugier. Emma spürte, wie die Gespräche um sie herum leiser wurden. Wenn sie noch der Mensch von früher gewesen wäre, dann hätte sie jetzt gelacht.

Sie stand auf und fragte leise nach dem Weg zur Toilette.

Vielleicht eine Stunde. Der Mann war Diabetiker. Zuckerschock und dann Ende Gelände.«

Ächzend erhob sich der Rechtsmediziner.

Kommissar Edgar Blume atmete hörbar durch die Nase ein.

»Was ist das hier für ein Geruch?«

»Aceton.«

Der Rechtsmediziner zog mit einem schnappenden Geräusch den Gummihandschuh von den Fingern.

»Aceton strömt der Körper aus, wenn er überzuckert ist, wenn ein Diabetiker also kein Insulin zu sich nimmt, um seinen Zuckerpegel zu stabilisieren.«

»Und was ist das?«

Blume zeigte auf die Tasche mit den Patronen, die die Leute von der Spurensicherung gerade in Plastikbeutel verpackten.

»Insulin. Drei volle Ampullen.«

»Warum hat er es nicht genommen?«

»Gute Frage.«

Der Rechtsmediziner strich seine Hose glatt. Unter dem Kittel trug er einen eleganten Abendanzug. Er warf einen Blick auf seine Armbanduhr und seufzte.

»Es gibt verschiedene Möglichkeiten. Entweder ist das Insulin erst später hier abgestellt worden ...«

Blume sah den Rechtsmediziner stirnrunzelnd an. Unwahrscheinlich, dachte er.

»Oder?«

»Oder das Insulin hat nicht gewirkt.«

»Was glauben Sie?«

»Letzteres. Schauen Sie mal.«

Der Mediziner winkte dem Beamten, der die Insulinpatronen einpackte. Er nahm die Plastiktüte und hielt sie Blume unter die Augen.

»Sehen Sie die Schlieren? Das Eiweiß ist kurz vor dem Ausflocken. Die Mischung ist vermutlich erhitzt worden.«

Er reichte die Tüte wieder an den Polizisten.

»Ich denke, er hat sich hier Insulin gespritzt und als es nicht die übliche Wirkung hatte, noch mal nach einer Patrone gegriffen. Zu dem Zeitpunkt war er vermutlich schon überzuckert und körperlich geschwächt. Vielleicht hat er dann festgestellt, dass die Tür verschlossen war.«

Die Polizisten überblickten den kleinen fensterlosen Raum. Das rote Kreuz vorne an der Tür zeigte an, dass hier ein Erste-Hilfe-Raum eingerichtet werden sollte. Der Mann war eingesperrt gewesen. Mit einer Schreibtischlampe hatte er tiefe Schrammen in die Tür und in die Heizungsrohre geschlagen. Seine Hand hing schlaff vom Bügel der Lampe herunter. Er war mit ausgestrecktem Arm zusammengebrochen. Fast sah es aus, als hätte er nur ein Schläfchen gehalten und reckte sich jetzt zur Lampe, um Licht zu machen. Seine Augen standen offen. So hatte ihn der Wachschutz gefunden.

Blumes Assistent Hans Erkenschwick betrat den Raum. Der Kommissar wandte sich ihm zu.

»Warum hat ihn niemand früher entdeckt?«

Erkenschwick fuhr sich mit einem Taschentuch über das Gesicht. Wie immer begleitete ihn ein leichter Schweißgeruch, der sich nun mit dem Aceton mischte. Der Gerichtsmediziner zog die Nase kraus, Blume blieb ohne Regung. Er hatte sich daran gewöhnt. Umständlich steckte Erkenschwick das Tuch wieder in seine Hosentasche.

»Sie waren alle bei dem Empfang. Eine Angestellte hat kurz vor seinem Verschwinden mit ihm gesprochen. Sie sagt, er wollte einen Moment alleine sein. Sie können sie sprechen, sie wartet vorne auf Sie.«

»Gut.«

Blume schaute noch einmal auf die Leiche. Ein Assistent der Pathologie hob den Kopf an und strich vorsichtig eine rote Haarsträhne nach hinten. Dann legte er den Körper zurück in den offenen Plastiksack und zurrte den Reißverschluss zu.

Der Rechtsmediziner hob müde die Hand zum Gruß.

»Bis morgen früh.«

Blume nickte. Er verließ mit Erkenschwick den Raum.

»Zeigen Sie mir die Frau. Und erzählen Sie mir unterwegs, was wir über den Toten wissen.«

Erkenschwick ging Blume voraus den linken Gang hinunter. Dabei zog er ein kleines Notizbuch mit Plüschumschlag aus der Tasche. Blume verzog spöttisch das Gesicht, sagte aber nichts.

»Tom Rosenberg, 45 Jahre, Amerikaner. Bestsellerautor.« Der Assistent öffnete eine Glastür und führte Blume durch einen weiteren langen Gang.

»Er sollte hier an der neuen Uni eine Gastprofessur übernehmen. Hat die aber heute Abend überraschend abgesagt.«

Ihre Absätze hallten durch den leeren Flur. Blume musterte im Vorbeigehen die blütenweißen Wände. Es roch nach Farbe. Bald würden junge Leute die Flure bevölkern, Männer und Frauen, die später vielleicht in der Regierung oder in der Wirtschaft auch sein Leben mitbestimmten. Blume fragte sich plötzlich, wo er heute stünde, wenn er nicht in den Polizeidienst getreten wäre, sondern an einer Elite-Universität wie dieser studiert hätte. Er öffnete zur Probe einige Bürotüren. Die meisten Räume waren leer, manchmal stand bereits ein Tisch oder ein Regal darin. Nirgendwo steckte ein Schlüssel.

»Wer hat die Schlüssel zu den Büros?«

Erkenschwick reckte sich.

»Das hab ich bereits geklärt. Es gibt eine zentrale Hausverwaltung. Dort fehlt aber kein Schlüssel. Außerdem haben diverse Leute einen Zentralschlüssel, der auch auf den Erste-Hilfe-Raum passt. Die Referentin wollte mir eine Liste der Besitzer zusammenstellen.«

Blume nickte. Schweigend gingen die beiden Männer die Treppe hinunter. Im Foyer standen noch immer viele Leute in Gruppen zusammen und unterhielten sich. Ein Mann lachte dröhnend. Die Musik spielte einen Bossa Nova. Als die beiden Polizeibeamten in Zivil durch den Raum gingen, schauten die Gäste ihnen neugierig hinterher. Blume registrierte die dunklen Anzüge und weichen Kleider, die Fönfrisuren und eisgrauen Wellen. Hier sollte gelehrt werden, was in dieser Gesellschaft zählte, und vor allem, wie man das große Geld machte. Blume dachte an seinen Sohn. Ob Johann sich später an der Universität einschrieb? Und würde er dann über seinen Vater lächeln? Oder in Diskussionen wütend den Kopf schütteln?

»Hier ist sie.«

Erkenschwick war vor einer Frau stehen geblieben. Sie war klein und zierlich, trug ein dunkelgraues Flanellkostüm und das Haar korrekt frisiert. Sie hatte einen leichten Überbiss, der nur auffiel, weil sie mit ihren Fingern dauernd ihre Oberlippe über die vorstehenden Zähne strich.

Sie hatte geweint. Die Tränen hatten Spuren in das Make-up geschwemmt. An ihrem Revers steckte ein Schild, Dr. Anne Friedrich, Referentin im Präsidialamt. Doktor, dachte Blume erstaunt, dabei war sie noch so jung. Er streckte ihr seine Hand entgegen.

»Mein Name ist Edgar Blume, ich bin von der Mordkommission.«

Die Frau schüttelte sie kräftig. Dann schaute sie erschrocken auf und zog ihre Hand zurück. Sie hat gelernt, dass man sie nach ihrem Händedruck beurteilt, dachte Blume. Und jetzt weiß sie nicht, ob ihre energische Art der Situation angemessen ist.

»Bitte erzählen Sie mir von heute Abend.«

»Er wollte einen Augenblick seine Ruhe haben. Das hat er gesagt. Deshalb hab ich doch extra noch gewartet!«

Die Stimme der jungen Frau war hoch und zittrig. Blume schaute sich um und führte sie zu einer kleinen Gruppe von Clubsesseln in der Nähe der Bar. Ein Paar, das dort saß und zu ihnen hinübergestarrt hatte, verließ ohne Aufforderung seinen Platz. Die Referentin ließ sich auf den freigewordenen Sessel fallen. Sie strich mit ihren Fingern über ihre Oberlippe.

Blume zog einen Stuhl heran und setzte sich direkt vor sie. Er schaute ihr ernst in die Augen.

»Hören Sie, niemand macht Ihnen einen Vorwurf. Sie sollten das selbst auch nicht tun. Erzählen Sie mir genau, was Rosenberg zu Ihnen gesagt hat.«

»Eine Pause bräuchte er, hat er gesagt.«

Die Stimme der Frau hatte sich ein wenig beruhigt.

»Und, keep that pack at bay.« Sie schaute hoch, sah Blume ins Gesicht, »die Meute sollte ich fernhalten.«

Danke für die Belehrung, dachte Blume, aber vielleicht will sie nur höflich sein. Laut sagte er:

»Wen hat er damit gemeint?«

Die Frau zeigte mit dem Kinn auf die Leute im Raum. Sofort drehten sich die Köpfe weg.

»Na, die alle. Er hat uns ganz schön geschockt mit seiner Absage.«

Die Band machte eine Pause. Blume hatte das Gefühl, alle Leute im Raum lauschten ihrem Gespräch. Aber er wusste, dass sie zu weit entfernt standen, um etwas hören zu können.

»Wie lange haben Sie dann gewartet? Sie sind ihn doch dann suchen gegangen, oder?«

Die Frau nickte.

»Der Präsident wollte unbedingt noch mal mit ihm reden. Ich bin also los, ich weiß nicht, zehn Minuten später vielleicht. Ich dachte, er wäre im Clubraum. Da lag aber nur seine Jacke.«

»Moment.«

Blume winkte Erkenschwick näher und beugte sich zu der Frau.

»Wo ist dieser Raum?«

»Gleich hier zwei Türen weiter. Rosenberg kannte den Raum, er hat sich da mal mit dem Präsidenten getroffen.«

Blume schaute seinen Assistenten an. Der verstand den Wink und entfernte sich mit eiligen Schritten. Blume wandte sich wieder der Frau zu.

»Sie haben ihn also nicht gefunden.«

»Ich hab gedacht, vielleicht ist er frische Luft schnappen oder auf der Toilette.«

Die Frau wischte sich über die Augen in dem Versuch, ihr Make-up zu retten.

»Ich bin dann zurück in den Saal, der Präsident wollte noch ein paar Worte sagen und brauchte seine Unterlagen. Und dann haben mich so viele Leute angesprochen. Aber irgendwann hab ich mich doch gewundert, dass er nicht zurückkommt.«

»Wie viel Zeit lag dazwischen?«

»Eine Viertelstunde. Oder doch eher zwanzig Minuten. Jedenfalls bin ich dann noch mal suchen gegangen. Ich fand das Ganze plötzlich komisch. Ich wusste ja, dass er Diabetiker ist und dachte, er braucht vielleicht Hilfe. Ich hab dem Wachschutz Bescheid gesagt. Und die haben ihn dann ja auch gefunden.«

Die Frau schwieg. Blume betrachtete sie. Irgendetwas schien sie noch zu beschäftigen.

»Sind Sie jemandem begegnet? Ich meine, als Sie ihn suchen waren. Oder ist Ihnen irgendetwas aufgefallen?«

Anne Friedrich schüttelte langsam den Kopf. Blume rückte noch etwas näher an sie heran.

»Frau Friedrich, der Erste-Hilfe-Raum, in dem wir Tom Rosenberg fanden, war von außen abgeschlossen, der Schlüssel ist verschwunden. Rosenberg hat versucht herauszukommen. Er hat sicher laut um Hilfe geschrien, er hat mit einer Schreibtischlampe und einem Stuhl gegen die Tür geschlagen. So lange, bis er zu schwach dafür wurde. Vielleicht hat jemand sich an seinem Insulinvorrat zu schaffen gemacht. Dieser Jemand muss ihm also ziemlich nahe gekommen sein. Haben Sie einen Verdacht, wer das getan haben könnte?«

»Nein.«

Blume ließ sich in den Stuhl zurückfallen und seufzte.

»Warum sagen Sie mir nicht einfach, was Sie beschäftigt?«

Wieder strich sich die Frau über die Oberlippe. Als sie weiterredete, sah sie an dem Kommissar vorbei auf die Gäste.

»Es hat Zwischenfälle gegeben. Der Präsident will nicht, dass davon was an die Öffentlichkeit kommt.«

»Was für Zwischenfälle?«

»Schmierereien, anonyme Anrufe. Verrecke, du gehörst ins KZ und so was ...«

Blume war mit einem Mal hellwach.

»An einer Uni wie dieser?«

»Deshalb sollte es ja auch keiner mitbekommen.«

»Soll das heißen, dass Rosenberg ...«

»Er war Jude, ja. Das ist doch allgemein bekannt.«

Blume stand auf und ging rasch einmal um seinen Stuhl herum. Die Frau betrachtete ihn schweigend. Als er sich ihr wieder zuwandte, blieb er stehen, so dass er auf sie herunterschauen konnte.

»Glauben Sie, er hat deswegen die Stelle hier abgelehnt?«

Anne Friedrich zögerte. Sie wollte nichts falsch machen. Dann sah sie zu ihm auf.

»Nein. Das glaube ich nicht.«

»Warum sind Sie sich so sicher?«

»Er hat darüber gelacht. Er hat gesagt, in Berlin leben rund 10.000 Juden, da wäre schon noch Platz für einen mehr.«

Sie ließ den Kopf wieder sinken. Sie flüsterte.

»Er hat das überhaupt nicht ernst genommen.«

Blume stand noch immer vor ihr. Jetzt reichte er ihr seine Visitenkarte.

»Bitte melden Sie sich morgen früh in meiner Abteilung. Wir müssen das zu Protokoll nehmen. Und bringen Sie eine Liste von den Leuten mit, die einen Zentralschlüssel haben.«

Blume wandte sich ab.

Anne Friedrich sprang auf, die kleine Karte in der Hand.

»Was soll ich denn jetzt tun?«

Blume drehte sich um und schaute sie prüfend an.

»Vielleicht sollten Sie die Feier beenden. Hier ist gerade ein Mensch gestorben.«

Die Frau wurde rot, fragte tapfer weiter.

»Was soll ich dem Präsidenten sagen? Die Presse wird sich bald melden. Bestimmt ist schon durchgesickert, dass Rosenberg die Professur abgesagt hat.«

Blume wurde langsam ungeduldig.

»Ich muss mich jetzt um diesen Clubraum kümmern. Der Präsident soll um Himmels willen keinen Alleingang vor der Presse machen.«

Er beobachtete die Referentin und erkannte, dass sie mit der Situation überfordert war. Er seufzte.

»Sagen wir in einer Stunde. Wenn dann die Journalisten da sind, wovon ich ausgehe, dann rede ich kurz mit ihnen. Wir werden den Tod nicht verschweigen können. Aber alles andere hat Zeit bis morgen früh.«

Noch fünfzig Sekunden.

Der Nachrichtensprecher überprüfte die Monitore, die das aktuelle Wetter, die Börse und die Benzinpreise anzeigten. Die einzelnen Meldungen hatte er in den Sendeablauf eingefügt, so dass er sie gleich im Studio vom großen Bildschirm ablesen konnte. Nur ein Live-Take zum Übertragungswagen war noch offen.

Dreißig Sekunden.

Jetzt ging er die paar Schritte ins gegenüberliegende Sendestudio. Am Regiepult saß heute Chefredakteur Schneider. Er hob grüßend die Hand, als der Nachrichtensprecher an ihm vorbei die schwere Glastür zum Studio aufzog.

Zehn Sekunden.

Der Moderator goss den letzten Tropfen Kaffee aus der Thermoskanne. Müde nickte er dem Nachrichtensprecher zu. Nach drei Stunden guter Laune war er ausgelaugt. Mit den Nachrichten endete seine Schicht.

Neunzehn Uhr.

Aus dem Radio ertönte die Anfangsmelodie der Nachrichtensendung vom Tage. Manfred Schneider, ein Mann um die fünfzig mit schweren Augenlidern, überwachte am Pult die Abfolge der Headlines und kontrollierte das Rotlicht für die Aufnahme. Als Chefredakteur war er für die Planung zuständig und nur noch selten direkt in der Sendung. Aber die Nachmittagsredakteurin hatte heute einen privaten Termin, und Schneider hatte sich bereiterklärt, die letzte Stunde der

Sendung zu betreuen. Er merkte, dass es ihm Spaß machte, seinen Chefsessel zu verlassen und für kurze Zeit wieder ein Teil des Teams zu werden. Auch wenn es eine Illusion war, denn keiner der Beteiligten vergaß seine Position.

Der Nachrichtensprecher moderierte die Kollegin vom Ü-Wagen an. Sie stand heute auf dem Schlossplatz in Mitte, wo die Eröffnungsveranstaltung der neuen Universität abgehalten wurde. Der Bildungssenator hatte seiner Regierungszeit ein Denkmal setzen wollen und die drei Berliner Universitäten genötigt, ihre besten Forschungsleute zu einer Art Elite-Uni zusammenzuführen. Bei der Gründungserklärung hatte es Proteste gegeben. Die Berliner Studenten fürchteten eine Verschlechterung der Lehre, wenn die besten Professoren für diese Elite-Einrichtung abgezogen wurden. Beim Richtfest hatte es sogar eine Bombendrohung gegeben. Auch jetzt berichtete Bente, die Reporterin am Ü-Wagen, von Studentengruppen, die sich mit Trillerpfeifen und Protestbannern vor dem Gebäude versammelt hatten. Ein prominenter amerikanischer Dozent hatte hier heute Abend sogar schon seine Professur zurückgezogen. Ob das mit den Protesten zusammenhinge, sei noch nicht bekannt.

Die Übertragung war zu Ende, der Nachrichtenmann verlas das Wetter und fuhr den Schlussjingle ab. Schneider kappte die Verbindung zum Ü-Wagen und trug die Länge der Berichterstattung im Sendelaufplan ein. Mittlerweile hatte die Musikmoderatorin der Abendsendung leise den Raum durch die Techniktür betreten und sich am Mikrofon eingerichtet. Jetzt eröffnete sie die Sendung mit einer launigen Begrüßung und dem Versprechen auf zwei Stunden aktueller Popmusik aus Deutschland. Der Nachmittagsmoderator und der Mann für die Nachrichten verharrten lautlos, bis die Kollegin mit ihrer Begrüßung fertig war und die erste Musik abfuhr. Dann erlosch das rote Licht, die Mikrofone im Studio waren stumm geschaltet. Die Männer verabschiedeten sich freundschaftlich von der Abendmoderatorin und verließen das Studio. Schneider sammelte seine Unterlagen ein und stopfte alles in seine Tasche.

Die rote Lampe des Telefons begann zu blinken, das Display zeigte den Ü-Wagen an. Schneider nahm ab, während er den Kollegen zum Abschied die andere Hand hob.

»Schneider?«

»Hier ist Bente noch mal. Dieser amerikanische Professor ist anscheinend verschwunden. Hier ist irgendwas im Busch.«

»Wie meinst du das?«

»Hier kommen gerade jede Menge Polizisten und sperren ganz dezent ab. Hast du was in den Agenturen?«

Schneider wechselte die Oberfläche des Monitors und überflog die Agenturmeldungen der letzten zehn Minuten.

»Nichts.«

»Und was sagt uns das?«

Schneider starrte durch die Glasscheibe auf die Moderatorin. Die verzog bei den ersten Tönen des gerade anlaufenden Popsongs das Gesicht und lachte lautlos. Schneider sah sie nicht. Er trommelte mit dem Stift auf das Telefon.

»Vielleicht kommt noch jemand Wichtiges?«

»Seit wann sind die denn scharf drauf, dass wir das nicht mitkriegen?«

Schneider drehte den Stift zwischen seinen Fingern. Bente war eine seiner erfahrenen Reporterinnen, keine, die unnötig Wirbel machte. Er schätzte ihren Spürsinn.

»Kannst du bleiben?«

»Das geht nicht«, ihre Stimme klang gepresst. »Mein Mann

ist nicht da, ich muss die Kinder holen. Und der Techniker will auch los.«

»Scheiße.«

Die Toningenieure waren fest angestellt, sie arbeiteten nach Dienstplan und keiner war bereit, länger zu arbeiten, wenn es unvorhergesehene Ereignisse gab. Schneider konnte das verstehen. Wer den kleinen Finger reichte, wurde ausgenutzt. Wie oft hatte er als Redakteur früher versucht, den Ü-Wagen etwas früher und etwas länger einzusetzen, um den Live-Charakter seiner Sendung zu stärken.

»O.k., macht Schluss, ich werd mir was überlegen.«

»Alles klar, Manni. Bis morgen.«

Schneider blieb noch einen Moment sitzen und dachte nach. Dann stand er mit einem Ruck auf, so dass die Moderatorin mitten im Satz erschrocken hochschaute. Der Redakteur winkte beruhigend und verließ eilig den Regieraum.

Das Großraumbüro der aktuellen Redaktion auf der anderen Seite des Flures war fast leer. Am Tag war der Raum gefüllt von den Stimmen der Journalisten, dem Telefonklingeln, dem Hacken auf die Tastaturen und dem begleitenden Radioprogramm. Mit den 19-Uhr-Nachrichten endete die Tagschicht im Sender, dann begann das abendliche Musikprogramm, das die Kollegen aus der Musikredaktion fuhren.

Schneider ging an den aufgeräumten Schreibtischen entlang. Die Monitore flimmerten im Standby-Modus. Es war still bis auf das Surren der Computer.

Emma saß ganz hinten am Schreibtisch des Wochenendredakteurs. Sie hatte einen Kopfhörer auf und starrte konzentriert auf den Bildschirm. Schneider blieb unwillkürlich stehen und betrachtete sie. Wie dünn sie ist, dachte er. Sie verschwindet ja fast hinter dem Schreibtisch.

Als Emma ihn entdeckte, schaute sie erschreckt auf, entspannte sich aber, als sie ihn erkannte. Sie lächelte und zog sich den Kopfhörer herunter. Schneider trat neben sie. Vor ihr lag die neueste DVD eines deutschlandweit bekannten Komikers, der morgen seinen 50. Geburtstag feierte. Emma sollte kurze Einspieler aus seinem aktuellen Programm herausschneiden und für die Frühsendung vorbereiten. Sie zeigte auf die DVD-Hülle und zog eine Grimasse.

»Und der füllt Stadien.«

Schneider lachte und ließ sich in den Stuhl neben ihr fallen. Emma lächelte ihn fragend an.

Schneider sagte:

»Wie gut, dass du noch da bist.«

»Ich muss das noch fertig machen.«

»Lass es liegen. Ich hab einen Auftrag für dich.«

Emmas Lächeln verschwand. Wachsam schaute sie Schneider an, sagte aber nichts.

Schneider fuhr mit dem Stuhl näher an sie heran.

»Irgendetwas ist bei der Uni-Eröffnung schiefgelaufen. Ein Professor ist verschwunden. Die Polizei sperrt ab. Und Bente muss gehen.«

Emma schaute Schneider forschend in die Augen.

»Was soll ich tun?«

»Fahr hin und hör dich um. Sprich mit den Leuten. Frag die Polizei. Vielleicht gibt es doch noch einen offiziellen Ton vom Polizeisprecher.«

Emma biss sich auf die Lippen. Sie spielte mit dem Bleistift in der Hand. Schneider beobachtete sie.

»Du kannst hier nicht ewig die Praktikantin spielen. Eine Verschwendung von Ressourcen.«

Sie lächelte.

»Ich bin den ersten Tag hier. Ist das deine Vorstellung von ewig?«

Schneider grinste.

»Du bist nun mal die Einzige, die noch hier ist.«

Er zog ein speckiges schwarzes Lederportemonnaie aus der Hosentasche und kramte nach einem Geldstück.

»Wettest du noch immer? Ich würde sagen, bei Zahl gehst du ohne Honorar.«

»Du spinnst wohl.«

Emma schielte zum Geldstück.

»Bei Kopf geh ich mit Abendzuschlag.«

Gekonnt warf Schneider die Münze nach oben und fing sie wieder auf. Er knallte sie auf seinen linken Handrücken, hob die Rechte für den Bruchteil einer Sekunde hoch und steckte sie blitzschnell, und ohne dass Emma sie sehen konnte, wieder ein.

»Kopf. Du hast gewonnen. Also los.«

Er legte ihr die Unterlagen vom Ü-Wagen auf den Tisch.

»Der Mann heißt Tom Rosenberg, große Nummer, prominenter Autor. Er hat seine Professur zurückgezogen. Und jetzt scheint er nicht mehr erreichbar zu sein. Dafür ist da jede Menge Polizei.«

Bevor Emma etwas sagen konnte, war Schneider schon an der Tür.

»Ich bin noch 'ne Weile hier. Ruf mich auf dem Handy an.«

Er verschwand im Flur. Emma atmete tief durch. Sie hatte Angst vor diesem Moment gehabt, aber jetzt spürte sie, wie sich eine gespannte Freude in ihr ausbreitete. Mit zwei Fingern schnippte sie die DVD mit den faden Witzen des Komikers über die Schreibtischlandschaft auf den Platz des Frühredakteurs. Eilig suchte sie ihre Sachen zusammen.

Auf dem Bahnsteig am Alexanderplatz dröhnten die Maschinen. Männer mit Vorschlaghämmern schienen direkt über ihr die Decke aufzumeißeln. Ein Mann im Anzug schob ungerührt eine Staubplane beiseite. Eine ältere Frau klemmte ihre Zigarette zwischen die Lippen und hob mit beiden Händen ein schlafendes Kind im Buggy über einen rohen Balken, der quer in der Halle lag. Emma ging eilig die Rolltreppe hinunter. Auch der Bahnhofsvorplatz wurde saniert. Weiter hinten beim Kaufhaus klopften Arbeiter grau-gelbe Granitplatten in den Boden. Mit großen Schritten ging sie an ihnen vorbei in Richtung Museumsinsel.

Für einen Abend im Oktober war es ungewöhnlich warm. Die Leute liefen im T-Shirt umher, die Jacken um die Hüfte geknotet. Die Touristendampfer auf der Spree waren bis auf den letzten Platz besetzt. Ein paar Kinder spuckten über die steinerne Brüstung der Schlossbrücke und johlten, wenn sich ein Fahrgast erschrocken an den Haarschopf fasste.

Je näher Emma dem Schlossplatz kam, desto voller wurde es. Menschenmengen drängelten sich auf dem alten Boulevard Unter den Linden und zwangen die Autos immer wieder zum Halt. Emma ging an Demonstranten, vermutlich Studenten der nahen Humboldt-Universität, vorbei, die erschöpft neben ihren Transparenten auf dem Pflaster hockten. Eine Familie, Vater, Mutter, zwei Kinder, Touristen mit Rucksäcken und festen Schuhen bahnten sich einen Weg durch das Getümmel. Emma sah vor sich auf dem Boden ein rosa glitzerndes Bonbonpapier. Schnell hob sie es auf, strich es glatt und steckte es in ihre Hosentasche.

Das neu erbaute Humboldt-Forum, ein Block aus Stahl und Glas, stand von der Straße zurückgesetzt. Als Emma auf die Eingangstreppen zuging, sah sie die Polizeiwagen links und rechts auf den Zufahrtswegen. Die Männer darin folgten ihr mit den Augen. Auch hinter der imposanten Glastür stand ein Polizeibeamter in Uniform, der sie fragte, was sie wollte. Emma zeigte ihren Presseausweis und wurde durchgelassen.

Das riesige Foyer öffnete sich nach oben hin über sämtliche fünf Etagen. An der Rückwand der Halle führten Glastüren in die Tiefe des Gebäudes. Über breite Treppen an den Seiten erreichte man die höheren Etagen, die galerieartig in die Halle hineinragten. Oben auf den Gängen entdeckte Emma vereinzelt Polizisten. Im Foyer standen nur noch wenige Menschen in kleinen Gruppen zusammen. Sie redeten leise miteinander.

Emma steuerte auf eine Frau in einem dunkelgrauen Kostüm zu, die sich gedankenverloren mit dem Fingern über die Oberlippe strich. Ihr Namensschild wies sie als Referentin aus. Emma zeigte ihren Ausweis und fragte auf gut Glück nach Tom Rosenberg.

»Sicher will er doch noch eine Erklärung zu seinem Rücktritt abgeben, oder?«

Anne Friedrich betrachtete die Frau vor ihr mit der Tasche vom Radiosender. Sie hatte den Presseausweis angesehen, ohne den Namen zu registrieren.

»Wie heißen Sie?«

»Emma Vonderwehr. Ich bin von BerlinDirekt und möchte gerne Herrn Rosenberg sprechen.«

Die Referentin hörte die Worte der Frau, ohne ihren Sinn zu verstehen. Sie musste daran denken, wie sie den Präsidenten eben behandelt hatte. Er hatte über den verpatzten Abend gejammert, über die schlechten Schlagzeilen, mit denen seine neue Universität jetzt beschmutzt werden würde.

»Kann sich der Mann nicht zu Haus umbringen lassen?«

Sie hatte sich mitten in seinem Satz umgedreht. Er rief nach ihr, aber sie war einfach aus dem Raum gegangen. Vielleicht hatte sie jetzt alles verdorben. Sie dachte an die vielen Überstunden, die sie in den letzten Wochen bis zur Eröffnung gemacht hatte. Es war ihr erster Job. Die Frau vor ihr räusperte sich.

»Ist Ihnen nicht gut?«

Anne Friedrich fühlte ihre Wangen heiß werden. Sie hatte geweint, bestimmt war ihr Make-up verschmiert. Die Frau starrte ihr ins Gesicht. Sie drehte sich leicht von ihr weg und sagte barsch:

»Warten Sie hier, es gibt gleich eine Pressekonferenz.«

Dann drehte sie sich auf dem Absatz um und verschwand hinter der Glastür im Bauch des Gebäudes.

Emma schaute ihr hinterher, bis sie ein leises Lachen hörte. Sie drehte sich um. Erst jetzt sah sie, dass an der Fensterfront schon ein paar Journalisten warteten. Eine Frau trug eine Jacke mit dem dpa-Logo. Zwei Männer hantierten an einer Filmkamera, der eine lachte noch immer über die Bemerkung des anderen. Emma verkroch sich in einen tiefen Clubsessel an der Bar. Sie kramte ihr Handy aus der Tasche und rief Schneider an. Als sie ihm von der bevorstehenden Pressekonferenz erzählte, schnalzte er erfreut mit der Zunge.

»Das gibt auf jeden Fall was für die Nachrichten. Der Frühredakteur morgen heißt Markus Haarms. Leg ihm einen Zettel hin. Ich werde auch früh da sein.«

Dann gab der Chefredakteur ihr noch ein paar Details der Agenturen durch. Dpa brachte die überraschende Kündigung und außerdem noch ein paar biographische Angaben zu Tom Rosenberg. Emma griff nach einem Festprogramm, das zerknüllt im Aschenbecher lag.

»Warte mal.«

Sie strich es glatt und notierte sich die Informationen, die Schneider ihr diktierte.

»Geboren 1963 in New Hampshire, Absolvent der New Yorker Columbia University, Bestsellerautor. Hat vor wenigen Monaten die einjährige Professur in Berlin angenommen.«

Sie kritzelte die Angaben an den Rand der Einladung.

»Mehr nicht?

»Nee. Ich geh jetzt. Falls dpa noch was zu der Sache bringt, ruf ich dich an.«

Emma sah zur Kollegin hinüber. Sie saß jetzt an der Bar und schaufelte löffelweise Zucker in ihren Kaffee. Ihre Jacke mit dem dpa-Logo hatte sie sich über den Arm gelegt.

»Ich glaube, da kommt erstmal nichts mehr. Dpa wartet hier mit mir.«

»Umso besser. Viel Glück.«

Emma ließ ihre Sachen im Sessel liegen und trat an die Bar. Sie bestellte sich einen Kaffee. Die Kollegin von dpa sah hoch und lächelte sie an. Emma schob ihren Kaffee in ihre Richtung und stellte sich neben sie.

»Hallo.«

Die Frau trank einen Schluck und musterte sie. Sie sagte nicht unfreundlich:

»Bist du neu hier? Ich hab dich noch nie gesehen.«

Emma nickte.

»Weißt du was über die Geschichte mit dem Rosenberg?«

Die Frau zuckte mit den Schultern. Sie nahm noch einen Löffel Zucker in ihren Kaffee.

»Nichts Genaues. Ich hab gehört, er sei weggemobbt worden.«

Emma sah die Journalistin erstaunt an.

»Aber er hat doch noch gar nicht angefangen zu arbeiten!«

»Na ja, wegen seines Buches. Er hat sich hier ja nicht gerade Freunde gemacht.«

Ein Mann betrat das Foyer durch die Glastür. Er trug einen schlichten blauen Anzug. In der Hand hielt er einige Blatt Papier. Er stellte sich mitten in den Raum und schaute auffordernd in die Runde. Sein großer muskulöser Körper strahlte Gelassenheit aus.

Sofort entstand eine Bewegung unter den Journalisten. Auch die Frau von dpa raffte ihre Sachen zusammen. Sie zeigte mit dem Kinn in Richtung des Mannes.

»Jetzt wird's interessant. Das ist einer vom Morddezernat.«

Die Journalisten traten von allen Seiten auf den Mann zu und bildeten einen Halbkreis um ihn. Es waren viel mehr Reporter anwesend, als Emma zunächst bemerkt hatte. Schnell ging sie zu ihrer Tasche, ließ das Handy hineinfallen und nahm ihr Aufnahmegerät heraus.

Der Mann im blauen Anzug blätterte in seinen Unterlagen. Emma musste nah an ihn herankommen, um eine brauchbare Tonaufnahme zu bekommen. Sie drängte sich an den Kollegen vorbei und bekam von einem Stativ einen schmerzhaften Stoß in den Rücken. Sie drehte sich um und sah in das angespannte Gesicht eines Kameramannes.

Jetzt stand sie direkt vor dem Mann von der Kripo. Er blickte hoch und sah kurz in ihre Augen. Emma musste an die Frau im grauen Kostüm denken, die Referentin, die so seltsam reagiert hatte. Was war hier passiert? Wieder gab es einen Stoß von hinten, und Emma stemmte ihren Fuß in den Boden, um nicht auf den Mann vor ihr zu fallen. Neben ihrem Gesicht tauchte die Fernsehkamera auf. Emma reichte mit dem Mikrofon so nah wie möglich an den Polizeibeamten heran. Der Kameramann zog wütend die Luft ein. Jetzt würde bei all seinen Aufnahmen ihr Mikrofon mit dem Logo des anderen Senders im Bild sein.

»Guten Abend, mein Name ist Edgar Blume. Ich leite hier die Ermittlungen. Leider muss ich Ihnen sagen, dass Herr Tom Rosenberg soeben verstorben ist.«

Eine Sekunde war es still. Dann kamen von allen Seiten die Fragen. Emma hielt das Mikrofon nach vorn.

»Wie es zu diesem Todesfall kam, kann ich Ihnen leider noch nicht sagen. Wir müssen die Obduktion abwarten.«

»Herr Blume, Sie sind doch von der Kripo, heißt das, er wurde ermordet?«

Der Kommissar sah in die Richtung des Journalisten, der gerade gerufen hatte. Während er redete, hoben und senkten sich seine Brauen wie sich windende schwarze Schlangen. Emma fragte sich unwillkürlich, ob er das vor dem Spiegel geübt hatte.

»Sie wissen genau, dass die Kriminalpolizei bei einem unerwarteten Todesfall immer ermittelt. Das ist reine Routine.«

»Sind die Angehörigen benachrichtigt?«

»Wir sind dabei, sie ausfindig zu machen. Ich bitte Sie herzlich, jetzt nicht die Familie in Amerika aus dem Bett zu klingeln und mit der Nachricht zu überfallen.«

Blumes Stimme klang resigniert. Vermutlich wusste er, dass ein Teil der Journalisten genau das in den nächsten Minuten tun würde.

Er warf einen Blick über die Reporter hinweg. Emma drehte sich um und sah einen älteren Mann mit dichtem grauem Kraushaar in der Blickrichtung von Blume stehen. Er hob seinen Arm und tippte auf die Armbanduhr. Sie drehte sich wieder um und sah Blume unmerklich nicken. Dann wendete er sich wieder den Fragen der Journalisten zu.

Emma schob sich seitlich an den Kollegen vorbei aus der Gruppe. Sie war sich sicher, dass er seine Stellungnahme gleich beenden würde. In wenigen Minuten würden Polizeibeamte durch die Glastür treten und alle auffordern, das Gebäude zu verlassen. Aber noch war alle Aufmerksamkeit bei dem Kommissar und den Fernsehkameras, die ihn umringten.

Ihr Gefühl sagte ihr, dass mehr hinter der Geschichte steckte als ein tragischer Todesfall. Sie kannte sich nicht aus mit den Gepflogenheiten der Hauptstadtpolizei, aber dieses Aufgebot an Beamten erschien ihr selbst bei einem prominenten Toten zu groß.

Was war mit Rosenberg passiert?

Unbemerkt durchquerte sie den Saal. Sie folgte den Schildern. Die Toiletten waren in einem beige gestrichenen Nebengang untergebracht. Emma schaute sich um. Ein Mann um die sechzig mit gerötetem Gesicht war ihr gefolgt und drückte nun die Tür zur Männertoilette auf. Als er verschwunden war, schlüpfte sie durch eine Brandschutztür, die hinter ihr laut ins Schloss fiel.

Sie stand in dem Treppenhaus, auf das die Notausgänge zuliefen. Es roch nach Farbe und feuchtem Beton. Neben dem Lastenaufzug hing ein Grundriss des Gebäudes mit allen Ausgängen. Der Bürotrakt war hufeisenförmig angelegt. In jedem Stock war ein Zugang zum Treppenhaus, in dem sie sich gerade befand. Schnell lief sie eine Etage höher. Vergeblich rüttelte sie an der Türklinke. Aber dann hatte sie Glück. Im vierten Stock war die Tür unverschlossen. Sie betrat einen menschenleeren Flur. Emma nahm ihr Aufnahmegerät aus der Tasche, zog das kleine Mikrofon auf den Finger, stellte die Aufnahme auf Pause und steckte den Kopfhörer seitlich auf, so dass sie mit einem Ohr die Aufnahme, mit dem anderen die Geräusche ringsherum hören konnte. Sie ging schnell durch die nüchternen weißen Gänge. Alles war neu, schlicht und funktional. Keine Plakate, kein Graffiti, kein vergessener Schirm auf den chromblitzenden Garderobenhaken. Probehalber zog Emma ein paar Bürotüren auf. Sie waren unverschlossen, die meisten Räume waren noch nicht bezogen. Manchmal stand bereits ein Tisch oder ein Rollcontainer dort. Niemand war zu sehen oder zu hören, nur das Quietschen ihrer Schuhe und ihr Atem, der durch die Mikrofonaufnahme verstärkt an ihr Ohr drang. Wieder kam sie an einem Treppenhaus vorbei. Sie zog die Tür auf und lief die Stufen hinunter. Im dritten Stock das gleiche Bild, ein weißer Gang, Bürotüren ohne Namensschild und Ausstattung. Noch eine Treppe. Sie ging schnell und horchte auf die Geräusche. Vor ihr machte der Gang eine Kurve und führte in den rückwärtigen Teil des Gebäudes. Sie hörte Stimmen. Sofort drückte sie eine Klinke herunter, schlüpfte in ein Büro und schloss die Tür lautlos hinter sich. Auf dem Gang gingen Männer entlang, der eine sagte etwas, ein anderer brummte zustimmend. Emmas Herz schlug schnell, ihr Mund war trocken.

Leise öffnete sie wieder die Tür und betrat den Flur. Sie hielt sich eng an der Wand und schaute vorsichtig um die Ecke. Als Erstes sah sie das weiß-rote Absperrband. Dann die Tür. Sie war von außen aufgebrochen worden, Emma erkannte Lackspuren und zersplittertes Holz. Zwei Männer in den weißen Anzügen der Spurensicherung waren am Tatort, der eine machte Fotos, der andere sammelte mit der Pinzette etwas von der Innentür und legte es in eine Tüte. Ein Handy klingelte, der Fotograf griff in die Tasche seines Kittels und hielt das Telefon ans Ohr.

»Ja?«

Dabei trat er einen Schritt in das Zimmer und ließ Emma nun die volle Sicht.

Kreidestriche markierten, wo die Leiche gelegen hatte. Auf dem Boden lagen die durchnummerierten Klebebänder der Kriminaltechnik. Daneben einzelne Nummernschilder an Fundorten von Faserspuren.

»In Ordnung. Wir sehen uns im Labor.«

Der Fotograf klappte sein Handy zu und ließ es wieder in seiner Kitteltasche verschwinden.

»Sie bringen das Jackett mit.«

Der andere brummte nur zustimmend.

»Und der Chef kommt gleich noch mal hoch.«

»Warum das denn?«

»Der Typ hat hier heute seinen Job aufgegeben. Das hat

er von einem Zettel abgelesen, und den hat der Chef in der Jacke gefunden. Wir sollen uns den Wisch mal angucken.«

»Wieso, was ist denn damit?«

»Sieht so aus, als hätte er den nicht selbst geschrieben. Der konnte nämlich kein Deutsch.«

Emma lehnte sich vor. Jetzt konnte sie den Raum überblicken. Sie sah einen kleinen Rollcontainer und einen Jackenständer. Aus dem Rollcontainer war eine Schublade herausgerissen worden, sie lag mit verbeulter Ecke auf dem Boden. Eine Schreibtischlampe lag daneben.

Erst jetzt registrierte Emma den strengen Geruch. Fieberhaft überlegte sie, woran er sie erinnerte. Und dann wusste sie es.

Sie sah ihre kleine Schwester Ida vor sich. Sie hatte sich den Nagellack ihrer Mutter geschnappt und malte hingebungsvoll ihre Füße an. Als Emma zur Tür hereinkam, sprang sie auf. Sie wollte ihr das schöne Werk zeigen. Dabei stieß sie die kleine Flasche um. Roter Lack sickerte in den Wollteppich. Ida schrie leise auf, so erschreckte sie sich.

»Heh!«

Emma zuckte zusammen.

Der eine zeigte mit seinem Gummihandschuhfinger auf sie.

»Was machen Sie denn hier?«

Emma trat einen Schritt auf ihn zu. Ihre Stimme zitterte, als sie ihm das Mikrofon hinhielt.

»Was war mit der Tür? War sie verriegelt? Hat er versucht herauszukommen?«

Der Mann lehnte sich zurück, so weit weg von ihrem Mikrofon wie er konnte. Er schaute zu seinem Kollegen, als von dort keine Hilfe kam, hob er abwehrend die Hand.

»Tut mir leid, darüber darf ich Ihnen keine Auskunft geben.«

»Ich ruf den Wachdienst«, sagte der andere, »He, kommen Sie doch mal bitte!« Ein schlaksiger Polizist schaute von der Haupttreppe zu ihnen rüber. Als er Emma entdeckte, beschleunigte er seinen Gang. Emma drehte sich auf der Stelle um und rannte den Flur wieder herunter.

Edgar Blume und Hans Erkenschwick gingen schweigend den Gang entlang. Blume war in Gedanken bei dem Gespräch mit der Referentin, als jemand um die Ecke gelaufen kam und ihn beinahe umwarf. Reflexartig schnellten seine Arme nach vorn und legten sich fest um den fremden Oberkörper. Die Person wehrte sich wild, hatte aber nicht genügend Kraft, um sich loszureißen.

Ein junger Beamter von der Bereitschaftsstelle kam angelaufen. Blume ließ los. Es war eine Frau. Sofort löste sie sich und trat einen Schritt von ihm weg. Er erkannte sie wieder. Sie hatte in der Pressekonferenz direkt vor ihm gestanden. Sie wirkte geschockt, sie zitterte und keuchte. Erkenschwick machte einen Schritt auf sie zu.

»Was haben Sie hier zu suchen, Sie …«

»Moment.«

Blumes Wort klang schneidend und ließ den Beamten verstummen. Er wandte sich an die Frau. Und sprach sie leise an.

»Ist alles in Ordnung mit Ihnen?«

Die Journalistin schaute erstaunt zu ihm. Augenblicklich schien sie ruhiger zu werden. Blume warf einen Blick auf Erkenschwick.

»Ich kümmere mich darum, danke.«

Der Assistent zögerte. Dann winkte er dem jungen Polizeibeamten, der noch immer im Hintergrund wartete. Die beiden gingen weiter in Richtung Tatort. Als sie allein waren, wandte sich Blume der Frau zu.

»Wie heißen Sie?«

»Mein Name ist Emma Vonderwehr. Ich komme von BerlinDirekt und ich …

»Sie dürfen sich hier nicht aufhalten.«

Sie wirkte jetzt wieder ruhig. Sie ging einen Schritt auf Blume zu und hob langsam die Hand mit dem Mikrofon, das sie die ganze Zeit umklammert gehalten hatte.

»Ich weiß, tut mir leid, ich hab eigentlich nur die Toilette gesucht. Aber wo ich das hier doch schon mal gesehen habe, könnten Sie mir doch auch ein paar Fragen beantworten …«

Er wusste nicht, ob er lachen oder verärgert sein sollte. Er schob mit spitzen Fingern ihr Mikrofon zur Seite.

»Es gibt bestimmt auch Toiletten im Erdgeschoss. Und nun möchte ich Sie bitten …«

»Es war Mord, nicht wahr? Die verriegelte Tür, die Spurensicherung … er ist ermordet worden!«

»Darüber kann ich Ihnen nichts sagen.«

»Herr Blume, wollen wir eine Wette abschließen? Wenn Sie mich jetzt rausschmeißen, dann läuft in einer halben Stunde die Meldung über Berlin. Und Sie können heute Nacht keine Minute mehr ungestört arbeiten.«

Blume zögerte einen Moment. Ganz langsam hob die Frau erneut die Hand mit dem Mikrofon.

»Wie wurde Rosenberg ermordet?«

Blume betrachtete sie. Eine halbe Portion, mager und klein. Ihre Haare waren kurz und standen vom Kopf ab. Er überlegte, sie rauszuwerfen, aber dann sagte er:

»Ich mache Ihnen ein Angebot.«

Sie nickte und verlagerte das Gewicht ihrer Tasche auf die andere Schulter.

Ihre Augen sind blau, dachte er.

»Ich beantworte Ihre Fragen, und Sie halten die Meldung bis morgen früh acht Uhr zurück.«

»Fünf Uhr.«

»Ich habe es als Bitte formuliert, aber ich kann es auch anweisen.«

Stille. Sie biss sich auf die Lippen.

»Na gut, sechs. Um acht sind die meisten Hörer schon unterwegs.«

Blume verschränkte die Arme. Die Frau hielt ihm schnell das Mikro unter die Nase. Zufrieden registrierte er, dass sie sich dafür strecken musste.

»Wie ist Rosenberg gestorben?«

»Wir gehen von einem Todesfall unter Fremdeinwirkung aus. Aber das ist nur eine Vermutung. Was genau passiert ist, können wir erst nach der Obduktion sagen.«

»Gab es einen Kampf? Dieser kleine Schrank, die Lampe…?«

Blume schüttelte den Kopf.

»Nein, es gibt keine Anzeichen für einen Kampf. Rosenberg war allein im Zimmer und hat versucht herauszukommen.«

Die Journalistin warf einen Blick auf den Pegel ihres Aufnahmegerätes. Blume beobachtete sie. Eine Wimper klebte am rechten Lid. Er wollte sie wegstreichen und steckte seine Hände tief in die Jackentaschen.

»Aber woran ist er dann gestorben?«, fragte sie. Als sie zu ihm hochsah, blickte er schnell wieder auf das Mikrofon vor ihm.

»Das kann ich Ihnen noch nicht sagen.«

Jetzt seufzte sie. Laut dachte sie nach.

»Also gut. Rosenberg war eingesperrt, er hat versucht herauszukommen, und jetzt ist er tot. Es hat so komisch gerochen, als wäre eine Flasche mit Nagellack ausgelaufen. Vielleicht ist er vergiftet worden?«

Sie schielte zu ihm hoch. Blume runzelte die Stirn.

Die Frau starrte auf seine Augenbrauen, und Blume spürte, dass er rot wurde. Er verschränkte wieder die Arme vor der Brust.

»Fantasieren Sie sich bloß nichts zusammen. Vielleicht war das Ganze ein bedauerlicher Unfall, ein Missverständnis. Jemand hat aus Versehen den Schlüssel rumgedreht und ist weitergegangen.«

Sie schüttelte den Kopf.

»Das nehme ich Ihnen nicht ab. Man stirbt doch nicht einfach so. Außerdem steckt hier nirgendwo ein Schlüssel, ich bin zwei Stockwerke lang an den Bürotüren vorbeigelaufen.«

Blume zuckte mit den Schultern.

»So, Frau Reporterin …«

Die Journalistin fragte schnell:

»Und das Telefon? Warum hat er niemanden angerufen?«

Blume zögerte.

»Die Büros sind noch nicht angeschlossen.«

»Und sein Handy, hatte er denn …«

Sie unterbrach sich selbst mit einem leisen Ruf.

»Das Jackett! Sie haben es woanders gefunden, nicht wahr? Jemand hat es ihm abgenommen, mitsamt dem Handy. Von wegen Unfall!«

»Ich denke, Sie haben jetzt genug gefragt.«

Er fasste sie an ihre Schulter und führte sie mit sanftem Druck vom Tatort weg. An der Treppe nach unten griff sie nach dem Geländer und ging die ersten Stufen hinunter. Er stand oben und schaute ihr nach. Sie zögerte, blieb für einen Moment stehen und drehte sich dann noch mal zu Blume um.

»Wie ist er gestorben?«

Blume sah ihr in die Augen.

»Er ist ins Koma gefallen. Als er vermisst wurde, war es zu spät.«

Die Journalistin ließ den Arm sinken. Als sie hochsah, wies er ohne ein Wort auf die Treppe.

Sie wühlte in ihrer Tasche, zog einen Kugelschreiber und eine leicht verknickte Visitenkarte heraus. Jetzt sprang sie noch einmal die zwei Stufen hoch, klemmte sich ihr Aufnahmegerät unter die Achsel, legte die Karte auf das Geländer und strich mit dem Kuli etwas darauf durch. Dann gab sie die Karte Blume.

»Falls Sie mit mir in Kontakt treten wollen.«

Blume nickte erstaunt und besah sich die Karte. Emma Vonderwehr, stand da, Journalistin, und eine Handynummer. Alle anderen Angaben waren durchgestrichen. Blume erkannte eine niedrige Postleitzahl, irgendetwas im Norden. Der Name der Stadt war mit einem blauen Kugelschreiberbalken versehen. Er öffnete den Mund, als wollte er noch etwas sagen, überlegte es sich dann aber doch anders. Er steckte die Karte in seine Jacketttasche und legte ganz leicht seine Hand auf ihren Arm.

»Kommen Sie. Ich bring Sie zurück ins Foyer.«

Sie nickte. Schweigend gingen sie die Treppe hinunter.

Hallo, kann ich dich mal kurz was fragen?«

Der Techniker fuhr hoch. Emma hatte die Tür absichtlich langsam geöffnet und steckte erst jetzt den Kopf hinein, wer überraschte schon gern einen Kollegen, der sich für Stunden ungestört glaubte. Sie stellte sich ans Regal und hielt den Kopf schief, um die Buchrücken zu lesen.

»Ich such ein Handbuch für die Software. Hast du hier so was?« Der Techniker hatte mit einem geübten Handgriff die Oberfläche seines Computers verändert.

»Ganz oben, das rote.«

Emma spürte den Blick des Technikers in ihrem Rücken. Das Buch war das dickste, vermutlich gefüllt mit unverständlichen Befehlen der Programmiersprache. Emma nahm es und wandte sich ohne ein weiteres Wort zum Gehen.

»Wart mal.«

An der Tür hatte er sie eingeholt. Er nahm ihr das Buch aus der Hand und blätterte ungefähr bis zur Mitte.

»Hier. Da findest du eine shortlist mit Befehlen. Wenn was ist – ich bin ja hier.«

Emma lächelte den Mann an. Er war älter als sie, Emma schätzte ihn auf fünfzig.

»Danke. Ich heiß übrigens Emma.«

»Kannst ja nichts dafür«, brummte der Techniker.

Er ging wieder zum Stuhl und ließ sich darauffallen. Das Licht des Monitors beleuchtete sein Gesicht. Emma schloss leise die Tür von außen.

Jeder Sender arbeitete mit einem anderen Schnittsystem. Emma hatte heute Abend die Technikeinführung des Kollegen verpasst und musste sich selbst in das System einarbeiten.

Ein Techniker hätte es ihr in einer halben Stunde erklären können. Allein brauchte sie bis drei Uhr nachts.

Sie spielte die Töne ins System und schnitt sie in einzelne Takes. Zuerst die Worte Blumes aus der Pressekonferenz. Dann seine Aussagen im Interview. Dazu schrieb sie einen kurzen Text für die Nachrichten. Emma zog sich den Kopfhörer von den Ohren und legte den Kopf schwer auf ihre Hände. Ihre Augen brannten. Draußen verzog sich ganz langsam das Schwarz der Nacht, die blaue Stunde begann.

Sie überlegte. Der Exfreund ihrer Freundin Marianne war Arzt gewesen. Als sie sich von ihm trennte, erzählte sie Emma, er habe sie gelangweilt. Er hatte immer wieder bei ihr angerufen, später dann auch bei Emma. Sie war mit ihm spazieren gegangen, und er hatte sie gefragt, ob sie nicht wüsste, warum Marianne mit ihm Schluss gemacht hatte. Nach ein paar Treffen hatte er aufgehört zu fragen, und sie waren am Fluss entlanggegangen, ohne viel zu reden. Als er jemand Neues kennen lernte, hatten die Anrufe nachgelassen.

Sie schaute im Internet nach der Telefonnummer und wählte. Als es tutete, warf sie einen Blick auf die Uhr. Egal, dachte sie. Ich hab was gut bei ihm.

»Brinkhorst.«

»Hannes, hier ist Emma.«

»Emma! Was – ist was mit Marianne?«

»Nein, mit ihr ist alles o.k., oder ehrlich gesagt, ich hab keine Ahnung. Ich ruf dich an, weil ich eine Auskunft brauche, eine medizinische.«

»Oh, na ja. O.k., schieß los.«

»Ich war heute Zeuge eines Unglücksfalles, ein Mann ist ins Koma gefallen, und es roch so, als sei eine ganze Nagellackflasche ausgekippt worden. Hast du dafür eine Erklärung?«

»Aceton.«

Emma streckte sich über den Tisch, nahm einen Bleistift aus der Ablage und schrieb mit.

»Was ist das?«

Sie hörte Hannes gähnen und ein Geräusch, als kratzte er sich.

»Der Körper übersäuert, er strömt den typischen Acetongeruch aus. Das riecht ungefähr so wie Nagellackentferner. War der Mann Diabetiker?«

Zuckerkrank, dachte Emma. Ins Koma gefallen. Laut sagte sie in den Hörer: »Ich vermute es.«

»Aceton strömt der Körper aus, wenn er überzuckert ist.«

»Überzuckert?«

»Ja, wenn bei einer Diabeteserkrankung kein Insulin zugeführt wurde. Oder das Insulin nicht wirksam war.«

»Wie lange dauert es, bis man daran stirbt?«

»Das kommt darauf an. Die Symptome wie Schweißausbrüche und Herzrasen sind meist ganz gute Warnzeichen. Es kommt auch auf die körperliche Verfassung des Patienten an. Meistens bleibt genug Zeit zu reagieren. Aber wenn der Betroffene erst mal ins Koma gefallen ist, kann es auch schnell gehen. Ich weiß nicht, vielleicht eine Stunde.«

»Danke.« Emma flüsterte. Sie schrieb eine Sechzig vor sich auf das Blatt.

»Ein Bekannter von dir?«

»Nein, ich war beruflich dabei.«

»Oh, ich dachte, du arbeitest gar nicht mehr. Ich meine … ich hatte davon gehört.«

»In Berlin. Ich bin jetzt in Berlin.«

»Ach so.«

Es war still.

»Danke Hannes. Ich hoffe, du kannst noch mal einschlafen.«

»Emma?«

Sie wechselte den Hörer in die linke Hand.

»Ja?«

»Es tut mir leid, dass ich mich nicht gemeldet habe. Als das mit dem Mädchen passiert ist.«

Emma holte Luft. Es schmerzte in ihren Lungen wie an einem Wintertag mit Minusgraden. Hannes redete schnell weiter.

»Du warst für mich da, wegen Marianne, und ich …«

»Ich glaube nicht, dass sich das vergleichen lässt.«

Jetzt schwieg er. Emma fragte sich, ob sie ihn beleidigt hatte. »Lass gut sein, Hannes.«

»Ich wünsch dir alles Gute. Das mein ich wirklich.«

Er hatte aufgelegt. Emma starrte auf das Blatt vor sich. Eine Stunde. Ein paar Tänze vorne im Saal, ein gutes Gespräch beim Champagner. Eine Stunde konnte sehr lang sein. Bei Jenni war es schneller gegangen.

Die Buchstaben verschwammen. Nur einen Moment die Augen schließen.

Ihre Arme schoben sich wie von selbst auf die Schreibtischplatte. Ihr Kopf sank nach unten. Noch blieb Zeit, bis die Frühredaktion käme. Ihr Schreibtischstuhl ließ sich weit zurückstellen. Ob sie hier vielleicht irgendwo eine Decke auftreiben konnte?

Da flog mit einem Knall die Tür auf. Eine schlanke schwarze Frau in Jeans kam herein und zog einen Staubsauger hinter sich her. Sie murmelte vor sich hin und kratzte sich am Kopftuch. Fast stolperte sie über Emmas lang ausgestreckte Beine.

»Oh, guten Morgen!«

Emma seufzte, grüßte und beschloss, sich einen Kaffee zu machen.

Die Spurensicherung hatte das Arbeitszimmer freigegeben. Das Gästehaus der Uni war in einem schmucklosen 80er-Jahre-Bau untergebracht worden. Es lag gleich um die Ecke vom Schlossplatz. Blumes Augen wanderten langsam durch den Raum. Rosenberg hatte ein Bild ab- und stattdessen einen Stadtplan von Berlin aufgehängt. Ein Wohngebiet in Zehlendorf war rot umrandet. Blume prägte sich die Gegend ein und bat um eine Kopie des Plans. Dann zog er sich Handschuhe an und untersuchte den Schreibtisch.

Rosenberg hatte sich hier vor fünf Tagen einquartiert. Auf dem Schreibtisch lagen alte Briefe aus den 40er Jahren, Fotos, archivierte Zeitungsmeldungen aus ganz Europa über Flüchtlinge aus Deutschland. Er nahm sich vor, die Referentin zu fragen, welche Studien Rosenberg betrieben hatte.

Er öffnete ein in schwarzes Leder gebundenes Notizbuch, Rosenbergs Terminplaner, blätterte darin vor bis zu den Einträgen der letzten Woche. Dort stand ein Name, ein Treffpunkt, eine Uhrzeit. Blume notierte sich die Angaben. Erkenschwick kam auf ihn zu. In der Hand mit dem Plastikhandschuh hatte er ein Foto, das er Blume hinhielt.

»Das lag neben seinem Bett.«

Auf dem Bild waren zwei Männer zu sehen. Sie standen Arm in Arm vor dem Fotografen und lachten in die Kamera. Blume drehte das Bild um. Auf der Rückseite stand handschriftlich etwas geschrieben. Liebe Miriam, las Blume, dies sind die Männer, die junge Fische fangen.

Nachdenklich drehte Blume das Foto noch einmal um und betrachtete die Männer. Die Aufnahme war alt, das Papier leicht vergilbt. Es hatte einen gezackten weißen Rand. Die Männer trugen weite Anzüge. Sie waren gepflegt, ihre Kleidung elegant. Blume reichte das Bild wieder an den Assistenten.

»Was glaubst du, wann ist das Foto gemacht worden?«

Erkenschwick zuckte mit den Schultern, während er es vorsichtig in eine Plastikhülle steckte.

»Weiß nicht, 50er Jahre vielleicht.«

»Dies sind die Männer, die junge Fische fangen«, dachte Blume. Welche jungen Fische?

Gegen drei Uhr morgens verließ er die Wohnung und sah zu, wie die Beamten die Tür hinter ihm versiegelten. Er ordnete an, die beschlagnahmten Unterlagen zu ihm ins Büro zu bringen. Dann fuhr er durch die dunkle Berliner Nacht nach Kreuzberg. Alles war still, als er seine Wohnung aufschloss, nur die Dielen knackten unter seinen Schritten. Johanns Zimmer lag verwaist da. Ein Stoffhase war aus dem Bett gefallen. Blume legte ihn zurück und widerstand der Versuchung, sein Gesicht in das Kissen seines Sohnes zu drücken. Abrupt drehte er sich um und ging in sein Zimmer. Er zog Schuhe und Hose aus und kroch unter die Decke.

Ich kann das nicht allein entscheiden.«

Emma saß vor Markus Haarms, dem Frühredakteur. Ihre Finger umschlossen die Tasse mit dem heißen Kaffee.

»Dann ruf Schneider an. Wir haben das exklusiv, ich kann das aber nur live erzählen. Hier geht's um Beobachtungen. Das klingt im Gespräch besser.«

Haarms schaute die neue Kollegin an, die da zerzaust und übernächtigt vor ihm saß und ihm ihren sauren Kaffeeatem ins Gesicht blies. Sie hatte Recht, das wusste er. Aber wenn sie es jetzt verpatzte? Er wählte die Nummer des Chefredakteurs. Der nahm nach dem ersten Klingeln ab. Haarms warf einen Blick auf die Uhr, halb sechs. Schneider hörte sich das Ganze schweigend an und wollte dann mit Emma sprechen. Haarms reichte den Hörer weiter und beobachtete die Frau. Sie hatte etwas an sich, das ihn erschreckte, so eine Beharrlichkeit. Diese Frau machte Ärger, das spürte er, auf jeden Fall aber Arbeit. Haarms beschloss, sich von ihr fernzuhalten.

»Alles klar.« Emma hielt Haarms den Hörer hin, den er nur zögerlich nahm und dann behutsam wieder auf den Apparat legte.

»Sechs Uhr zehn. Ich hab zwei Takes, stell sie bitte zum Moderator rein. Ich geh jetzt mit ihm das Manuskript durch.« Ihre Müdigkeit schien verflogen, die Stimme klang klar und etwas aufgeregt. Sie drehte sich um, riss die Tür auf und rannte fast zum Studio. Den wütenden Blick, den ihr

Haarms hinterherschickte, sah sie nicht. Sechs Uhr zehn! Nun lag es an ihm, die ganze Sendung umzustellen …

Emma überflog noch einmal nervös ihr Manuskript. Sönke, der Frühmoderator, lächelte ihr beruhigend zu. »Let it be«, sangen die Beatles, und Emma spürte ihr Herz gegen den Brustkorb klopfen. Sie wusste, dass nicht nur Schneider genau hinhören würde. Der Refrain dudelte aus, Sönke zog den Regler hoch, das Licht leuchtete rot auf. Sie waren auf Sendung. Emma unterdrückte den Wunsch sich zu räuspern.

»Gestern Abend gab es einen Todesfall bei der Eröffnung der neuen Universität. Der prominente Wissenschaftler Tom Rosenberg verstarb noch während der Feierlichkeiten. Nach unseren Recherchen haben wir den Verdacht, dass es sich hierbei um einen Mord handeln könnte. Meine Kollegin Emma Vonderwehr ist bei mir, Emma, was ist da gestern geschehen?«

Emma hatte einen Kloß im Hals, eine fürchterliche Sekunde dachte sie, sie würde keinen Ton herausbringen können – und dann fing sie einfach an. Sie erzählte von der überraschenden Absage und dem plötzlichen Verschwinden Rosenbergs. Sie ging noch einmal den leeren weißen Gang entlang, sah die Tür. Sie beschrieb das demolierte Büro, die Männer von der Spurensicherung, berichtete von ihrem Gespräch mit Blume im Flur.

Sie sah, wie Sönke seinen professionellen, leicht überheblichen Gesichtsausdruck verlor und ihr mit offenem Mund zuhörte. Und durch ihn hindurch spürte sie, wie der Techniker hinter der Scheibe seine Regler vergaß, wie Haarms seinen Kaffee kalt werden, wie die Putzfrau die Feierabendzigarette verglühen ließ. Sie spürte, wie Autofahrer lauter stellten und Werksarbeiter den Kopf Richtung Büro drehten, in dem das Radio lief. Und zu jedem Einzelnen sprach sie.

Ein alter Mann saß im Halbdunkel in seinem Rollstuhl und starrte auf die geschlossenen bodenlangen Vorhänge. Sein Arm ruhte auf der Ablage eines antiken Sekretärs. Darauf stand ein hässlicher brauner Radiowecker, aus dem Emmas Stimme verzerrt zu ihm sprach. Er hätte tot sein können, so zusammengesunken saß er da. Die Pflegerin, die hereinkam, erschreckte. Sie ging auf die Vorhänge zu, um sie mit einem Ruck aufzureißen und Licht und Luft in den Raum zu lassen. Der Mann reckte sein altes Gesicht und herrschte sie mit heiserer Stimme an, sie sollte ihn in Ruhe lassen. Die Pflegerin fuhr zusammen, zögerte einen Moment und sagte dann leise, ja, Herr Bohmann. Dann ging sie hinaus.

Der alte Mann sank wieder in sich zusammen und lauschte den Worten Emmas. Seine Hand, die mehr einer Klaue glich, krallte sich in die braune Kunstlederverkleidung des Radios. Plötzlich schlug er auf das Radio ein, aber es steckte zu wenig Kraft in ihm, als dass er es zum Schweigen bringen konnte.

Kurz vor zehn füllte sich das Großraumbüro. Die Kollegen hängten ihre Jacken auf, schlossen ihre Taschen ein und holten sich einen Kaffee aus der Kantine. Emma hatte sich wieder an den Schreibtisch des Wochenendredakteurs gesetzt. Niemand sprach sie an, aber sie spürte die Blicke, die sie streiften. Alle halbe Stunde lief in den Nachrichten die Zusammenfassung. Haarms hatte ihr Gespräch mit Sönke in kleine Takes geschnitten, die im Programm, »in der Fläche«, wie man hier sagte, und in den Nachrichten eingesetzt wurden. Der Sprecher betonte jedes Mal, dass die Erkenntnisse »nach Recherchen von BerlinDirekt« zustande gekommen seien. Damit musste jede Nachrichtenagentur, jede Zeitung und jeder Sender BerlinDirekt zitieren, wenn sie die Meldung bringen wollten.

Schneider kam aus seinem Kabuff und ging an ihr vorbei in den Sitzungsraum. Er war kurz nach sieben ins Büro gekommen, hatte sich den Mitschnitt der laufenden Sendung angehört und mit Emma über den Abend gesprochen. Er hatte ihr geraten, nach Hause zu gehen und sich hinzulegen, aber Emma hatte abgelehnt. Sie wollte wissen, was in der Konferenz besprochen wurde. Schneider hatte genickt und war mit einem Stapel Zeitungen in seinem Büro verschwunden.

Lachend und schwatzend gingen die Kollegen an ihr vorbei in den Sitzungsraum. Emma folgte ihnen. Der kleine Raum war bereits überfüllt, jeder Stuhl am Tisch besetzt.

Emma drängte sich durch die Reihen und setzte sich auf einen kleinen Ablagetisch in der Ecke.

Schneider lehnte sich zurück und sah Haarms an.

»Gut. Legen wir los, Markus?«

Haarms holte bereits Luft, da öffnete sich noch einmal die Tür, und ein schlanker Mann Anfang sechzig im teuren Anzug kam herein. Sofort setzten sich die Mitarbeiter etwas gerader hin. Er ließ den Blick über die Stuhlreihen gehen, bis sich Sebastian, der Redaktionsassistent, erhob und ihm seinen Platz anbot. Der Mann lächelte und setzte sich mit einem Nicken. Emma hatte den Wellenchef Carl Schulenburg bisher nur auf der Internetseite des Senders gesehen. Seinen Ruf als unbescholtener Journalist hatte er sich in den 80er Jahren erarbeitet. Seine Reportagen über die Atommüll-Gegner hatten dafür gesorgt, dass die Leute von der Öffentlichkeit nicht mehr nur als Chaoten wahrgenommen worden waren.

Auch das Misstrauensvotum gegen Helmut Schmidt hatte er mit ausgewogenen Kommentaren begleitet. Dafür war ihm das Bundesverdienstkreuz verliehen worden.

Dem Verhalten der Kollegen nach schien er sich nicht oft auf den täglichen Sitzungen blicken zu lassen. Sebastian hatte sich in die Ecke neben Emma gequetscht.

Haarms raschelte nervös mit seinen Sendeabläufen.

»Also, wir sind um fünf mit den …«

»Augenblick, bitte.«

Schulenburgs Stimme drang butterweich durch den Raum.

»Ich denke, dieser Morgen ist so ungewöhnlich, dass wir einmal von der Tagesordnung abweichen können.«

Haarms erstarrte, während Schulenburgs Blick durch den Raum schweifte und schließlich an Emma hängenblieb. Er schaute kurz zu Schneider. Der nickte. Schulenburg legte die Hände aufeinander und blickte in die Runde.

»Wir werden heute in sämtlichen Agenturen mit der Geschichte unserer neuen Kollegin zitiert. Alle Zeitungen beschäftigen sich mit dem Todesfall, aber nur wir haben den Mord. Ich würde gerne wissen, wie es dazu kam. Bitte, Frau Vonderwehr, klären Sie uns auf.«

Emma fasste kurz zusammen, wie sie an dem Abend an die Informationen gekommen war. Als sie fertig war, blickte sie zufällig in Haarms' Richtung und erschrak. Er sah sie wütend an. Vermutlich war er kein Freund solcher ungeplanten Aktionen in seiner Sendung. Emma zwang sich, in die andere Richtung zu schauen.

»Gut«, sagte Schulenburg und lächelte Schneider an, »wie wollen wir in der Sache weiter verfahren?«

Schneider räusperte sich.

»Wir müssen auf jeden Fall einen Nachruf senden. Und die Polizei will heute Morgen eine Pressekonferenz abhalten.«

Er wandte sich nach links an einen älteren Mann mit eisgrauen Haaren.

»Ernst, hast du was über Rosenbergs Buch gemacht?«

Der Mann nickte.

»Sicher, das war ja ein Riesenskandal. Rosenberg hat die akademische Welt ganz schön vorgeführt. Er hat klargemacht, dass jüdische Professoren hier bis in die 60er Jahre nicht erwünscht waren. Erinnert ihr euch noch an den Professor für Jura, war es Heidelberg? Kühling hieß der.«

Einige in der Runde nickten, und der Mann, den Schneider Ernst nannte, schnalzte mit der Zunge, als erinnerte er sich an einen besonderen Leckerbissen.

»Kühling ist ein bis dahin angesehener Mann, kurz vor der Emeritierung, Ehrendoktor, das ganze Pipapo. 1995 kommt Rosenbergs Buch raus. Darin schreibt er, dass der Mann die

Rückkehr von ehemaligen jüdischen Kollegen boykottiert hat. Super Geschichte im Sommerloch. Der Professor war danach erledigt.«

Im Raum war es still. Schneider schaute in die Runde und sprach aus, was die meisten dachten.

»Ein Racheakt? Greifen unsere Hochschullehrer zu so drastischen Mitteln?«

Ernst grinste, zuckte mit den Schultern.

»Dieser Kühling ist vor ein paar Jahren gestorben. Es gab auch noch andere Klagen gegen Rosenberg, aber der ganz große Skandal ist ja jetzt schon fast zwanzig Jahre her. Wen sollte das jetzt noch interessieren?«

»Wissen wir sonst noch irgendwas über die Sache?«

Schneiders Blick blieb an Emma hängen. Ihr fiel das Telefongespräch mit Hannes ein.

»Ich glaube, dass Rosenberg Diabetiker war und dass sein Tod damit zusammenhängt.«

Erstaunte Stille im Raum. Ein Mann, der neben der Tür saß, beugte sich vor und fixierte Emma aus grauen Augen. Mit seinen Sommersprossen und den leicht abstehenden Ohren sah er aus wie ein in die Jahre gekommener Schuljunge.

»Also könnte es doch ein Unfall gewesen sein?«

Emma schüttelte den Kopf.

»Der Mann war eingeschlossen, sein Jackett mit dem rettenden Handy ist ihm weggenommen worden.«

»Vielleicht handelt es sich um einen politischen Anschlag, und Rosenberg war gar nicht persönlich gemeint.«

Alle Blicke wandten sich Bente, der Tagesreporterin zu. Sie war groß, um die vierzig und hatte lange dunkle Haare, die ihr den kerzengeraden Rücken herunterfielen. Ihre Stimme war tief und strömte Selbstsicherheit aus. Sie sah zu Schneider.

»Es hat in den letzten Tagen viele Angriffe auf die neue Uni gegeben, Anrufe, anonyme Briefe, Schmierereien an den Wänden. Darunter waren auch rechtsradikale Gruppen.« Schneider beugte sich interessiert vor.

»Was für Gruppen?«

Die Frau zuckte mit den Schultern.

»Bürgerinitiativen, Parteigrüppchen, wer genau, weiß ich nicht. Kann ich aber rausfinden. Auf jeden Fall regten sich einige Leute darüber auf, dass die Uni internationale Sponsoren hat. Das seien ›jüdische Spekulanten‹, hieß es, sogar was von ›Unterwanderung‹ hab ich gelesen.«

»Gut«, Schneider lehnte sich wieder zurück,

»Ernst, kannst du den Nachruf schreiben? Ich hätte gerne eine Auflistung der Wissenschaftler, die Rosenberg in seinem Buch angegriffen hat. Gibt es da auch Leute hier aus Berlin? Waren welche davon bei der Veranstaltung?«

Der Mann kritzelte etwas auf ein Blatt, seine eisgrauen Haare schienen sich vor Begeisterung aufzustellen.

Schneider wandte den Kopf.

»Bente, kannst du bis Mittag eine Zusammenfassung der rechten Gruppen machen?«

Die Frau mit den dunklen langen Haaren nickte.

Jetzt sah er Emma an.

»Du willst vermutlich schlafen gehen …«

»Nein, nein«, Emma versuchte, ihre Stimme wach klingen zu lassen, »ich bin o.k. Gar nicht müde.«

Schneider lächelte kurz, dann richtete er seinen Blick auf den Zettel vor ihm.

»Gut, dann kannst du den Ü-Wagen nehmen. Die Polizei hat um elf Uhr eine Pressekonferenz angekündigt. In der Uni. Melde dich, sobald du was weißt. Wir nehmen dich live drauf, jederzeit. Und denk auch an die Nachrichten. Aber bitte«, Schneider beugte sich vor und legte beide Hände auf den Tisch, »bloß keine Vermutungen. Hier ist ein Mord passiert an einer international bekannten Persönlichkeit, noch dazu war er Jude. Also bleibt bei den Tatsachen. Ich will keinen Anruf vom Justitiar bekommen. Okay, lasst uns den Rest vom Tag durchgehen.«

Schneider zeigte mit dem Kinn auf Haarms. Der räusperte sich.

»Also wir sind heute früh um fünf…«

»Oh, es sei denn, du willst noch was sagen!«

Schneiders Worte richteten sich an Schulenburg. Ihm war gerade bewusst geworden, dass noch immer sein Chef neben ihm saß.

Schulenburg lächelte.

»Schon gut, Manfred«, er stand auf und ging zur Tür. »Ich muss dann auch wieder…«

Schon war Schulenburg verschwunden. Schneider und Haarms wechselten einen Blick. Schneider grinste, Haarms' Laune sackte vollends in den Keller. Jetzt war ihm schon zum zweiten Mal an diesem Morgen der Auftritt vor dem Chef vermasselt worden.

Nach der Sitzung ging Emma zu ihrem Platz, fuhr den Computer herunter und packte ihre Sachen zusammen. Sie war schon unterwegs zum Fahrstuhl, als sie Schneider sah. Er verschwand gerade weiter vorn in seinem Büro. Emma warf einen Blick auf ihre Unterlagen, die Pressekonferenz begann in vierzig Minuten, sie hatte noch Zeit. Sie folgte Schneider.

An der offenen Tür blieb sie stehen. Schneider ließ sich auf seinen Stuhl fallen und suchte auf dem Schreibtisch unter Lagen von Papieren und Zeitungen nach seinen Zigaretten. Da sah er Emma und winkte sie herein. Sie ging zum Besucherstuhl, hob ein paar Bücher herunter und setzte sich. Schneider ging zur Tür und schloss sie. Emma sah ihn erstaunt an, er grinste.

»Wegen des Rauchens. Gilt auch für mich.«

Er stellte sich ans offene Fenster, zündete sich eine Zigarette an und hielt Emma die Schachtel hin. Sie schüttelte den Kopf. Er inhalierte tief und beobachtete sie.

Blass sah sie aus. Sie hatte Ringe unter den Augen, kam das von der letzten Nacht? Oder war sie krank?

»Was war das eben mit der Diabetesgeschichte?«

Emma strich sich die Haare aus dem Gesicht, versuchte, die Müdigkeit zu ignorieren.

»Es roch nach Aceton. Ich hab mit einem Bekannten telefoniert, Aceton strömt der Körper aus, wenn er überzuckert ist. Ich weiß noch nicht, wie das zusammenhängt, aber der

Kommissar meinte, er sei ins Koma gefallen. Vielleicht hatte er nicht genug Insulin mit.«

»Mmmh.«

Schneider war hinter seinen Schreibtisch gegangen und notierte sich etwas. Er runzelte die Stirn und dachte laut.

»Ein Prominenter? Weltweit unterwegs auf Vortragsreisen? Der sollte doch ausgerüstet sein, oder?«

Als sie nicht antwortete, blickte er hoch. Sie schien die letzte Frage nicht gehört zu haben, war in seinen Anblick vertieft. Wie ertappt sah sie ihn an.

Dünn ist sie, dachte er, viel zu dünn. Hin und wieder hatte er ihre Stimme gehört, in ARD-Sammelbeiträgen über Kommunalwahlen und norddeutsche Sturmschäden. Klar und verständlich, vielleicht eine Spur zu selbstsicher. Jetzt waren sie beide verlegen. Schneider griff schon wieder zur Zigarettenschachtel.

»Musst du nicht los?«

»Ich wollte nur fragen«, ihre Finger spielten mit dem Band ihrer Tasche.

»War das o.k., soll ich so weiter …«

Schneider sah sie erstaunt an.

»Du kriegst heute den Ü-Wagen. Was willst du noch?«

»Ich will wissen«, Emma schaute ihm jetzt gerade in die Augen, »ob ich im Team bin?«

Der belustigte Ausdruck verschwand aus Schneiders Gesicht. Er drückte seine Zigarette aus und schloss das Fenster. Dann kam er langsam zu seinem Schreibtisch und setzte sich auf die Arbeitsplatte, wenige Zentimeter von ihr entfernt. Ihm fiel auf, dass sie ihre Haare jetzt viel kürzer trug als früher. Sie hat sich verändert, dachte er.

»Deine Geschichte interessiert hier niemanden, wenn du sie nicht erzählst. Du bist erstmal dabei. Aber …«

Schnell, bevor sie erleichtert ausatmen konnte, redete er weiter. »Wenn der Rundfunkrat dich offiziell rügt, kann ich nichts für dich tun.«

Sie war schon aufgesprungen und fast an der Tür, lächelte ihn breit an. Es war zu ansteckend, er musste einfach zurückgrinsen. Als sie um die Ecke verschwunden war, wurde er wieder ernst. Er fragte sich, ob er gerade einen Fehler machte.

Emma ging im Laufschritt durch den Flur. Als sie an der offenen Tür des Großraumbüros vorbeikam, sah sie Sebastian. Er hatte seine Füße auf den Schreibtisch gelegt und telefonierte.

»Sie soll den Chef kennen«, sagte er in den Hörer.

Emma zögerte. Er hatte ihr den Rücken zugekehrt.

»Nee, Schneider.«

Emma ging schnell weiter. Das Letzte, was sie hörte, war sein Lachen.

Der Professor ließ das Maßband mit einem schnallenden Geräusch zurück in das Gehäuse rollen. Er erhob sich, so schnell sein krankes Bein es ihm erlaubte. Ihm schwindelte wie vor einem Migräneanfall. Aber er spürte, dass es diesmal der Triumph war, der seinen Kopf zu sprengen drohte.

Es waren fast fünf Meter, die ihn von den anderen trennten. Exakt 4,87 Meter. Er hatte sich von der Hausverwaltung die Baupläne geben lassen und in seinem eigenen Büro nachgemessen. Nur das Büro vom Kollegen aus der Abteilung für Baurecht reichte annähernd an seines heran. Für Baurecht! Der Professor war sich sicher, dass der Kollege mit dem Architekten unter einer Decke steckte. Anders konnte er sich die herausgehobene Größe von dessen Büro nicht erklären.

Er strich über die mahagonifarbenen Zwischenböden in seinem Bücherregal. Er hatte sich die furnierten Standardmöbel verbeten. Und hatte sogar noch ein weiteres Echtholzregal angefordert, um die fast fünf Meter zusätzliche Raumlänge auszufüllen. Die Sekretärin der Hausverwaltung hatte den Antrag entgegengenommen, ohne einen Muskel im Gesicht zu bewegen. Er wusste, er machte sich lächerlich, aber er konnte nicht anders.

Bei seinem Vater war es der Parkplatz gewesen. Jedes Jahr war er in den ersten Tagen des Semesters schlecht gelaunt nach Hause gekommen. Lange hatte er gedacht, der Vater habe keine Lust auf ein weiteres Jahr der Lehre gehabt. Bis er erfuhr, dass der Parkplatz direkt neben dem Haupteingang der Fakultät wieder einem Kollegen zugewiesen worden war. Seine Mutter hatte es einer Freundin am Telefon erzählt und dabei gelacht. Sie hatte nicht bemerkt, dass er zuhörte.

Als die Reihe endlich an ihn kam, fuhr der Vater mit der Familie im Opel Granada vor. Die Mutter saß auf dem Beifahrersitz und sah gerade nach vorn, seine älteren Schwestern waren neben ihm und stritten sich wie gewöhnlich. Der Vater fuhr zunächst an der Parkeinbuchtung vorbei, um sie auf das Nummernschild aufmerksam zu machen, das vom Hausmeister in den dafür vorgesehenen Blechrahmen geschraubt worden war. Es trug wie das Schild am Granada die Initialen des Vaters.

Den Schwestern befahl er auszusteigen, zu ihm sagte er, er solle warten, es seien zu viele Treppenstufen auf dem Weg bis zu seinem Büro. Der Junge hatte wie immer sein Buch mitgenommen und beugte sich tief über die Seiten, wenn Studenten auf ihrem Weg zum Eingang durch die Fenster des Wagens schauten. Es war ein Buch von Karl May. Noch heute wusste er, welche Geschichte es war, damals im Granada seines Vaters. Auch wenn er an dem Tag keine Zeile lesen konnte, weil seine Augen brannten.

Seine Mutter und die Schwestern kamen bald zurück. Die Schwestern unterhielten sich über die Studenten, die Mutter schwieg und schaute ihren Sohn an. Sie nahmen dann den Bus zurück zu ihrem Haus.

Der Professor ging auf das Fenster zu und öffnete es. Die Studenten liefen an seinem Audi vorbei. Er hatte den Parkplatz am Haus bereits bei seiner ersten Festanstellung bekommen. Sein Vater hatte davon nichts gewusst. Der Professor hatte ihn auch nie in seinem Wagen mitgenommen. Die umgebaute Handautomatik und der weißumrandete Parkplatz mit dem Rollstuhlzeichen hätten den alten Mann in Verlegenheit gebracht. Viel später, als der Vater zu Hause saß und nur noch über den akademischen Betrieb schimpfte, hatte er einmal in einer seiner Tiraden gesagt, wenn man heutzutage etwas werden wolle an der Universität, müsse man Frau, Ausländer oder behindert sein. Der Professor hatte nichts erwidert. Das war nach dem Skandal gewesen. Er war nur gekommen, weil seine Mutter so oft anrief und fragte. Sie hielt es nicht aus mit dem Vater, was sie aber nie zugegeben hätte.

Ein Auto hielt neben seinem Audi. Es fiel ihm auf, weil dort eigentlich keine Parklücke mehr war. Zwei Männer stiegen aus. Der eine war der Kommissar, der sie am Eröffnungsabend über Rosenbergs Tod informiert hatte. Der andere war älter, klein, mit vollem grauem Haar. Der Professor trat einen Schritt vom Fenster zurück. Er war sich sicher, dass sie zu ihm wollten.

Nach dem Tod der Mutter war es schwierig geworden. Der Vater ließ niemanden ins Haus und verwahrloste zusehends. Die Schwestern waren weggezogen und wussten immer Gründe, nicht vorbeischauen zu können. Aber er kam. Er räumte auf, kaufte ein und kochte dem Alten ein Essen. Danach setzten sie sich zusammen in die Bibliothek. Der Vater schimpfte, und der Professor schwieg. Und selbst dann noch, nach all der Zeit, brachte es der Vater nicht fertig, seinen Sohn anzuschauen. Mit abgewandtem Gesicht reichte er ihm eine Decke, um sie auf das geschiente Bein zu legen. Einmal, an einem heißen Tag, hatte der Professor die Decke neben sich liegen lassen. Da war der Vater aufgestanden, hatte sich im Badezimmer eingeschlossen und war nicht zu bewegen gewesen, wieder herauszukommen.

Sein Telefon summte, es war seine Sekretärin.

»Ja?«

»Hier ist ein Mann von der Polizei, der möchte Sie sprechen, Professor Waldreich.«

»Ja. Geben Sie mir fünf Minuten, und schicken Sie ihn dann rein.«

Der Professor ging zum Schreibtisch und setzte sich. Er rückte einen Schemel sichtbar nach vorn und bettete sein Bein darauf. Ich fahre heute zum Haus, dachte er. Nur über das Wochenende. Dann faltete er seine Hände und konzentrierte sich auf das bevorstehende Gespräch.

»Hier wohnste?«

Kalle, der Techniker, beugte sich über das Lenkrad und starrte ungläubig auf die Fassade aus gerilltem Waschbeton. Emma nickte, öffnete die Wagentür und sprang auf den Bürgersteig.

»Bin gleich wieder da!«

Im Flur kam sie an den Briefkästen vorbei. Der Zettel mit E. Vonderwehr, gestern nachlässig von ihr auf ihr Fach geklebt, rollte sich an einer Seite ab. Sie strich darüber und sah die Spitze eines Briefumschlages hinter der Klappe. Sie zog ihn heraus, warf einen Blick auf den Absender und lächelte.

In dem kleinen stickigen Fahrstuhl drückte sie auf die Zwölf. Die Glastür schob sich vor die Öffnung und gab die Sicht auf einen riesigen Penis frei, in die Oberfläche gekratzt. Daneben stand »K. lutscht Schwanz« in schräger Schrift. Emma stellte ihre Tasche zwischen die Beine und schlitzte den Brief auf. Sie zog eine Feder heraus. Sacht strich sie über die schwarz-weiße Maserung. Dann war der Fahrstuhl im zwölften Stock angekommen. Sie nahm die Feder und den Briefumschlag in die linke Hand, hob ihre Tasche hoch und stieß die Glastür mit dem Riesenpenis zur Seite. Schnell ging sie durch den Gang mit den beige-braunen Tapeten und den Resopaltüren bis zu der Nummer 316. Sie holte ihren Schlüssel aus der Tasche und schloss auf. Rechts von ihr nahm sie eine Bewegung wahr, sie drehte den Kopf zur Seite. Auf der Nachbartür war in Kniehöhe ein Poster mit der Werbebanderole einer Apotheke geklebt, es zeigte ein Lämmchen auf einer grünen Wiese. Zwei Kinderaugen zuckten zurück, als Emma in die Richtung schaute, die Tür schloss sich mit einem leisen Klicken.

Im Flur kniete sie sich vor den geöffneten Koffer und zerrte eine Unterhose und ein frisches T-Shirt heraus. Schnell zog sie sich um und ließ die schmutzigen Sachen auf dem Boden liegen. Sie ging in das kleine Badezimmer und putzte sich in aller Eile die Zähne. Fast war sie schon wieder draußen, da bemerkte sie das Blinken des Anrufbeantworters. Schneider, dachte Emma, er hat es sich anders überlegt. Sie zögerte, ging dann aber doch die paar Schritte durch das Wohnzimmer und drückte auf die Taste. Helenes Stimme drang durch die fremde Wohnung.

»Bist du gut angekommen?«

Jetzt hörte Emma Ida im Hintergrund, sie rief nach der Mutter. »Gleich«, sagte Helene und dann noch in den Hörer, »melde dich und halt die Ohren steif.«

Emma stand an dem kleinen Couchtisch und wühlte gedankenverloren in einem Haufen an Papieren und Büchern. Helene machte sich Sorgen, das hörte sie. Endlich fand sie die Schachtel mit den Briefumschlägen. Sie zog einen heraus und stopfte das rosa Bonbonpapier aus der Tasche ihrer Jeans hinein. Der Anrufbeantworter piepste, die Nachricht war zu Ende. Mit dem Umschlag in der einen, ihrer Tasche in der anderen Hand ging sie durch die Wohnung und ließ die Tür von außen zufallen. Um wach zu werden, lief sie die Treppen herunter, alle zwölf Stockwerke. Als sie unten die Tür zum Ü-Wagen öffnete, lächelte sie Kalle entgegen.

Die Trucks der Fernsehanstalten erschwerten den Weg zum Eingang. Die Mitarbeiter der Pressestelle versuchten die Fragen der Journalisten zu beantworten. Emma sah im Gedränge die Frau von dpa, heute trug sie ein dezentes dunkelblaues Kleid. Ein Haustechniker schloss eine zweite Split-Box an. In letzter Minute musste er ein Mikrofon austauschen, der Schweiß rann ihm von der Stirn.

Emma entdeckte die Referentin in einer Ecke der Kaffeebar, sie rührte langsam in ihrer Tasse und schien von dem Trubel um sie herum kaum etwas mitzubekommen. Sie hatte wieder ihr dunkelgraues Kostüm an, diesmal mit einer schwarzen Bluse darunter. Emma zog ihren Notizblock aus der Tasche und zwängte sich durch die Leute zu ihr durch. Etwas atemlos stand sie vor ihr.

»Entschuldigen Sie, ich bin Emma Vonderwehr von BerlinDirekt, wir haben gestern kurz miteinander gesprochen. Leider weiß ich Ihren Namen nicht.«

»Anne Friedrich«, sagte die Frau und schaute nun interessiert auf Emma. Sie stellte ihre Tasse auf den Kaffeetisch und reichte Emma die Hand.

»Sie haben uns ja heute Morgen schon ganz schön zu schaffen gemacht …«

Emma nahm die Hand und schüttelte sie. Sie wusste nicht, ob das als Kompliment oder Vorwurf gemeint war.

»Frau Friedrich, kannten Sie Herrn Rosenberg? Sie wirkten gestern so traurig …?«

Die Referentin zog schnell ihre Hand zurück, ihr Lächeln verschwand.

»Eigentlich doch eine ganz normale Reaktion auf den Tod, oder? Aber hier ...«

Sie schluckte, nahm wieder ihre Kaffeetasse in die Hand.

»Ich hab ihn erst vor fünf Tagen kennen gelernt, als er ankam. Ich war natürlich neugierig auf ihn. Man hat ja so einiges gehört.«

»Was denn?«

Sie schaute hoch, sah Emma an.

»Schwierig sollte er sein. Ungeduldig, ruppig. Das war er dann ja auch.«

Sie lachte leise und hörte sofort wieder auf, erschrocken über ihre Heiterkeit an diesem Ort. Sie griff ihre Tasse fester und machte Anstalten zu gehen. Eine Wand von Leuten hielt sie auf. Schnell sagte Emma:

»Er kannte sich aus unter den deutschen Wissenschaftlern, oder? Sprach er auch deutsch?«

Anne Friedrich sah sie müde an. Emma bemerkte erst jetzt, wie jung sie war, vielleicht Mitte zwanzig. Die dicke Schicht Schminke und das biedere Kostüm ließen sie älter aussehen.

»Seine Großeltern kamen aus Deutschland, hier aus Berlin. Sie mussten vor den Nazis fliehen. Seine Großmutter hat deutsch mit ihm gesprochen, aber da ist nicht viel hängengeblieben. Ein paar Brocken, sonst nichts.«

Ein Journalist drängte sich zwischen sie, seine Kamera baumelte an seinem Hals und traf Anne Friedrich an der Schulter. Sie zuckte schmerzerfüllt zusammen und hielt reflexartig ihre Kaffeetasse vom Stoff ihres Kostüms weg. Der Mann drängte sich weiter durch, er schien nichts bemerkt zu haben. Die Referentin stellte die Tasse ab und rieb sich die Schulter. »Ich glaube, er wollte mehr über seine Großeltern herausfinden. Sein Großvater ist auf der Flucht gestorben, da war sein Vater noch ein Baby. Das hat er mir auf der Stadtrundfahrt erzählt, am Holocaust-Mahnmal. Ich wusste gar nicht, was ich sagen sollte. Oh, wirklich, klingt so dumm, nicht wahr?«

»Haben Sie viel mit ihm unternommen?«

Die junge Frau schüttelte den Kopf. Das Haar, mit Spray in Beton gegossen, bewegte sich dazu als kompakte Masse.

»Ich war natürlich nicht zuständig für ihn. Für die Betreuung der neuen Professoren steht immer ein Mitglied des Stiftungsrats zur Verfügung. Ich muss jetzt aber wirklich …«

Sie zeigte lächelnd nach vorn, wo am improvisierten Podium gerade ein Wald von Mikrofonen aufgestellt wurde. Das Foyer war mittlerweile voll, überall drängelten sich die Menschen. Emma musste rufen, damit die Frau sie noch hören konnte.

»Wer war für Rosenberg zuständig?«

Anne Friedrich drehte sich noch einmal um.

»Martha Steiner. Ehrenvorsitzende im Stiftungsrat.«

Emma notierte sich schnell den Namen. Sie hob den Kopf. Die Referentin stand noch immer an derselben Stelle und sah sie an. Emma versuchte ein Lächeln. Anne Friedrich verzog keine Miene. Dann blickte sie sich um, als wollte sie sichergehen, dass ihr niemand zuhörte. Die Journalisten um sie herum beachteten sie nicht, alle blickten nach vorn. Die Referentin kam einen Schritt zurück.

»Bitte sagen Sie ihr nicht, dass Sie den Namen von mir haben.«

»Warum? Das ist doch sicher kein Geheimnis?«

»Nein, das nicht.«

Die Referentin zögerte. Sie zog mit den Fingern an ihrer Oberlippe.

»Frau Steiner ist … speziell. Ich möchte sie ungern gegen mich aufbringen.«

Sie blieb vor Emma stehen und betrachtete sie angespannt. Vorne betraten jetzt verschiedene Männer und Frauen das Podium. Emma erkannte den Kommissar. Ein älterer Mann mit schlohweißem Haar blickte sich suchend im Raum um. Anne Friedrich hob die Hand mit dem Aktenordner. Der Mann nickte erleichtert in ihre Richtung und setzte sich vor den Wald von Mikrofonen in die Mitte des Tisches. Die Referentin drehte sich noch mal zu Emma um.

»Ich muss zum Präsidenten. Aber wir sind uns auch einig, oder? Ich habe doch Ihr Wort in der Sache?«

Nachdenklich nickte Emma.

»Sicher.«

Ein erleichterter Ausdruck erschien auf dem Gesicht der jungen Frau. Sie lächelte Emma an, drehte sich um und zwängte sich durch die Leute nach vorn. Emma rief ihr nach:

»Wo finde ich Martha Steiner?«

Aber Anne Friedrich war schon in der Menge verschwunden.

»Tom Rosenberg war Diabetiker. Die Obduktion hat ergeben, dass sein Insulin manipuliert wurde. Hinzu kam eine verschleppte Lungenentzündung. Er starb an akuter Überzuckerung.«

Die große Halle voller Menschen vibrierte vor Konzentration. Die Kameras surrten, die Lautsprecher brummten. Blume blickte während seiner kurzen Rede in Emmas Richtung. Sie war sich wegen des Blitzlichtgewitters aber nicht sicher, ob er sie sah. »Wie war es manipuliert?«

Jetzt drehte Blume den Kopf in die Richtung des Rufers.

»Kein Kommentar.«

Ganz leicht lächelte er.

»Wir wollen ja niemanden auf Ideen bringen.«

»Haben Sie schon einen Verdächtigen?«

Das war die Frau von dpa. Blume wurde wieder ernst.

»Nein. Es gibt Spuren, Hinweise, nichts Konkretes.«

»Warum hat ihn niemand gefunden? Es muss doch jemand nach ihm geschaut haben?«

Emmas Worte hallten im Raum nach. Ein paar Kollegen drehten sich nach ihr um.

Blume schaute sie direkt an.

»Nach unseren momentanen Erkenntnissen hatte sich Rosenberg in einen abgelegenen Raum zurückgezogen. Niemand hat ihn dort vermutet. Der Raum war von dem Täter abgeschlossen worden. Es gab kein Fenster. Rosenberg hat versucht herauszukommen, muss dann aber ins Koma gefallen sein. Als man ihn fand, war es schon zu spät.«

Wieso geht er in einen abgelegenen fensterlosen Raum, dachte Emma. Laut sagte sie:

»Gab es Drohbriefe? Fühlte sich Tom Rosenberg bedroht?«
Blume raffte die Papiere vor sich zusammen. Er stand auf.

»Tut mir leid, darüber kann ich Ihnen keine Auskunft geben. Bitte entschuldigen Sie uns.«

Rasch ging Edgar Blume vom Podium. Er ignorierte die Rufe der Journalisten und verschwand in einem Pulk von Beamten hinter die Glastür. Emma speicherte die Aufnahme, raffte ihre Sachen zusammen und flitzte an den Kollegen vorbei nach draußen. Im spärlichen Schatten einer frisch angelegten Birkenreihe stand Kalle an den Ü-Wagen gelehnt. Kaum sah er sie angelaufen kommen, sprang er in den Wagen und fuhr den Schnittcomputer hoch. Emma griff beim Reinklettern nach dem Übertragungskabel. Sie warf einen Blick auf die Uhr. Noch zehn Minuten bis zu den Zwölf-Uhr-

Nachrichten. Das war zu schaffen. Sie wählte die Nummer der Redaktion.

Die nächsten 60 Minuten arbeiteten Emma und Kalle wie ein Uhrwerk. Zuerst die kurze Live-Schalte zu den Nachrichten, die neuesten Erkenntnisse von der Pressekonferenz. Dann ein Interview mit dem Moderator der Mittagssendung, dann die Beiträge für die übrigen Wellen. Immer wieder klingelte das Handy des Übertragungswagens, jeder Sender in Deutschland schien heute diese Nummer zu wählen. Kalle blieb die Ruhe selbst, während Emma vom immergleichen Wortlaut schon der Kopf brummte. Nach den 13-Uhr-Sendungen wurde es ruhiger, gegen 14 Uhr verstummte das Telefon. Der Techniker fuhr den Sendemast ein. Emma lief zum Bratwurststand vor dem Alten Museum. Sie hatte so einen Heißhunger, dass sie sich den Mund verbrannte.

Als sie zum Wagen zurückging, taumelte sie vor Müdigkeit. Das Adrenalin hatte sie wach und konzentriert gehalten, jetzt sackte nach der Anspannung ihr Kreislauf in den Keller. Kalle streckte den Kopf aus dem Wagen, in der Hand hielt er das Handy. Nicht noch eine, dachte Emma. Eine Jugendwelle im Saarland, die noch was für das Nachmittagsprogramm brauchte und wissen wollte, was los war in Berlin, aber bitte schön locker? Emma griff nach dem Telefon. Ihr war übel, die fette Bratwurst, das erste Essen nach einem Käsebrötchen aus der Senderkantine heute Morgen, schlug ihr auf den Magen.

Es war Schneider.

»Das lief alles gut heute. Äh, ich meine, das hast du ganz gut gemacht. Professionell.«

Ich bin ja auch ein Profi, dachte Emma. Sagte nichts. Sie hörte die Redaktion im Hintergrund, Telefonklingeln, Stimmen, ein Hund bellt. Ein Hund? Ach nein, der war hier bei ihr am Wagen. Ein gelbbrauner Köter, ein Mädchen in Springerstiefeln pfiff, er lief zu ihr.

»Was?«

Sie musste sich zusammenreißen.

»Du sollst schlafen gehen.«

»Ja.«

Sie kaute auf ihrer Lippe. Kalle rollte langsam die Kabel zusammen, er hörte zu.

»Was bringt ihr heute noch über die Sache?«, fragte sie.

»Na, das von dir, Bente und den Nachruf noch mal von Ernst. Das reicht für heute«, sagte Schneider.

Seine Stimme klang erleichtert, als wäre ihm das Lob gerade schwergefallen und er wäre froh, es hinter sich zu haben.

»Du kannst dir die Sachen morgen anhören. Wir reden in der Sitzung.«

»Gut«, sagte sie. Aber sie war jetzt schon so langsam, dass Schneider aufgelegt hatte.

Kalle streckte die Hand nach dem Hörer aus.

»Alles okay?«

Sie nickte, wollte nur noch nach Haus. Aber als Kalle nach der Tastatur griff, um den Computer runterzufahren, bat sie ihn, noch einen Augenblick zu warten.

»Na, dann geh ich noch mal eben austreten. Bis gleich.«

Kalle steuerte das Universitätsgebäude an. Emma klickte auf das Internet-Symbol und gab »Martha Steiner« in die Suchmaschine ein. Über 1000 Treffer. Sie grenzte ein mit dem, was sie wusste, Berlin, Stiftungsrat. Nur noch 15 Treffer. Sie stützte einen Moment ihren Kopf auf die Arme und rieb sich die Augen. Sie trank den letzten Schluck kalten Kaffee aus Kalles Pappbecher und verzog das Gesicht, als der halbaufgelöste Zucker süß zwischen ihren Zähnen knirschte.

Die Einträge über Martha Steiner handelten fast alle von ihrer Arbeit im Stiftungsrat. Meist waren es nur Aufzählungen der teilnehmenden Personen. Einmal wurde sie als Ansprechpartnerin für ein Stipendium genannt, dort stand auch ihre Telefonnummer. In einer Onlineausgabe einer Architekturzeitschrift wurde das Haus beschrieben, in dem »Martha Steiner, Ehrenvorsitzende im Stiftungsrat der Universität«, Witwe des ehemaligen Finanzstadtrates Anton Steiner, das Dachgeschoss bewohnte.

»Das Panther-Haus im Hansaviertel war die Sensation der Interbau 57, ein Paradebeispiel für die Stadt von morgen. Das Dachgeschoss ist rundum verglast und von einer begehbaren Galerie umgeben. Es bietet einen fantastischen Blick auf den Tiergarten.«

Emma blickte suchend an der Rückwand des Transporters hoch, die bis an die Decke mit technischen Geräten vollgestopft war. Sie entdeckte keinen Drucker. Auf gut Glück tippte sie das Symbol auf dem Bildschirm an. Zu ihren Füßen ratterte ein kleiner Laserdrucker los und spuckte eng beschriebenes Papier aus.

»Na, das geht aber eigentlich nicht.«

Kalle war zurück und lehnte mit verkniffenem Mund an der Transportertür.

»Der ist für Mails aus der Redaktion. Und wenn's schnell gehen muss, dann ist wieder kein Papier da.«

»Entschuldige.«

Emma bückte sich schnell und zog die bedruckten Blätter aus dem Gerät.

»Ich bin zu Hause noch nicht angeschlossen. Ein Notfall.«

Kalle brummte etwas und beobachtete Emma, die ihre Sachen aus dem Ü-Wagen sammelte.

»Soll ich dich vorbeifahren? Du musst doch total fertig

sein.« Emma warf einen Blick auf den Boulevard Unter den Linden. Die Autos schlichen vorbei, vor der Kreuzung am Alexanderplatz staute es sich kilometerweit zurück.

»Nee danke, da bin ich zu Fuß schneller.«

Kalle zuckte mit den Schultern, warf mit Schwung die Transportertür zu und setzte sich hinter das Steuer.

»Na dann …«

»Das hat super geklappt heut, fand ich«, sagte Emma noch.

Aber der Techniker hatte schon den Motor angeworfen und wendete. Emma ging langsam Richtung Alex zu ihrer Wohnung. Unterwegs zog sie den verknitterten Briefumschlag mit dem Bonbonpapier heraus und warf ihn in einen Briefkasten.

Ihre Tasche hatte sie gleich hinter der Wohnungstür fallen lassen. Schuhe und Jacke lagen wie Wegweiser auf der grauen Auslegeware im Wohnzimmer. Der Rest in einem Haufen vor dem Bett im hinteren Raum. Emma hatte die hellblau gemusterte Polyesterdecke heruntergezogen und ihr weißes Laken über die Matratze gelegt. Sie wühlte sich in ihr Kissen, bestickt mit Sternen und einem Halbmond, ein Geschenk von Helene zu ihrem achten Geburtstag.

Emma wachte auf vom Geräusch eines Fernsehers und Rufen. Sie tastete nach ihrem Handy, es war vier Uhr. Sie hatte eine Stunde geschlafen.

Mit bloßen Füßen lief sie ins Wohnzimmer. Das Fenster ließ sich nur auf Kipp öffnen, eine Vorsichtsmaßnahme im zwölften Stock. Unten brauste der Feierabendverkehr, Abgase strömten herein. Emma holte tief Luft.

Plötzlich spürte sie eine Bewegung und fuhr herum. An der offenen Wohnungstür stand, zu Tode erschrocken, ein Mädchen. In der Hand hielt sie die Feder von Ida.

»Du kleine …«

Mit einem Schritt war sie bei dem Kind und griff nach seinem Arm. Das Mädchen schrie und versuchte sich zu befreien. Emma stieß mit dem Fuß die Wohnungstür zu. Sie stellte sich davor und ließ das Kind los.

Die Kleine stellte sich mit dem Rücken zum Wohnzimmer in den Flur und beobachtete Emma. Einen Moment lang musterten sie sich gegenseitig. Emma merkte, dass ihr kalt war. Sie trug nur Unterhose und Hemd. Das Mädchen ging zum Tisch. Behutsam legte sie die Feder wieder auf dem Briefumschlag ab.

»Ich wollte sie nicht klauen. Nur mal anschauen.«

Ihre Stimme war unerwartet tief, fast rauchig. Emma schätzte sie auf acht Jahre. Vielleicht so alt wie Ida, wenn sich das auch immer schlecht vergleichen ließ. Sie war blond, etwas rundlich und trug ein rosa Ballerinakleid mit Hello Kitty auf der Brust.

»Wie bist du hier reingekommen?«, fragte Emma streng.

Hello Kitty ließ den Blick durch die Wohnung gleiten.

»Wo hast du denn deine Sachen?«

Emma machte einen Schritt auf sie zu.

»Hör mal …«

»Die Tür war auf. Ehrlich.« Das Mädchen redete jetzt schnell. »Vielleicht hast du sie beim Hereingehen nicht zugemacht?«

Emma blieb stehen. Sie war erschrocken. Erinnerte sich, dass sie schon im Fahrstuhl eingeschlafen war. Ewig gebraucht hatte, bis der Schlüssel das Türschloss fand. Hat sie die Tür hinter sich zugestoßen? Vorsichtiger werden, dachte sie, du bist jetzt in einer Großstadt.

»Und wie heißt du?«

»Penelope.«

Emma verkniff sich ein Lachen. Penelope spuckte ihren Namen aus wie ein altes Kaugummi.

»Schöner Name.«

»Beknackter Name. Wer schickt dir eine Feder?«

»Ein Mädchen. Ungefähr so alt wie du.«

Penelope schien über diese neue Information nachzudenken. Ganz langsam näherte sie sich mit ihrem Finger der Feder. Sie drückte die Spitze um und rieb mit ihrem Fingernagel darüber. Als sich erste feine Härchen lösten, schielte sie zu Emma. Die beobachtete sie, reagierte aber nicht. Da verlor Penelope das Interesse an der Feder. Sie kickte sie mit Daumen und Zeigefinger über den Tisch.

»Kann das Mädchen schon lesen? Oder bis hundert rechnen?«

Emma zögerte. Sagte dann:

»Nein. Das kann sie nicht.«

Penelope musterte sie.

»Warum nicht. Ist sie plemplem?«

Emma musste lächeln. Sie vermisste Ida so.

»Ja.«

Penelope nickte.

»Ist ja auch bescheuert, eine Feder zu schicken.«

Emmas Blick fiel auf das Handy auf dem Tisch.

»Hör mal, schön dich kennen gelernt zu haben, aber jetzt muss ich telefonieren.«

Penelope kratzte sich am Bauch, am linken Auge von Hello Kitty.

»Geht klar.«

Gleichmütig stapfte sie an Emma vorbei und ließ die Tür hinter sich ins Schloss fallen.

Emma nahm das Handy und suchte nach dem ausgedruckten Zettel in ihrer Tasche. Sie tippte die Nummer in das Telefon und wartete. Ein Windstoß wehte durch das offene Fenster und verursachte ihr eine Gänsehaut. Sie klemmte das Telefon ans Ohr, ging nach nebenan und schlüpfte in die Jeans.

»Ja, bitte.«

Fast wäre ihr das Telefon heruntergefallen.

»Spreche ich mit Martha Steiner?«

»Frau Steiner ist beschäftigt. Wer sind Sie denn bitte?«

»Mein Name ist Emma Vonderwehr. Ich arbeite für BerlinDirekt und würde Frau Steiner gerne kurz sprechen.«

»Warten Sie.«

Die Frau am anderen Ende legte den Hörer zur Seite und entfernte sich. Emma hörte leises Gemurmel, eine zweite Stimme, lauter als die erste, aber dennoch nicht zu verstehen. Sie nahm ihren Pullover und roch unter den Ärmeln.

»Frau Steiner ist beschäftigt. Sie sollen später noch mal anrufen. Guten Tag.«

Wann denn später, wollte Emma rufen, aber da war die Leitung schon tot. Enttäuscht warf Emma das Telefon auf die Matratze. Sie ging ins Bad, wusch sich flüchtig und vermied es dabei, zu lange in den Spiegel zu schauen. Dann zerrte sie einen neuen Pullover aus dem Koffer. Ihr war nach einem englischen Frühstück mit Rührei und Kaffee. Sie schnappte sich Jacke und Tasche, stopfte Handy, die Zettel aus dem Ü-Wagen und ihr Portemonnaie hinein und verließ die Wohnung.

Die Gegend rund um den Alexanderplatz war dicht bebaut. Marode Plattenbauten standen eng an eng, unterbrochen von vierspurigen Schnellstraßen. Männer rissen das Pflaster mit Presslufthämmern auf, Autos hupten, wenn ein Fahrer vor ihnen zu spät auf das grüne Licht reagierte, die Straßenbahn klingelte erschrockene Passanten von der Straße. Emma lief bei Rot über ein Teilstück der Straße und wich in letzter Sekunde einem Rollstuhlfahrer aus, der auf der Mittelinsel gestrandet war. Als sie anbot, ihm über die Straße zu helfen, fauchte er sie nur wütend an und zeigte dabei seine gelbschwarzen Stummelzähne. Als die Ampel auf Grün umsprang, ging sie schnell weiter.

In den Nebenstraßen rund um den S-Bahnhof gab es viele kleine Restaurants und Imbisse. Emma wählte den Asiaten, ein Schnellrestaurant mit vier Tischen und einem Durchgang zu einem kleinen Supermarkt. Es roch nach altem Fett, aber der Laden hatte immer offen. Es war billig, der Kaffee wurde nachgefüllt, und der Kellner redete nicht.

Emma bestellte ein Eier-Reisgericht und Kaffee. Der Kellner, ein junger Asiate mit Irokesenschnitt, stellte das Essen wortlos vor sie hin. Um diese Zeit war sie hier die einzige Kundin. Sie schnappte sich die Zeitung vom Nachbartisch, aber es war eine mit fremden Schriftzeichen. Sie betrachtete das Bild vorne auf dem Blatt. Es zeigte eine sehr alte Frau. Sie lachte einen Mann an oder aus, der vor ihr kniete und seinen Mund zu einem lautlosen Schrei verzogen hatte. Die Kaiserin von China hat ihren Sohn enterbt, dachte sich Emma die Schlagzeile und legte die Zeitung wieder weg. Schnell schlang sie den Reis hinunter.

Nach drei Kaffee war sie bereit, es erneut bei Martha Steiner zu versuchen. Diesmal nahm niemand ab.

Beim Bezahlen fragte sie den Kellner, ob er wüsste, wo das Hansaviertel läge. Der Junge starrte sie erschrocken an. Unwillkürlich dachte Emma, dass er vielleicht nicht reden konnte, dass das, was sie als asiatische Höflichkeit eingeschätzt hatte, eine Behinderung war. Aber dann sagte er: »Kommen Sie«, und führte sie aus dem Imbiss auf den Bürgersteig.

»Hier lang geht's zum Brandenburger Tor, ja? Dahinter

fängt der Tiergarten an. Die Häuser darin, das ist das Hansaviertel.«

»Danke.«

Der Junge nickte, tastete nach seinem Irokesenschnitt und ging wieder zurück in den Laden.

Emma machte sich auf den Weg. Jetzt zum Feierabend war der Verkehr Unter den Linden noch stärker geworden. Auch auf den Bürgersteigen drängelten sich die Passanten aneinander vorbei. Emma schaltete auf Durchzug, sie ging stur geradeaus, wich niemandem aus und reagierte nicht auf wütende Rufe. Langsam lebe ich mich hier ein, dachte sie.

Nahe der Humboldt-Universität taten ihr die Füße weh. Sie setzte sich auf eine steinerne Bank, streckte die Beine von sich und wackelte mit den Zehen. Dann entdeckte sie das Fahrrad. Es stand in einer Seitenstraße an die Wand gelehnt, ein Herrenrad mit hoher Querstange, schwarz, mit Nabenschaltung, tiefen Profilen und mindestens zwanzig Gängen. Daneben stand ein Junge und schaute wachsam um sich. Vor sich hatte er auf einem kleinen schmutzigen Teppich weitere Angebote ausgebreitet. Ein paar Uhren, ein MP3-Player. Diebesgut, wettete Emma. Ihr waren in einem Jahr drei Fahrräder geklaut worden. Deshalb fuhr sie am Schluss nur noch ein altes Klappergestell ohne Gangschaltung. Das hatte sie Helene zurückgelassen. So ein Rad wie dieses hatte sie schon lange nicht mehr besessen.

»Wie viel?«

Der Junge betrachtete sie lauernd. Er war kaum älter als fünfzehn.

»Hundert.«

Nie, hatte sie sich geschworen, nie würde sie ein geklautes Rad kaufen.

»Fünfzig.«

Aber sie war pleite. Ein halbes Jahr hatte sie nicht gearbeitet. Und die Kaution und die drei Mieten im Voraus hatten ihren letzten Notgroschen aufgebraucht. Der Junge spuckte aus.

»Spinnst du? Das ist ein total gutes Rad, hat meinem Onkel gehört. Ist leider verstorben.«

Emma grinste. Sie hob die Hand, als würde sie jemandem zuwinken, der im Rücken des Jungen stand.

»Hallo Herr Wachtmeister!«

Der Junge fuhr herum.

»Sehr witzig.«

»Also was ist jetzt? Ich hab nicht mehr Geld.«

Er überlegte. Dann hielt er die Hand auf.

»Sechzig. Dafür kriegst du dann auch noch ein echt gutes Schloss dazu.«

Pause.

»Wird ja so viel geklaut.«

Emma reichte ihm wortlos das Geld. Das neue Schloss klemmte sie sich auf den Gepäckträger. Sie schwang sich über die Querstange und trat in die Pedale. Das Rad fuhr sich leicht und schnell.

Sie warf einen Blick zurück zu dem Jungen. Er hatte schon wieder einen Kunden, ein Mann hielt den MP3-Player in der Hand.

Emma schaltete einen Gang hoch.

Gleichmäßig schnell fuhr sie durch den Tiergarten. Die Blätter waren rot verfärbt, die Sonne schien durch die kaum entlaubten Bäume. Emma atmete durch, es roch nach Erde. Am Brandenburger Tor war sie abgestiegen und hatte noch mal nachgefragt, jetzt fand sie den Weg. Sie hielt vor einem Hochhaus mitten zwischen Rasenflächen. An der Fassade hing metergroß der schwarze Panther, der dem Haus den

Namen gab. Unten im Café saßen die Leute in ihren Jacken draußen und hielten die Gesichter in die Sonne. Auftanken bevor der lange Winter kam.

Emma legte ihren Kopf in den Nacken. 17 Stockwerke zählte sie bis zum Dachgeschoss. Oben schien eine Galerie um das Haus zu gehen, darüber schloss eine geschwungene Betondecke ab. Ihre Augen wanderten über die lange Reihe von Klingelknöpfen. Rechts, etwas abgesetzt von den anderen, stand der Name Martha Steiner.

»Ja bitte?«

Wieder diese junge Stimme vom Telefon. Emma sagte ihr Sprüchlein auf und wartete.

»Ganz nach oben.«

Die Tür summte, Emma stieß sie auf. In diesem Flur gab es kein Graffiti. Emma stieg in den Fahrstuhl und drückte auf den Knopf mit der Zahl 18. Kurz darauf stand sie in einem gesichtslosen Treppenhaus. Kein Name an den Türen. Sie klopfte an die rechte. Einen Spaltbreit wurde geöffnet. Emma sah die Nasenspitze eines älteren Mannes, ein Stück schmuddeliges Hemd, trübe Augen. Es roch nach gebratenen Zwiebeln.

»Martha Steiner?«

Der Mann zischte etwas durch seine Zähne. Ein paar feuchte Spritzer landeten auf der Türschwelle.

»Die gibt's hier nicht.«

Er streckte den Kopf etwas weiter raus und zeigte mit dem Kinn nach oben.

»Höher.«

Mit einem Knall schlug der Mann die Tür wieder zu. Emma horchte auf seine schlurfenden Schritte, die sich entfernten. Dann drehte sie sich um und ging die letzten Stufen nach oben. Sie hatte hier den Zugang zum Dachboden vermutet. Aber verborgen von einer Dachschräge öffnete sich jetzt das schmale Treppenhaus zu einem runden Vorzimmer. Emma schaute sich staunend um. Der Boden war mit einem Steinmosaik geschmückt, eine Vase mit Zweigen bis zur Decke stand in einer Nische. Sie drückte auf die elegante schwarze Klingel aus Bakelit.

»Bitte warten Sie hier.«

Ein junges Mädchen, ganz in Weiß wie eine Arzthelferin, verschwand mit Emmas Visitenkarte in der Wohnung. War sie eine Pflegerin? War Martha Steiner krank?

»Ich sage es nur noch einmal. Füttere endlich die Vögel!«

Die Stimme war alt, nicht laut, aber scharf. Emma versuchte durch den Spalt in der Tür zu linsen, da wurde sie mit Schwung aufgerissen. Emma stand vor einer alten Dame. Martha Steiner war groß, so dass Emma zu ihr aufsehen musste. Sie war mager, ihr Gesicht war von Falten durchzogen, ihre Hände, in denen die Visitenkarte steckte, stützten sich auf einen silbernen Stock. Kerzengrade stand sie dort, die Haare schneeweiß. Sie trug ein mintgrünes Kostüm, das ihr wie maßgeschneidert am schmalen Körper saß. Sie erinnerte Emma an eine alte Primaballerina. Fast erwartete sie, dass sie gleich in die Hände klatschte und ungeduldig »Hopp hopp!« rief.

»Ich rede grundsätzlich nicht mit der Presse. Guten Tag.«

Im Innern der Wohnung huschte das Mädchen in Weiß über den Flur. Martha drehte sich halb zu ihr herum.

»Mach endlich deine Arbeit. Verwünschungen verbitte ich mir, auch die nur gedachten.«

Das Mädchen blieb stehen. Erstaunt öffnete sie den Mund, überlegte dann aber und klappte ihn wieder zu. Emma konnte nicht anders, sie musste lachen. Martha drehte sich ihr wieder zu.

»Das ist der Vorteil einer guten Ausbildung. Sie und ich, wir müssen nicht jede Arbeit ausführen.«

Mitten in ihr heiseres Lachen sagte Emma:

»Ach, ich dachte, Sie hätten reich geheiratet?«

Das Lachen endete abrupt, die alte Frau starrte sie verblüfft an. Jetzt wirft sie mir die Tür vor der Nase zu, dachte Emma. Aber Martha Steiner zog eine Augenbraue gekonnt nach oben. Sie trat einen Schritt näher an Emma heran und betrachtete sie abschätzig. Schnell sagte Emma:

»Erzählen Sie mir von Tom Rosenberg. Sie waren anscheinend die Einzige, die Kontakt zu ihm hatte.«

Die alte Frau zögerte. Sie nahm Emmas Visitenkarte und hielt sie sich dicht vor die Augen.

»Warum ist hier denn alles durchgestrichen?«

Emma schluckte.

»Weil es nicht mehr gilt.«

»Ein Neuanfang?«

Martha Steiner lächelte. Tiefe Falten gruben sich um den Mund, Fächer umgaben ihre schönen grauen Augen.

»Nicht mal ein Baby fängt neu an. Die Toten sind in der Überzahl. Es gibt zu viel Vergangenheit.«

»Hat Tom Rosenberg nach der Vergangenheit gesucht?«

Die alte Dame sagte nichts, schaute sie nur fragend an. Emma machte vorsichtig einen Schritt nach vorn.

»Hat er nach seinem Berliner Großvater geforscht?«

Martha Steiner wies mit einem Kopfnicken ins Innere der Wohnung.

»Kommen Sie rein.«

Emma trat an ihr vorbei in den Wohnungsflur. Ihre Füße versanken fast sofort in dem wollweißen weichen Teppich. Heiß fiel ihr der Herbstmatsch an ihren Stiefeln ein. Sie trat auf das Fischgrät-Parkett und kehrte den Flecken den Rücken zu. Als sie die zwei Stufen hinunter ins großzügige Wohnzimmer ging, stand sie staunend vor dem Panorama, das die halbrunde Fensterfront ihr bot. Der ganze Tiergarten lag vor ihr. Weit hinten sah sie die gläsernen Türme am Potsdamer Platz, noch weiter entfernt blinkte der Fernsehturm am Alexanderplatz.

»Wie wunderschön!«

Martha Steiner sagte nichts. Sie stand gelassen im Türrahmen. Diese Reaktion schien ihr vertraut. Eine Bewegung im Flur ließ sie ihren Raubvogelkopf zur Seite drehen. Das Mädchen tauchte auf, in der Hand eine leere Schüssel. Sie schaute mühsam beherrscht an der alten Dame vorbei und verschwand im hinteren Teil der Wohnung. Dabei stolperte sie über eine Schwelle, was ihren Abgang weniger würdevoll erscheinen ließ als geplant. Martha lachte leise und drehte sich wieder Emma zu.

Die betrachtete mittlerweile die Einrichtung. Zierliche Sessel standen um einen niedrigen Tisch in geschwungener Form, den Boden bedeckte hier ein Teppich mit abstrakten Mustern. Eine schlanke Skulptur aus blank polierter Bronze stand zwischen den Sesseln. Die ganze Einrichtung lebte den Stil der 50er Jahre. Sie drehte sich zu der Gastgeberin um.

»Ich fühle mich ein bisschen wie in einem Museum.«

Martha ging zu der Sitzgruppe und ließ sich vorsichtig auf dem Sessel nieder.

»Dieses Haus ist ein Museum. Das berühmte Panther-Haus der Bauausstellung von 1957. Was glauben Sie, was hier los war. Jahrelang standen die Leute mit den Fotoapparaten unten, haben geklingelt und wollten alles sehen.«

Mit einem gnädigen Nicken lud sie Emma ein, sich ihr gegenüber zu setzen.

»Der Inhalt sollte zur Form passen, das Innen zum Außen. Heutzutage achtet ja niemand mehr darauf. Alte Meister werden in Glaspaläste gesteckt und neue Bilder in baufällige Villen. Ich kann das nicht ausstehen.«

Emma setzte sich vorsichtig. Sie versuchte, den gedanklichen Sprüngen der alten Dame zu folgen. Ihr Blick fiel auf ein Hightech-Notebook, das auf einem Beistelltischchen neben einer Keramikobstschale in Form eines Blattes stand. Sie zeigte auf den Computer.

»Den gab es aber noch nicht in den 50er Jahren, oder?

Martha Steiner lächelte. Sie griff nach ihrem Stock. Damit reichte sie gerade bis zu dem Tischchen vor.

»Ich zeig Ihnen was. Würden Sie das Obst beiseitelegen?«

Emma hob die Schale vorsichtig hoch. Zwischen Äpfeln und Orangen sah sie das filigrane Netzmuster der Schale und ein Obstmesser mit blankem Teakholzgriff. So etwas hatte sie bisher nur im Kunstgewerbemuseum gesehen. Oder auf dem Flohmarkt in schlechterem Zustand. Langsam stellte sie es auf den Boden.

Martha Steiner drückte mit dem Stock auf einen Knopf an der Seite des Tischchens. Der Computer blinkte, die Festplatte wurde hochgefahren. Die Tischplatte öffnete sich in der Mitte, eine angefangene Dame-Partie wurde nach oben geschoben. Die Tischplatte, nun vergrößert, schloss sich wieder. Emma zeigte sich gebührend beeindruckt, und Martha Steiner lachte jetzt richtig. Sie sah aus, als freute sie sich wie ein Kind darüber, ihre Besucherin überrascht zu haben.

»Nur weil ich Prinzipien habe, muss ich ja nicht von gestern sein.«

Emma beugte sich vor. Sie hatte eine Idee.

»Sie spielen gegen einen Computer?«

Die alte Dame nickte.

»Und er gewinnt nicht immer.«

»Spielen wir eine Partie?«

Martha Steiner schaute erstaunt auf.

»Glauben Sie etwa, Sie könnten gewinnen?«

Emma lächelte und zog ihre Tasche an sich.

»Vielleicht. Aber solange wir spielen, darf ich Sie interviewen. Einverstanden?«

Jetzt lächelte auch Martha Steiner. Sie sah jung aus dabei. Mit einer Geste bat sie Emma, das Spiel zu ihnen herüberzuholen. Als es vor ihr lag, drehte sie das Brett um 90 Grad.

»Ich nehme immer die Weißen. Ich hoffe, das ist Ihnen recht.«

Emma wühlte in der Tasche nach ihrem Aufnahmegerät. Sie drückte auf Aufnahme und stellte es an die Seite des Spiels.

»Kein Problem. Welchen Eindruck hatten Sie von Tom Rosenberg?«

»Weiß fängt nämlich an.«

Sie schob den ersten Stein diagonal nach vorn.

»Er war ein grüblerischer Mensch. Höflich, das schon. Aber verschlossen.«

Achtlos versetzte Emma einen schwarzen Stein.

»Was haben Sie mit ihm unternommen?«

»Die Sekretärin hat ein Programm vorbereitet. Daraus hab ich mir was ausgesucht.«

Wieder ein weißer Stein nach vorn.

»Lassen Sie mich überlegen. Wir waren in der Oper und im Berggruen-Museum. Schöne Sammlung, grässliches Haus.«

»Hat Rosenberg selber Vorschläge gemacht? Hat er sich nach etwas erkundigt?«

»Nein.«

Klack, klack. Die ersten schwarzen Steine wurden einkassiert. Ich muss schneller fragen, dachte Emma.

»Rosenbergs Großeltern lebten in Berlin. Hat er von ihnen erzählt?«

»Er erwähnte mal so etwas, ja.«

Langsam sammelten sich die schwarzen Steine am Spielfeldrand. Die alte Dame war jetzt voll auf das Spiel konzentriert. Emma hatte bisher nur einen weißen Stein gewonnen. Einen gegen viele. Trotzdem ärgerte sich Martha Steiner darüber. Man konnte es ihr ansehen. Emma gab die letzte Reihe frei. Durchzug für die weiße Dame.

»Hat er nach seinen Großeltern geforscht? Haben Sie ihm dabei geholfen?«

Mit einem leisen Klacken schlug der weiße Stein an der schwarzen Grundlinie an.

»Dame!«

»Haben Sie ihm geholfen?«

»Nein.«

Mit der Dame sauste Martha Steiner über das Spielfeld. Sie räumte die letzten schwarzen Steine ab.

»Ich hab ihm sogar abgeraten.«

»Warum?«

Zufrieden strich die Hausherrin über ihr Spiel.

»Was bringt es, der Vergangenheit nachzujagen.«

»Glauben Sie, dass Rosenberg Ihrem Rat gefolgt ist?«

Martha Steiner schaute ihr Gegenüber an.

»Vielleicht hätte er das besser tun sollen.«

»Wie meinen Sie das?«

»Meine Liebe, das Spiel ist gespielt. Zeit zu gehen.«

»Glauben Sie, sein Tod hängt mit seiner Suche nach seiner Familie zusammen?«

Schwerfällig erhob sich die alte Dame. Mit einer Hand fegte sie unwirsch die letzte Frage beiseite. Emma blieb sitzen.

»Glauben Sie das?«

»Ich habe keine Ahnung. Und nun möchte ich Sie bitten zu gehen.«

Emma speicherte ihre Aufnahme und griff nach ihrer Tasche. Sie stand auf und folgte der alten Frau in den Flur. Zum Abschied reichte sie ihr die Hand.

»Danke.«

Der Händedruck von Martha Steiner war erstaunlich kräftig.

»Sie sollten sich auf das Spiel konzentrieren. Es war langweilig, gegen Sie zu gewinnen.«

Emma lächelte.

Die anderen sind für dich Gegner, dachte sie. Du unterscheidest nur zwischen denen, die du beherrschen kannst, und denen, die dir das Wasser reichen.

Sie drehte sich zur Treppe um. Die Tür hinter ihr fiel mit einem leisen Klicken ins Schloss.

Der Kirschbaum musste beschnitten werden. Sonst trieb er im Frühjahr nicht aus. Edgar Blume warf noch einen prüfenden Blick in den Garten und stapfte dann die drei Stufen hoch bis zur Haustür. Er legte die Schultüte in die linke Armbeuge und streckte die rechte Hand aus, um die Klingel neben der getöpferten Familienanzeige zu drücken, ließ sie aber doch wieder sinken. Er starrte durch das Küchenfenster in die hell erleuchtete Küche. Katrin stand mit dem Rücken zum Raum an der Küchenzeile und schnitt etwas in einem Topf. Norbert saß am Küchentisch. Er erzählte etwas, Edgar hörte seinen tiefen ruhigen Bass, und Katrin lachte.

Entschlossen drückte Edgar auf die Klingel. Er hörte, wie oben eine Tür aufgerissen wurde, hörte junge Beine die Treppe hinunterstürzen. Die Tür schwang auf, und Edgar schaute in das Gesicht seines Sohnes.

»Papa!«

Johann riss Edgar die Schultüte aus der Hand und wühlte darin herum. Triumphierend hob er den Saurier hoch. »Ein Tyrannosaurus!«

Seinen Schatz in der einen Hand, die restliche Tüte unter den anderen Arm geklemmt, stürmte der Junge wieder die Treppe hoch und merkte erst auf halber Strecke, dass sein Vater ihm nicht folgte. Er drehte sich um.

»Was ist?«

Edgar schluckte.

»Jo, ich kann leider nicht bleiben. Ich muss… ganz

schlimme Verbrecher jagen. Ich komme morgen. Oder übermorgen. Versprochen.«

Edgar bemerkte eine Bewegung aus den Augenwinkeln. Katrin stand in der Küchentür.

»Oooch.«

Johanns Unterlippe zitterte. Bitte nicht, dachte Blume.

»Ich wollte dir doch noch zeigen, wo ich sitze. Ich hab's extra für dich aufgemalt, weil du ja nicht dabei warst.«

Edgars Handy in der Hosentasche vibrierte. Er schaute auf das Display. Erkenschwick. Sie saßen schon in seinem Büro und warteten auf ihn. Er drückte den Anruf weg.

»Morgen, o.k.? Versprochen.«

Johann schluckte die Tränen herunter und sah ihn böse an. Für einen Moment schien der Junge zu überlegen, ob er die Geschenke des Vaters von sich werfen sollte. Aber dann presste er den Gummisaurier nur fest an sich und schrie:

»Dann bleib doch weg, ich hab sowieso ganz viele neue Freunde!«

Er rannte die Treppe hoch und schmiss die Tür zu seinem Zimmer hinter sich zu. Katrin ging an Edgar vorbei nach oben. Sie sah ihn an und sagte nichts.

Edgar trat einen Schritt zurück und zog die Tür zu. Schnell ging er die Einfahrt zur Straße hinunter. Er stieg in sein Auto und steckte den Schlüssel ins Zündschloss. Er starrte auf das Armaturenbrett. Das ist es nicht wert, dachte er. Dann startete er den Wagen.

Ihr Handy klingelte sie aus wirren Träumen. Emma schaute auf das Display. Sie hatte fast elf Stunden geschlafen.

»Hab ich dich geweckt? Ich wusste nicht, wie früh du aus dem Haus gehst, und wollte dich nicht verpassen.«

Helene. War sie heute Nacht wieder mehrmals aufgestanden und hatte Ida in den Schlaf gewiegt, die mit ihren acht Jahren noch immer nicht durchschlief? Helenes Stimme klang so frisch wie klares Wasser.

»Soll ich später noch mal anrufen?«

»Schon gut.«

Emma kuschelte sich in das warme Bett. Das Telefon schob sie zwischen sich und das Kissen, so konnte sie die Hände zwischen den schlafwarmen Schenkeln wärmen.

»Wie geht's euch? Schön, dass du anrufst.«

»Ach, wir kommen schon klar.«

Im Hintergrund hörte Emma ein Rumpeln.

»Ida vermisst dich natürlich schrecklich. Nein, lass das bitte stehen! Ich natürlich auch. Ich geb sie dir mal.«

Ein Rascheln war zu hören, Helene sprach leise mit ihrer jüngsten Tochter. Emma schloss die Augen und wünschte sich dort in die Küche.

»Hallo Emma!«

»Ida, meine Süße! Hast du heute die erste frei?«

Ida kicherte. Emma sah sie vor sich, wie ihr breiter Mund sich verzog, die schmalen Augen sich weiteten. Sie tastete nach dem Telefonhörer und streichelte ihn.

»Nee, wir sind nur spät dran. Mir ist da ein kleines Malheur passiert.«

Also hatte sie sich in die Hose gemacht. Das war ihr seit Jahren nicht mehr passiert. Emma bekam gleich ein schlechtes Gewissen. War ihr Gehen doch zu hart für das Mädchen gewesen?

»Danke für die Feder. Sie ist wirklich sehr schön.«

»Hast du schon was gefunden?«

»Was ganz Tolles. Ist schon unterwegs an dich.«

Ida klatschte in die Hände. Dabei fiel ihr das Telefon runter. Schnell hob sie es wieder auf.

»Emma, hast du jetzt einen Fernseher?«

Emma lachte. Ida konnte es nicht verstehen, dass Helene keinen Fernseher in der Wohnung haben wollte. Dass alle ihre Freundinnen einen hatten, zog bei ihrer Mutter nicht.

»Nein, aber weißt du was? Hier nebenan wohnt ein kleines Mädchen, das ist genauso alt wie du, und wenn du mich besuchen kommst, dann könnt ihr zusammen spielen.«

Ida japste vor Begeisterung.

»Mama! Wann fahren wir zu Emma?«

Gib sie mir mal, hörte Emma Helene sagen. Dann war sie wieder am Apparat.

»Vielleicht solltest du so was erstmal mit mir besprechen, bevor du Ida köderst.«

»Tut mir leid.«

»Ach schon gut. Nur, du weißt ja, wie sie ist. Jetzt liegt sie mir damit tagelang in den Ohren.«

Helene seufzte. Dann klopfte sie mit ihrem Zeigefinger auf den Tisch und lachte. Das machte sie immer, wenn sie verlegen war und das Thema wechseln wollte. Emma saugte die vertrauten Geräusche auf.

»Wie geht es dir denn da in der großen Stadt?«

»Gut.«

Emma setzte sich auf.

»Ich hab Arbeit.«

»Das ist doch super!« Helene klang begeistert. Was ist super – fragte Ida im Hintergrund. Was ist, Mama? Gleich, sagte Helene. Emma räusperte sich.

»Ich kann dann auch bald etwas Geld schicken.«

»Das hab ich doch jetzt gar nicht gemeint.«

Sie hatte ihre Mutter mit allem sitzen gelassen. Die teure gemeinsame Wohnung und die Betreuung von Ida. Jetzt musste Helene jemanden bezahlen, der Ida holte, wenn sie Spätschicht hatte.

»Ich mach's aber trotzdem bald.«

»Wie du meinst.«

Jetzt herrschte Stille. Mutter und Tochter hörten sich beim Atmen zu.

»Du, ich muss dann auch. Wir sind sowieso schon zu spät.«

»Ja. Schön, dass du angerufen hast.«

»Halt die Ohren steif, meine Große.«

Ein Klicken, die Leitung war tot. Emma hängte noch einen Moment den vertrauten Stimmen nach, dann warf sie entschlossen die Bettdecke zur Seite und stieg aus dem Bett. Sie duschte und zog sich an. Nach der Arbeit musste sie ein paar Sachen einkaufen, der Kühlschrank war leer.

Mit dem Fahrrad war sie in zwanzig Minuten am Funkhaus. Sie warf einen Blick in das Sendestudio, Sönke war am Mikrofon, er hob die Hand zum Gruß. Noch lief das Frühprogramm. Haarms saß mit dem Rücken zu ihr am Regiepult.

Im Büro war noch wenig los. Emma setzte sich wieder an den Platz des Wochenendredakteurs und fuhr den Computer hoch. Sie spielte die Töne von Martha Steiner ins System und schrieb einen Text dazu. Dann hörte sie sich den Nachruf und den Bericht von Bente über die rechten Gruppen an. Sie notierte sich die Namen, keiner sagte ihr etwas. Sie vermutete, dass es sich um lokale Gruppen handelte. Emma lauschte Bentes dunkler Stimme. Ihr Bericht war nüchtern und wurde an keiner Stelle spekulativ. Sie hatte sich Schneiders Worte zu Herzen genommen, dachte Emma. Ein heißes Eisen, der Fall, bleibt bei den Fakten.

Als sie fertig war, schaute sie auf die Uhr. Noch zwanzig Minuten bis zur Konferenz. Sie googelte die Telefonnummer der Jüdischen Gemeinde und hoffte, dass das Büro schon besetzt war.

»Ja bitte?«

Emma räusperte sich, sagte ihren Namen und den des Senders.

»Ich bin auf der Suche nach einem jüdischen Paar, Berliner, die vor den Nazis geflüchtet sind. Haben Sie darüber noch Informationen?«

»Wie ist denn der Name?«

»Rosenberg. Die Vornamen weiß ich leider nicht.«

»Rosenberg?«

Die Frau in der Leitung tippte etwas in eine Computertastatur. Emma wartete gespannt.

»Hier, Augenblick. Ach nein, da muss ich Sie leider enttäuschen.«

»Sie haben gar nichts?«

»Im Gegenteil. Wir haben für 1933 unter dem Namen Rosenberg 312 Eintragungen. Wissen Sie denn sonst gar nichts über die Leute?«

Emma dachte nach. Gab es irgendwelche Anhaltspunkte?

»Ich weiß nur was über den Enkel. Aber der hat nicht hier in Deutschland gelebt.«

»Dann kann ich Ihnen leider nicht weiterhelfen. Versuchen Sie es doch im Jüdischen Museum. Die haben von manchen Familien die Stammbäume. Vielleicht haben Sie Glück.«

»Ja, danke.«

Nachdenklich legte Emma auf. Eine Zeitung landete mit einem Knall auf ihrem Schreibtisch. Schneider stand vor ihr. Sein Blick verhieß nichts Gutes.

»Im Berliner Boten bringen die was von einer Verabredung. Schade, dass wir das nicht hatten.«

Er ging weiter auf den Konferenzraum zu. Mit einem Ruck riss er die Tür auf und stapfte hinein.

Emma zog die Zeitung zu sich. Die Geschichte um Rosenberg stand als Aufmacher im Lokalen. Das Opfer habe noch einen Freund treffen wollen, am Tag vor seinem Tod. Reißerisch schrieb der Journalist, »Wusste Rosenberg um die Gefahr? Wollte er Hilfe suchen bei einem Freund?«

Emma notierte sich den Namen des angeblichen Freundes und trug ihn bei Google ein. Er war Professor für Steuerrecht und hatte sein Büro ebenfalls an der neuen Elite-Universität in Mitte.

Emma schaute wieder zur Uhr. Noch zehn Minuten. Sie wählte die Nummer des Büros in Mitte.

Eine Frau meldete sich.

»Ja?«

Sagt hier eigentlich niemand seinen Namen, wenn er ans Telefon geht, dachte Emma. Laut sagte sie:

»Ich arbeite für BerlinDirekt und möchte gerne Herrn Hans Waldreich sprechen.«

»Tut mir leid. Professor Waldreich ist übers Wochenende weggefahren und erst wieder am Montag erreichbar.«

»Können Sie mir etwas sagen über das Treffen mit Rosenberg?«

Die Frau schnaubte. Aus Entrüstung, dass ich ihr so etwas zumute?, fragte sich Emma. Oder war sie einfach erkältet?

»Natürlich nicht. Und der Professor ist nicht zu sprechen. Da müssen Sie und Ihresgleichen sich schon gedulden. Guten Tag.«

Deinesgleichen kann mich mal, dachte Emma. Sie legte auf und ging in den Konferenzraum.

In dem Raum war es schon fast voll. Sie setzte sich in die zweite Reihe zwischen zwei Kollegen, die sich mit Kaffeebechern in der Hand über Autoversicherungen unterhielten. Schneider blaffte einen Kollegen an, der das Radio angestellt hatte. Alle schauten auf, augenblicklich war es still im Raum. Schneider setzte sich. Sein Blick in die Runde war finster.

»Zunächst einmal möchte ich klären, warum wir bei dem Straßenbahnunfall die Zeitungen zitieren müssen. Markus?«

Haarms räusperte sich.

»Die Nachricht kam gestern kurz nach 19 Uhr. Es gab keine Direktmeldung auf das Bereitschaftshandy. Heute Morgen hab ich es natürlich in den Agenturen gelesen, aber da war es ja auch schon groß in den Zeitungen.«

»Wieso hat dann niemand einen Ton von der Polizei geholt? Herrgott, wie klingt das denn, wenn wir unsere Konkurrenten als Quelle nennen müssen!«

Emma zog den Kopf ein. Sie wusste, dass er auch sie meinte und war froh, dass er es nicht vor allen Kollegen sagte.

Etwas lahm meinte Haarms:

»So früh ist doch noch niemand da. Und ich muss schließlich das Programm fahren!«

Niemand sagte etwas. Schließlich wagte ein älterer Kollege in die Stille hinein zu fragen:

»Was ist denn überhaupt passiert?«

Haarms schaute in seine Unterlagen.

»Ein Straßenbahnunfall gestern Abend gegen halb sieben. Eine Jugendliche hat das Klingeln der Bahn überhört und ist auf ihrem Fahrrad erfasst worden. Sie hatte Kopfhörer auf und hörte mit dem iPod Musik.«

Schneider stöhnte und rieb sich die Nase.

»Wir müssen heute an der Geschichte dranbleiben und eigene Ergebnisse präsentieren. Möglichst mit dem Ü-Wagen. Haarms, du behältst das im Auge. Irgendeine Idee?«

Jemand schlug vor, die Autofahrer nach der Lautstärke ihres Radios zu befragen. Alle redeten durcheinander, wie gefährlich es sei, so abgeschirmt von Geräuschen durch die Stadt zu fahren.

Bente beugte sich vor und fragte mitten in die Stimme:

»Und das Mädchen?«

Wieder wurde es still. Haarms zuckte mit den Schultern.

»Sieht nicht so gut aus. Vielleicht überlebt sie.«

Emma beobachtete Bente. Der Fall schien sie zu berühren. Emma fiel ein, dass auch Bente Kinder hatte. Sie musste an Ida denken. Ida liebte es, Musik per Kopfhörer zu hören. Aber dabei fuhr sie nicht Fahrrad. Was Ida machte, das tat sie ganz und gar. Musik hören. Lachen. Traurig sein. Wie sie geweint hatte, als Emma ihren Koffer nahm und die gemeinsame Wohnung verließ.

Die Vormittagsredakteurin trug jetzt das Programm vor. Ein Senatsmitglied stand vor Gericht wegen häuslicher Gewalt, eine Zeitschrift hatte Tiefkühlkost getestet. Dazu Tipps für die letzten schönen Herbstabende. Schneider erinnerte die Redakteurin daran, Beiträge für den Straßenbahnunfall einzuplanen, sobald Haarms einen Weiterdreh gefunden hatte.

Sie kritzelte etwas an den Rand ihres Sendeplans. Schneider schaute wieder in die Runde.

»Gibt's was Neues in dem Mordfall?«

Sein Blick blieb an Bente hängen. Emma spürte einen feinen Stich der Eifersucht. Bentes dunkle Stimme ließ wie immer alle aufhorchen.

»Nichts Neues von der Polizei jedenfalls. Aber da ist was im Busch. Gib mir noch ein bisschen Zeit, ich löcher die noch mal.«

Schneider nickte und machte sich eine Notiz.

»Was machst du heute, Emma?«

Emma setzte sich gerade hin. Sie blätterte nervös in ihren Zetteln.

»Der Freund, von dem die in den Zeitungen berichten, der ist erst Montag zu sprechen. Ich hab aber mit der Frau gesprochen, die Rosenberg hier von der Uni aus begleitet hat. Eine alte Dame aus dem Stiftungsrat. Nichts für die Nachrichten, eher was Buntes, wie er so war, was sie gemacht haben. Außerdem …«

Sie ließ die Blätter sinken und sah Schneider an.

»Ja?«

»Er hatte Familie hier. Jedenfalls bis 33. Wahrscheinlich sind keine mehr da, aber vielleicht finde ich ja doch noch Verwandtschaft.«

»Gut.«

Schneider schaute einen Moment mit gerunzelter Stirn auf den Sendeablauf vor ihm. Dann hob er den Kopf.

»Wir halten uns eine Stunde am Nachmittag offen. Falls wir etwas zusammenbekommen, machen wir eine Sondersendung zum Stand der Ermittlungen. Gegen dreizehn Uhr will ich wissen, ob genug Futter dafür da ist. Vorher wird on air nicht auf die Sendung geteast. Noch Fragen?«

Alle schüttelten die Köpfe, manche standen auf, reckten sich, andere warfen die leeren Kaffeebecher in den Mülleimer. Schneider war schon vorausgelaufen in die Senderegie. Emma drängelte sich nach vorn durch und tippte Ernst, dem Redakteur mit dem eisgrauen Haar, auf die Schulter. Er drehte sich zu ihr um und winkte dabei gleichzeitig seinem Vordermann zu, der den Raum verließ.

»Was ist denn?«

Emma schaute den Mann an. Er war kaum größer als sie. Seine Augen waren so grau wie sein Haar.

»Ich wollte nur fragen – du hast doch gestern überprüft, ob jemand im Saal war, den Rosenberg angegriffen hat. In seinem Buch, mein ich.«

»Ach deswegen.«

Der Mann ließ einen Kollegen vorbei durch die Tür gehen.

»Nee, da war keiner. Hätte mich auch gewundert.«

»Warum?«

Die beiden waren jetzt die Letzten im Raum. Ernst ging durch die Tür. Sein Schreibtisch war gleich neben dem Sitzungsraum. Er ließ sich auf seinen Drehstuhl fallen und fuhr den Computer hoch. Dann schaute er zu Emma, die abwartend neben seinem Stuhl stehen geblieben war.

»Warum? Na zum einen, weil sie langsam zu alt sind. Die Leute, die nach dem Krieg schon auf Universitätsposten saßen, die sind längst weg vom Fenster.«

»Und warum noch?«

Der Computer blinkte jetzt. Ernst trug seinen Namen und das Kennwort in die Eingangsmaske ein. Abwesend fragte er:

»Was, warum noch?«

»Du meintest, zum einen. Was ist der andere Grund?«

Ernst warf einen Blick auf die neue Kollegin, die an seiner Seite stand. Er lehnte sich zurück und wies auf den Stuhl neben sich. Emma setzte sich. Ernst nahm ein Buch von seinem Schreibtisch und hielt es ihr hin. Rosenberg lächelte sie von dem Titelblatt an.

»Weil einer, der von Rosenberg als Antisemit beschimpft wird, seinen Hut nehmen muss. Der hat keine Chance mehr an den deutschen Universitäten, egal, was er geleistet hat.«

Emma schaute dem Mann ihr gegenüber wachsam in die Augen.

»Aber sie haben es doch verdient. Oder hat Rosenberg übertrieben? Hat er jemand zu Unrecht verurteilt?«

Ernst hob die Augenbrauen. Er warf das Buch zurück auf den Schreibtisch.

»Vermutlich war er ganz korrekt. Nur dass die in Deutschland nach dem Krieg auch nichts zu essen hatten, das hat er nicht geschrieben. Die hatten ja vielleicht auch Familien, die versorgt werden mussten.«

Emma stand auf. Ihre Stimme war jetzt kalt.

»In den 60er Jahren war die Not nicht mehr so groß. Und wenn Rosenberg nicht korrekt recherchiert hätte, dann wäre er sicher verklagt worden.«

Sie stand auf, drehte sich um und durchquerte den Raum. Ernst biss sich auf die Lippe.

»Er ist zigmal verklagt worden!«

Schlagartig war es ruhig in dem großen Büro. Alle schauten zu ihm hin. Emma drehte sich um.

»Aber keiner hat gegen ihn Recht bekommen.«

Sie ging zu ihrem Platz. Die Kollegen wandten sich wieder anderen Dingen zu.

Ernst schmeckte Blut auf der Lippe.

Blöde Gans, dachte er.

»Hier ist das Jüdische Museum, Dieter Schmidt, wie kann ich Ihnen helfen?«

Schmidt, klingt gar nicht jüdisch, dachte Emma automatisch. Laut sagte sie:

»Ich bin Journalistin und recherchiere über einen jüdischen Berliner, der 1933 geflohen ist.«

»Solche Anfragen gehen an unser Archiv. Soll ich Sie verbinden?«

»Ja, bitte.«

Emma lauschte der Warteschleifenmusik, ein Klarinettensolo. Sie fragte sich, ob man jüdischen Glaubens sein musste, um dort angestellt zu werden. War diese Annahme schon rassistisch? Aber würde sie nicht das Gleiche bei einem katholischen Museum denken?

»Guten Tag, Selkov mein Name. Ich höre, Sie sind Journalistin?«

»Ja, ich arbeite für BerlinDirekt. Ich bin auf der Suche nach einem Ehepaar Rosenberg. Leider weiß ich nicht viel über sie, nur dass sie 1933 geflohen sind.«

»Rosenberg, das ist ein ziemlich geläufiger Name. Wissen Sie sonst nichts über sie, Vornamen, Beruf, Aussehen?«

»Leider nicht. Ich weiß nur, dass sie einen Enkel haben, der in den Staaten lebte. Er soll bei seiner Großmutter aufgewachsen sein.«

Einen Moment lang war es in der Leitung still.

»Der Rosenberg? Der gestern ermordet worden ist?«

»Er ist also nicht bei Ihnen aufgetaucht und hat nach seiner Familie recherchiert?«

»Nein.«

Emma seufzte.

»Tja, dann tut es mir leid, Sie gestört zu … warten Sie, Sie sagten Aussehen? Haben Sie darüber Informationen gespeichert?«

»Ja. Wir haben viele Bilder und Alltagsberichte. Da geht es

oft auch um Äußerlichkeiten. Wir versuchen, ein möglichst umfassendes Bild …«

»Rote Haare?«

»Wie bitte?« fragte Selkov.

Emma setzte sich aufrecht hin. Sie war jetzt konzentriert.

»Tom Rosenberg, der Enkel, hatte flammend rotes Haar. Ist das nicht häufig vererbt? Vielleicht hat er es von der Familie väterlicherseits?«

»Warten Sie.«

Der Hörer wurde beiseitegelegt. Zum Glück drückte der Mann nicht die Warteschleifenmusik. Emma trommelte angespannt mit dem Finger auf den Block vor ihr. Ihr Blick fiel auf Haarms. Er saß drei Tische weiter und telefonierte ebenfalls. Dabei sprach er lauter als gewöhnlich. Emma hörte ein Klacken in der Leitung.

»Vielleicht haben wir Glück. Aber ich gebe Ihnen keine Garantie, dass wir richtigliegen.«

Emma presste sich den Hörer so fest auf das Ohr, dass es wehtat.

»Was ist es?«

»Es gibt hier einen Carl Josef Rosenberg, geboren 1886. Er wurde von Freunden und Kollegen Caro genannt, wegen seines roten Haarschopfes.«

»Haben Sie noch mehr über ihn?«

Der Mann lachte.

»Eine ganze Schublade voll.«

»Darf ich Sie besuchen kommen?«

In Blumes Büro summten die alten Heizkörper. Sie wurden automatisch betrieben und schalteten sich um Punkt siebzehn Uhr aus. Blume hielt den Telefonhörer in der Hand. Er hatte mit dem Anruf gewartet, um ungestört zu sein.

»Das Mädchen wurde angeblich vergewaltigt. Damit ist sie wohl nicht klargekommen.«

Blume fragte in den Hörer:

»Wieso angeblich?«

»Der Mann ist freigesprochen worden. Mangels stichhaltiger Beweise, wie es so schön heißt.«

Blume machte sich eine Notiz. Er wechselte den Hörer in die andere Hand.

»Und was hat diese Journalistin damit zu tun?«

»Emma Vonderwehr?«

Edgar Blume warf einen Blick durch die Tür in den Nebenraum auf seinen Assistenten Erkenschwick. Er saß schräg zu ihm an seinem Schreibtisch und packte seine Thermoskanne in die Tasche.

»Mmmh.«

Der Kollege am Telefon sagte: »Sie hat über den Fall berichtet. Und dabei auch erzählt, dass die Kleine ganz schön wild war. Mit fünfzehn schon zweimal abgehauen und so. Nach dem Freispruch gab es dann viel Gerede. Immer wieder wurde aus den Porträts zitiert, die die Vonderwehr von ihr gemacht hat. Von wegen Alkohol und Streit zu Hause. Und am Ende glaubten viele, das Mädchen habe sich das nur ausgedacht.«

»Die Vergewaltigung ausgedacht? Warum sollte sie das tun?«

»Es gab den Verdacht, die Vonderwehr würde dahinterstecken. Die beiden waren ganz dicke. Und die Frau ist ja mit der Geschichte auch groß rausgekommen. Hat ne Riesenkampagne gestartet, gegen Gewalt und so.«

Blume starrte auf Erkenschwick. Wie konnte man nur so lange brauchen, um wenige Sachen in eine Tasche zu legen. Endlich ließ Erkenschwick die Schnalle zuschnappen. Er stand auf, nahm seinen Mantel und nickte in Blumes Richtung. Dann fiel die Tür zum Flur hinter ihm zu. Blume wandte sich wieder dem Telefongespräch zu.

»Aber dann hat sich das Mädchen umgebracht.«

»Erhängt hat sie sich, in der Turnhalle ihrer Schule. Die Familie war natürlich geschockt. Und alle gaben der Vonderwehr die Schuld. Sie wäre nicht sachlich geblieben, hätte den angeblichen Täter schon vorher verurteilt. Das Ganze benutzt für ihre Karriere.«

»Also mir kommt es eher so vor, als hätten die Leute einen Buhmann gebraucht.«

»Ich weiß nicht, Edgar, wer kann schon sagen, wie das alles abgelaufen wäre ohne diesen Wirbel. Vielleicht würde das Mädchen noch leben.«

Die beiden Männer schwiegen. Dann fragte der Kollege:

»Warum interessierst du dich eigentlich für die Frau? Ist sie jetzt in Berlin?«

»Ja, sie schreibt hier über einen Fall von mir.«

»Hier war sie plötzlich weg vom Fenster. Ich hab gehört, sie ist rausgeschmissen worden.«

Blume starrte auf den Block vor sich. Dann strich er plötzlich alles heftig durch.

»Danke Robert. Hast was gut bei mir.«

»War schön, mal wieder von dir zu hören. Grüß Katrin von mir.«

Blume schluckte.

»Mach ich.«

Emma saß in der U-1 und fuhr Richtung Kreuzberg. Ihr großes Männerrad blockierte drei Sitze, aber der Zug war nicht voll. Sie hatte Schneider informiert und versprochen, sich rechtzeitig zu melden, falls die Sondersendung stattfände.

Am Wittenbergplatz tauchte die Bahn aus dem Tunnel auf und fuhr auf die Hochtrasse. Emma stützte ihren Arm auf dem Gepäckträger ab und schaute aus dem Fenster. Sie sah graue Altbauten und eine Tankstelle. Die Sonne schien noch immer warm. Am Gleisdreieck stieg ein Mann zu. Er setzte sich ihr gegenüber und betrachtete interessiert ihr Fahrrad. Emma spürte, wie ihre Wangen heiß wurden. An der nächsten Haltestelle stieg sie aus.

Der gezackte Aluminiumbau leuchtete schon von weitem in der Sonne. Auf einer Treppe zu einem Nebeneingang saßen zwei Männer in orthodoxer Tracht mit langen Locken an den Seiten. Sie wickelten ihre Brote aus und hielten ihr Gesicht in die wärmenden Sonnenstrahlen. Emma kettete ihr Rad an und ging in das Museum. Am Eingang sagte sie, sie sei mit dem Archivar Selkov verabredet. Dann musste sie durch eine Metallschleuse gehen, wie am Flughafen. Ihr Aufnahmegerät weckte Interesse, sie sollte es auspacken und vorzeigen. Erst dann durfte sie passieren. Etwas beklommen von den Vorsichtsmaßnahmen packte sie ihre Sachen wieder ein. Am Ende des Flurs stand ein Mann in schwarzen Lederhosen. Er hatte das schütter werdende Haar zu einem langen Pferdeschwanz gebunden.

»Frau Vonderwehr? Ich bin Aaron Selkov.«

Sie schüttelten sich die Hände, und Emma folgte ihm ins Innere des Museums. Durch eine Seitentür verließen sie den Ausstellungsbereich. Sie gingen an vielen Türen vorbei, bogen mehrmals ab oder stiegen ein paar Stufen hoch oder runter.

Dieses Haus ist ein Labyrinth, dachte Emma, während sie fasziniert den wippenden Pferdeschwanz vor sich beobachtete, allein finde ich hier nie mehr raus. In dem Moment drehte sich der Mann vor ihr um.

»Warum interessieren Sie sich für die Rosenbergs?«

»Ich versuche herauszufinden, was Tom Rosenberg in den letzten Tagen hier in Berlin getan hat. Ich glaube, er hat nach seinen Großeltern geforscht.«

Oder nicht? Sie hatte nur die Aussage der Universitätsreferentin. Plötzlich war sie sich ihrer Sache nicht mehr sicher. Sie machte ein paar schnelle Schritte, um neben dem Archivar gehen zu können.

»Vielleicht irre ich mich aber auch. Hätte er nicht in dem Fall zuallererst Sie aufgesucht?«

Der Mann blieb abrupt stehen. Er legte seine Hand auf eine Türklinke und sah Emma nachdenklich an.

»Wissen Sie, wir haben hier nur sehr allgemeine Informationen. Haben Sie nicht erzählt, seine Großmutter hat ihn aufgezogen?«

Emma nickte.

»Ja, das habe ich zumindest so gehört.«

»Dann wusste er vielleicht schon alles, was wir zu bieten haben. Und interessierte sich für ganz andere Quellen.«

»Welche könnten das sein?«

Der Mann lächelte. Er öffnete die Tür und winkte Emma hindurch.

»Wir sollten erst einmal herausfinden, ob Caro Rosenberg überhaupt Ihr Mann ist.«

Das Archiv des Jüdischen Museums war in einem scheinbar endlosen schmalen Gang untergebracht. Rechts standen kleine Tische mit Nutzerterminals, links die Regale. Große Räder waren in Abständen daran befestigt. Wenn der Archivar an einem Rad drehte, glitten sie zur Seite und schlossen eng aneinander auf.

Selkov hatte sich kurz an einen PC gesetzt und die Nummer herausgesucht. Jetzt ging er die Reihen der Regale ab. Er drehte an einem Rad, ein Regal glitt zur Seite, und ein Gang öffnete sich.

»Kommen Sie bitte.«

Im Innern des Gangs sah Emma geschlossene Schubladen bis unter die Decke. Sie waren durchnummeriert. Selkov ging die Reihe ab. Dann blieb er stehen und ging in die Hocke. Emma machte es ihm nach.

»Mal sehen, was uns Caro Rosenberg zu erzählen hat.«

Ganz vorsichtig zog der Archivar die Schublade auf. Dort herrschte ein Durcheinander wie in einem normal gebrauchten Schreibtisch. Fragend sah Emma zu Selkov, er nickte.

Sie zog ein silbernes Etui aus der Lade. Ein Brillenetui. Es war elegant geschwungen. Sie öffnete es. Das Futteral aus blauem Samt war leer. Emma schaute hoch.

»Wie kommen Sie an die Sachen?«

»Vieles sind Schenkungen von der Familie. Auch Nachlässe. Bei den Juden, die 33 fliehen mussten, ist es schwieriger. Das meiste wurde von den Nazis aufgeteilt. Den Rest nahmen dann die lieben Nachbarn mit.«

Selkov nahm ihr das Etui aus der Hand und drehte es um.

»Das hier wurde bei einem Pfandleiher gefunden. Sehen Sie.«

Emma beugte sich über das Etui. *Caro Rosenberg* stand dort eingraviert.

»Das meiste wird durch Zufall gefunden. Wir haben mittlerweile ein ganz gutes Netz von Hobbydetektiven.«

Behutsam legte Emma das Etui zurück in die Lade, neben ein Nadelkissen mit gestickten Blumen. Ihre Hände strichen über ein paar alte Bücher, Gedichte und ein Erzählband von Theodor Storm. Auf der ersten Seite hatte sich in steiler Schrift die Besitzerin eingetragen: Miriam Rosenberg.

Emma zog einen Stoß Zettel aus der Lade. Es waren Skizzen von Häusern, Details wie eine Veranda oder ein Bodenfenster. Selkov zeigte auf ein Foto. Es war die Vorderfront eines zweistöckigen Hauses abgebildet.

»Das war Rosenbergs Haus. Es stand in Lichterfelde.«

Emma nahm die Fotografie und besah sie sich genau. Das Haus war aus Holz gebaut und war von einer halbhohen Steinmauer umgeben. Selkov nahm ihr das Bild wieder aus der Hand und legte es zurück in die Lade.

»Jetzt ist dort ein Einkaufszentrum.«

Emma verlagerte ihr Gewicht. Es fiel ihr schwer, in der Hocke zu sitzen. Aaron Selkov blieb dagegen ruhig in der Stellung. Emma schaute den Mann neben ihr von der Seite an.

»Wissen Sie immer so gut Bescheid?«

Der Mann lachte.

»Nach Ihrem Anruf hab ich ein bisschen recherchiert. Carl Josef Rosenberg und Miriam Winterstamm heirateten 1922. Die beiden verließen im Juni 1934 Berlin.«

Emma nahm eine bestickte Geldbörse in die Hand. Sie strich über die Initialen MR.

Selkow holte einen Zettel aus der Hosentasche und faltete ihn auf.

»Rosenberg war Bauunternehmer und Holzgroßhändler. Er gehörte lose zu der Bauhaus-Gruppe.«

Selkov nahm noch einmal die Fotografie heraus.

»Das Haus hat Walter Gropius gebaut. Sagt Ihnen der Name etwas?«

»Das war der Leiter der Bauhaus-Gruppe, richtig?«

Der Archivar nickte.

»Sie waren befreundet. Es gibt viele Hinweise auf Treffen. Gropius wohnte damals um die Ecke. Sie haben auch zusammengearbeitet.«

Ein Geräusch ließ Emma aufschrecken. Jemand ging an ihrem Regal vorbei. Sie legte die Börse zurück, ihre Hand zitterte.

»Ich weiß, wir sind in einem Museum, aber …«

Selkov beobachtete sie.

»Ja?«

Emma schluckte.

»Es fühlt sich komisch an. Als würde ich in einer privaten Schublade herumschnüffeln.«

Selkov legte ganz leicht seine Hand auf ihre Finger. Sofort zog er sie wieder zurück.

»So sollen Sie sich auch fühlen.«

Er lächelte.

»Sehen Sie sich das an. Wändeweise Schubladen. Darin sammeln wir Zeug, das manche als wertlosen Krempel bezeichnen. Alte Bücher. Porzellan-Fingerhüte. Postkarten. Aber diese Dinge machen etwas mit uns.«

Behutsam schloss der Archivar die Schublade wieder. Er stand auf.

»Zahlen sind abstrakt. Aber ein Fingerhut, gekauft 1929 im

Allgäu bei einem Urlaub, eine Notiz, Bin gleich wieder da, eine Sporturkunde vom Sohn. Wenn Sie wüssten, was hier alles lagert.«

Mit wackligen Knien stand nun auch Emma auf. Selkov ging vor ihr aus dem Gang heraus.

»Es sind Erinnerungen, für ihre Besitzer so wertvoll, dass sie sie aufgehoben haben. Und jetzt erinnern sie uns.«

Emma schlüpfte hinter ihm aus dem Gang. Selkov drehte an dem Rad.

»Daran, dass sie gelebt haben. Bevor sie verjagt wurden. Oder zu Tode geprügelt und vergast worden sind.«

Leise schloss sich der Gang. Emma holte tief Luft.

»Herr Selkov, wo finde ich noch mehr Informationen über Rosenberg?«

»Gehen Sie ins Bauhaus-Archiv. Rosenberg hat eng mit den Architekten zusammengearbeitet. Vielleicht bringt Sie das weiter.«

Die beiden gingen schweigend den langen Gang zurück. Emma dachte an das, was sie gerade gesehen hatte. Als Selkov plötzlich stehen blieb, wäre sie fast gegen ihn gelaufen.

»Ich wünsche Ihnen, dass Caro Rosenberg der Mann ist, nach dem Sie suchen.«

Emma blickte auf. Sie standen vor dem Ausgang. Selkov reichte ihr die Hand.

»Alles Gute, Frau Vonderwehr. Und besuchen Sie uns mal. Mit etwas mehr Zeit, hoffe ich.«

Sie griff die Hand und schüttelte sie.

»Das mache ich. Vielen Dank.«

Als sie durch die Schleuse ging, drehte sie sich noch einmal um. Aber Selkov war bereits im Innern des Hauses verschwunden.

»Ich mach gleich Mittag.«

Emma warf einen Blick auf die große Uhr über dem Serviceschalter. Zehn vor eins.

»Es ist wirklich dringend.«

Um 13 Uhr sollte sie sich bei Schneider melden. Dann wollte er entscheiden, ob er eine Sonderstunde zu dem Thema machte. Emma bezweifelte, dass ihre Erkenntnisse ansonsten Platz fänden im Programm. Ohne Sendung kein Geld.

Die Frau hinter dem Schalter im Bauhaus-Archiv seufzte demonstrativ und schaute auf den Namen, den Emma ihr auf der Rechercheanfrage herübergereicht hatte.

»Carl Josef Rosenberg?«

»Ja. Hat in der letzten Zeit schon mal jemand nach diesem Namen gefragt?«

»Solche Anfragen beantworten wir nicht. Datenschutz.«

Die Frau tippte den Namen in ihren Terminal.

»Augenblick.«

Sie schlurfte davon. Emma stützte sich mit den Armen auf der Theke ab. Ihre Augen verfolgten den Sekundenanzeiger der Uhr.

»Hier.«

Die Mitarbeiterin war zurück und legte Emma eine meterlange Papprolle hin. Emma drehte die Rolle in den Händen und las eine Zahlenfolge.

»Was ist das?«

»Eine Bauakte. Sie dürfen Sie nicht ausleihen, können sie aber hier im Lesesaal anschauen. Hier, dafür müssen Sie sich hier in die Liste eintragen. Schreiben Sie einfach BA und die Zahl.«

Emma trug sich in dem Heft ein, das die Frau gleich wieder an sich zog und hinter die Theke legte. Emma ging mit der Rolle zu einem der Lesetische. Ihr Handy klingelte. Die Archivarin schaute von ihrem Brot hoch.

»Das ist hier aber nicht erlaubt.«

Emma trat einen Schritt zurück und drückte auf die Telefontaste.

»Hallo?«

Die Frau wurde lauter.

»Sie müssen rausgehen, wenn Sie telefonieren wollen!«

Es war Schneider.

»Wie sieht's aus?«

Emma winkte mit der Hand beruhigend in Richtung der Archivarin und verließ schnell den Raum. Im Flur blieb sie stehen.

»Ich hab den Großvater gefunden. Also nicht wirklich, nur seinen Namen. Er ist 33 mit seiner Frau geflohen. Er hat als Bauunternehmer in Berlin gearbeitet. Ich bin gerade im Bauhaus-Archiv.«

»Bist du sicher, dass das sein Großvater war?«

Einen Augenblick herrschte Stille. Emma konnte ihren Atem hören.

Leise sagte sie:

»Nein.«

Schneider seufzte.

»Dann lassen wir es fallen.«

Emmas Magen zog sich zusammen. Schneiders Stimme drang dumpf an ihr Ohr.

»Die Polizei rückt auch nichts raus. Komm wieder rein. Das Thema ist heute tot.«

Emma hörte noch, wie jemand nach Schneider rief, dann war die Leitung unterbrochen.

Sie klappte ihr Handy zu und schaute einen Moment lang ins Leere. Dann ging sie entschlossen zurück in den Lesesaal.

Die Archivarin schaute kurz auf. Sie hatte ihr Brot mittlerweile fast aufgegessen.

Emma zog die große Papprolle an sich und öffnete den Plastikdeckel. In der Rolle waren großformatige Pläne auf Transparentpapier, die sie vor sich auf dem Tisch ausbreitete. Als Erstes sah sie einen Lageplan. Unten konnte sie eine Adresse entziffern. Zehlendorf, stand dort, Bergstraße. Ein U-Bahnhof war eingezeichnet, Baugrundstücke waren markiert. Im Westen grenzte ein Waldstück an die Grundstücke, im Osten eine Kirche. Emma hob das durchscheinende Papier vorsichtig hoch und legte es beiseite. Auf dem zweiten Blatt waren die geplanten Häuser gezeichnet. Es waren zweistöckige Würfel. Ein paar Stufen führten auf eine Veranda, große Fenster umliefen die Ecken. Auch dieses Blatt war beschriftet. »Wohnhaus mit Drehbühne«, las Emma, »Landhaussiedlung Berlin-Zehlendorf. Entwurf: Carl Josef Rosenberg, Heinrich Bohmann«. Weiter unten noch eine Notiz, mit anderem Stift wie nachträglich dazugeschrieben. Zwei Jahreszahlen konnte Emma entziffern, 1933: 10 Jahre Pacht, 1943 i. E. ü.

Emma notierte sich alles und rollte die Pläne vorsichtig wieder ein. Als sie mit der Papprolle wieder am Schalter stand, wischte sich die Frau gerade die Krümel aus den Mundwinkeln. Emma legte die Rolle auf die Theke.

»Sagt Ihnen der Name Heinrich Bohmann etwas?«

Die Frau schaute sie an.

»Machen Sie Witze? Das ist einer der Stararchitekten von Berlin.«

»Haben Sie vielleicht eine Zusammenfassung von seinem Werk?«

Die Frau stemmte die Hände in die Seiten. Schnell redete Emma weiter.

»Ich weiß, Ihre Pause, ich will auch gar kein Gesamtwerk. Aber Sie haben doch bestimmt so ein Lexikon, wo Bohmann aufgeführt wird, oder?«

Stille.

»Bitte.« Murmelte Emma.

Zum ersten Mal lächelte die Frau. Ein Rest Schinken hatte sich in einem oberen Schneidezahn verfangen.

»Geht doch. Augenblick.«

Wieder verließ sie den Raum. Emma stellte sich auf Zehenspitzen und langte über die Theke nach dem Heft mit den Eintragungen. Sie drehte es zu sich und schlug die letzte Seite auf. Sie überflog die Zeilen. Nichts. Die Frau kam zurück, Emma hörte ihre Schritte auf dem Flur. Fahrig blätterte sie eine Seite zurück. Da stand es, ganz oben, in einer leicht schräg gestellten Schrift. Rosenberg. BA und dann die Zahl.

»Hier muss er drin sein. Unter B schauen, ist ja klar, ne?«

Im letzten Augenblick hatte Emma das Heft wieder zugeschlagen und weggekickt. Ruhig lächelte sie die Archivarin an und nahm das Lexikon entgegen. Innerlich jubelte sie. Tom Rosenberg war hier gewesen, und er hatte sich dieselbe Bauakte angesehen. Sie war auf der richtigen Spur.

Bohmann, Heinrich, las sie. Führender Architekt im Berlin der Nachkriegszeit. Mitarbeiter am Entwurf einer neuen Stadtstruktur im zerstörten Berlin. Höhepunkt seines Schaffens waren die sogenannten Punkthochhäuser im Hansaviertel: das Sterne-Hochhaus, das Hansa-Haus und das Panther-Haus. Sie blickte hoch. Das Panther-Haus!

»Reicht Ihnen das?«

Emma sah strahlend in das fragende Gesicht der Archivarin.

»Ja! Danke!«

Eilig lief sie raus. Draußen auf den Eingangstreppen blieb sie stehen und zog ihr Telefon aus der Tasche.

»Haarms, BerlinDirekt.«

Was machte denn der Frühredakteur immer noch im Sender?

»Ist Schneider da?«

»Zu Tisch.«

Mist. Emma stieß nervös mit der Fußspitze gegen die Stufe.

»Kannst du ihn nicht holen? Ich hab jetzt doch noch das Gefühl, wir könnten über den Rosenberg-Fall …«

»Das Thema ist tot. Haste doch gehört.«

Aufgelegt! Wütend schnappte Emma nach Luft und verschreckte damit einen Besucher, der eben die Treppe zum Archiv hinaufstieg. Sie lief zu ihrem Rad und schloss es auf. Keine zwanzig Minuten brauchte sie zum Sender. Sie sicherte das Rad und lief an Menschen mit Einkaufstüten vorbei die Rolltreppe hoch. Oben riss sie die Tür zu Schneiders Zimmer auf. Es war leer. Im Redaktionsraum waren die Plätze verwaist, nur Markus Haarms saß an einem Schreibtisch und starrte auf das Telefon vor ihm. Seine Augen waren so klein wie Stecknadeln.

»Wo ist die Redakteurin?«

»Im Studio. Wieso rufen diese scheiß Presseleute von der S-Bahn eigentlich nie zurück? Ohne Bestätigung ist die Geschichte viel zu dünn!«

Wer will dich schon anrufen, dachte Emma. Laut fragte sie:

»Schneider?«

»Immer noch essen.«

Emma drehte sich auf dem Absatz um und lief den Gang herunter Richtung Kantine. Nach ein paar Metern wurde ihr Schritt langsamer. Was, wenn auch ihre Geschichte noch zu dünn war? Was wusste sie denn? Der Tote hatte in seinen letzten Tagen nach einem Ehepaar Rosenberg, vermutlich seinen Großeltern, recherchiert. Die Rosenbergs waren 1933 geflüchtet, der Mann, Carl Rosenberg, war ein führender Bauunternehmer gewesen und hatte mit den Leuten vom Bauhaus zusammengearbeitet.

Als Information reichte das für ein kurzes Gespräch, sicher nicht für eine Sondersendung. Und konnte sie jetzt mit hundertprozentiger Sicherheit behaupten, es handelte sich bei dem Ehepaar um die Großeltern des Toten?

Emma war auf dem Flur stehen geblieben. Ein Student aus der Postabteilung überholte sie. Er bugsierte seinen schweren Wagen mit den vielen Fächern um sie herum und sah ihr neugierig ins Gesicht. Emma nahm ihn nicht wahr. Sie drehte sich um und lief zurück ins Büro.

»Frau Emma Vonderwehr, suchen Sie wieder die Toilette?«

Sie hatte sich zu Blume durchstellen lassen. Hatte gehofft, dass er sich an sie erinnerte. Sie lachte erleichtert.

»Diesmal bin ich eher auf der Suche nach Neuigkeiten. Wie weit sind Sie in dem Fall Rosenberg?«

Emma hörte durch das Telefon Stimmen im Hintergrund, eine Tür klappte. Als Blume wieder sprach, wirkte er abgelenkt.

»Warum sollte ich Ihnen das erzählen?«

Emma schaute nach vorn. Haarms saß drei Schreibtische weiter und starrte noch immer auf das Telefon. Sie zwang sich, den Blick von ihm abzuwenden.

»Ich schlage Ihnen einen Handel vor. Ich erzähle Ihnen, was ich herausgefunden habe. Und Sie sagen mir dann, was Ihnen die Information wert ist.«

Pause. Dann sagte Blume leise:

»Sie spielen gern, oder?«

Emma blätterte in ihren Notizen.

»Tom Rosenberg hatte deutsche Wurzeln. Seine Großeltern lebten bis 33 in Berlin. Miriam und Carl Rosenberg. Ich vermute jedenfalls, dass es sich um seine Großeltern handelt.«

»Tut es. Sagt jedenfalls das Koblenzer Bundesarchiv.«

Emma stieß einen Seufzer der Erleichterung aus und machte sich eine Notiz am Rand. Sie fragte:

»Was ist mit dem angeblichen Freund, dem Professor, den er treffen wollte?«

Emma hörte, wie sich Blume eine Tasse zu trinken einfüllte. Tee oder Kaffee?

»Ein Treffen scheint stattgefunden zu haben, jedenfalls hat Rosenberg den Termin in seinem Kalender notiert. Die beiden kennen sich von einem Gastjahr an der New Yorker Universität.«

»Worum ging es bei dem Gespräch?«

Blume trank geräuschvoll aus seiner Tasse.

»Waldreich behauptet, es wäre ein reiner Höflichkeitsbesuch gewesen. Händeschütteln, auf gute Zusammenarbeit und so. Aber können Sie ihn das nicht selber fragen?«

»Er ist übers Wochenende weggefahren. Sagt seine Sekretärin.«

»Schlau von ihm. Ihr Journalisten setzt ihm bestimmt ganz schön zu.«

Schon wieder Sippenhaft, dachte Emma. Blume nahm noch einen Schluck.

»Jetzt sind Sie aber mal dran.«

Emma schaute auf ihren Block.

»Carl war Bauunternehmer. Er plante Projekte mit den Bauhaus-Architekten. Ich war im Archiv und habe Interessantes herausgefunden.«

Wieder Pause.

»Und zwar?«

»Wie ist es mit Miriam und Carl weitergegangen?«

Sie hörte Blume leise lachen.

»Na schön.«

Papier raschelte.

»Die beiden erlebten eine Odyssee durch Europa. Carl starb 1943 in Madrid.«

Emmas Stift flog über das Papier.

»Todesursache?«

»Wissen wir noch nicht. Sie haben einen dreijährigen Sohn, Henry. Miriam wandert mit ihm in die Staaten aus.«

»Ist Henry der Vater von Tom?«

»Ja. Was war da mit dem Bauhausarchiv?«

Emma setzte sich aufrecht hin. Sie blätterte in ihrem Block zurück.

»Rosenberg hatte eine Baufirma, die nach seiner Flucht vermutlich von Heinrich Bohmann weitergeführt wurde.«

»Moment mal. *Der* Heinrich Bohmann?«

»Rosenberg war außerdem mit Walter Gropius, dem Leiter des Bauhauses, befreundet. Sagt der ihnen auch etwas?«

»Ich bin ja nicht blöd.«

»Gropius hat ihm sein Haus in Lichterfelde gebaut. Rosenberg und Bohmann planten eine Neubausiedlung in Zehlendorf.«

»Wissen Sie, wo genau?«

Blumes Stimme klang nun interessiert. Emma unterstrich den Abschnitt in ihren Notizen.

»Die Pläne befinden sich im Bauhausarchiv. Das Areal umfasst rund einen Quadratkilometer. Es liegt an der Bergstraße.«

»Bleiben Sie mal kurz dran.«

Emma hörte, wie Blume den Hörer beiseitelegte. Papier raschelte.

»So, da bin ich wieder.«

»Was haben Sie nachgeschaut?«

»Rosenberg hatte in seinem Zimmer einen Stadtplan aufgehängt. Ein Gelände in Zehlendorf ist rot umrandet. Es liegt tatsächlich an der Bergstraße.«

Emma schlug vor Begeisterung mit der flachen Hand auf die Tischplatte.

»Dann ist das also eine handfeste Spur! Sie sollten sich mal mit Bohmann unterhalten.«

Blume trank einen kleinen Schluck.

»Alles zu seiner Zeit.«

Emma stutzte.

»Was ist los, haben Sie Angst vor dem berühmten Baumeister?«

Blume schnaubte, aber dann lachte er doch.

»Der Mann ist steinalt und lebt extrem zurückgezogen. Da braucht man das, was Ihrer Zunft so abgeht – Fingerspitzengefühl.«

Jetzt lachte auch Emma.

»Mein Gefühl, wo immer es auch steckt, sagt mir, dass das eine gute Story ist. Wie viel davon kann ich bringen?«

Die Tür zum Großraumbüro klappte laut zu, Emma schaute auf. Haarms war endlich gegangen.

Blume redete weiter.

»Das muss nicht unbedingt mit dem Mord zusammenhängen. Viele Menschen beschäftigen sich mit ihrem Familienstammbaum.«

Er trank. Emma überlegte. Und sagte dann:

»Martha Steiner scheint das aber zu denken.«

Bei dem Namen Steiner gab es eine schnelle Bewegung am

anderen Hörer, als hätte Blume sich am heißen Getränk verbrannt.

»Martha Steiner? Sie haben mit ihr gesprochen?«

»Ja. Und sie ließ durchblicken, dass Tom Rosenberg vielleicht noch am Leben wäre, wenn er nicht so viele Fragen über seine Familie gestellt hätte.«

»Das hat sie gesagt? Sie erstaunen mich, Frau Vonderwehr. Bei uns war die alte Dame nicht so gesprächig.«

»Alter Reportertrick.«

»Verraten Sie ihn mir?«

»Lade deinen Gesprächspartner ein, etwas zu machen, was er sehr gerne und häufig macht. Wer sich sicher fühlt, dem rutscht schneller mal was raus.«

»Nicht schlecht. Sie sollten bei uns anfangen.«

Emma sah Schneider und Bente hereinkommen. Sie lachten und hoben grüßend die Hand. Emma zeigte auf den Telefonhörer und signalisierte Gesprächsbedarf. Schneider nickte und wies auf sein Büro. Emma hob zwei Finger hoch. In zwei Minuten, formten ihre Lippen. Laut sagte sie in den Hörer:

»Ihre Kantine ist bestimmt schlecht.«

Blume lachte.

»Stimmt, aber um die Ecke gibt es einen guten Italiener, bei dem kriegen wir Rabatt. Und der Espresso ist spitze.«

Ein Kaffeetrinker, dachte Emma. Will er mich jetzt einladen? Schnell sagte sie:

»Kommen Sie, ich hab Ihnen mit dem Zehlendorfer Grundstück weitergeholfen. Jetzt können Sie auch noch ein paar Informationen springen lassen.«

Oder einen Cappuccino, dachte sie. Als Blume weitersprach, blieb ihr vor Erstaunen der Mund offen stehen. Damit hatte sie nicht gerechnet.

»Es hat Razzien gegeben.«

»Waaas? Wann? Und bei wem?«

»Heute Nacht. Bei den Anhängern des Königreiches der Heimattreuen. Neonazis.«

»Also wurde Rosenberg bedroht?«

Emma suchte den Raum mit den Augen nach Bente ab. Sie war nicht da.

Blume räusperte sich.

»Es gab Drohbriefe, ja.«

Emma war bereits dabei, einen Text für die Nachrichten zu formulieren.

»Ein Bekennerschreiben?«

»Schön wär's.«

»Wie kamen Sie dann auf die Gruppe?«

»Die Kollegen vom Staatsschutz hatten sich das angesehen und uns den Tipp gegeben.«

»Und was haben Sie gefunden?«

»Genug, damit sie zumindest die Briefe zugeben mussten. Mit dem Mord wollen sie nichts zu tun haben.«

»Kann ich das bringen?«

»Unsere Pressestelle schickt in einer halben Stunde ein Schreiben raus. Wenn Sie also noch so lange …«

Emma hatte es jetzt eilig.

»Versprochen, Herr Kommissar. Bis bald!«

»Heh!«

Sie hatte schon fast aufgelegt. Jetzt nahm sie den Hörer noch mal ans Ohr.

»Ja?«

»Ist Ihnen bei Ihren Recherchen der Begriff ›Junge Fische‹ untergekommen?«

Junge Fische, kritzelte Emma schnell an den Rand ihres Blocks.

»Nein. Was bedeutet das?«

»Wahrscheinlich gar nichts. Vergessen Sie es einfach wieder.«

Emma kreiste die Worte ein und machte ein Ausrufungszeichen dahinter.

»Alles klar.«

Ja?«

Emma riss die Tür auf, kaum dass Schneider gerufen hatte. Drinnen blieb sie abrupt stehen. Bente saß auf dem Besucherstuhl. Schneider lehnte sich über den Schreibtisch, die beiden schienen sich gerade gut unterhalten zu haben.

Schneider richtete sich auf.

»Emma, was ist los?«

Da es keine weitere Sitzgelegenheit in dem Raum gab, ging Emma ein paar Schritte zum Fenster und lehnte sich gegen die Fensterbank.

»Ich hab neue Informationen im Rosenberg-Mordfall.«

Sie erzählte ihnen, was sie über die Familie herausgefunden hatte. Schneider und Bente hörten aufmerksam zu. Als sie von den Razzien berichtete, verengten sich Bentes Augen.

»Ich dachte, du bist an der Familie dran?«

»Bin ich auch, Bente, die Infos über die Razzien waren reiner Zufall.«

Schneider stand auf. Seine Augen leuchteten.

»Emma, schreibe bitte für die Nachrichten einen Aufsager, dreißig Sekunden. Die sollen das um Voll bringen. Aber ich will den Text vorher sehen. Ist die Verbindung zu Bohmann wasserdicht?«

»Nachzulesen im Bauhausarchiv.«

»Dann erzähl die Geschichte der Großeltern, aber bitte keine vagen Verbindungen vom Mordopfer zu Bohmann. Der

Mann ist eine Legende in Berlin und hat bestimmt gute Anwälte. Um vier machen wir eine Sondersendung, ihr beiden kommt ins Studio. Da kannst du dann das Ganze etwas ausführlicher erzählen. Bente, du machst die Razziageschichte. Sprich noch mal mit der Polizei und such zusammen, was du über diese Heimattreuen findest.«

Bente kreuzte ihre Arme vor der Brust. Sie sagte:

»Aber das ist doch gar nicht meine Story…«

Schneider schaute zu Emma. Die sagte schnell:

»In einer halben Stunde kommt die Pressemitteilung raus. Wenn wir die Ersten sein wollen, dann müssen wir die Arbeit aufteilen.«

»Genau.« Schneider rieb sich die Hände. Er sah jetzt viel fröhlicher aus als am Morgen.

»Stell dich nicht so an, Bente. Betrachte es einfach als schnell verdientes Geld.«

Bente stand ohne ein weiteres Wort auf und verließ den Raum. Schneider fegte jetzt auch Emma mit einer Handbewegung hinaus.

»Hopp, hopp, an die Arbeit! Ich sag der Redakteurin Bescheid.«

Als Emma ins Großraumbüro kam, saß Bente bereits an ihrem Schreibtisch und hatte den Telefonhörer in der Hand. Sie hob nicht den Kopf in ihre Richtung. Emma biss sich auf die Lippen.

Sie schrieb schnell den Nachrichtentext, ließ ihn sich von Schneider absegnen und sprach ihn im Aufnahmestudio ein. Der Mann von den Nachrichten wartete schon auf ihren Beitrag, gemeinsam überlegten sie eine Anmoderation, dann lief er rüber ins Sendestudio. Emmas Adrenalin sackte in den Keller, jetzt hatte sie noch eine Stunde, sich auf das Livegespräch vorzubereiten. Sie merkte plötzlich, welchen Hunger sie hatte. Sie ging hoch in die Kantine und holte sich ein Käsebrötchen. Mit zwei Kaffeebechern in der Hand betrat sie wieder das Büro. Einen stellte sie vor Bente auf den Schreibtisch. Die Kollegin blickte angespannt hoch, erst als sie den Kaffee sah, lächelte sie dankbar. Emma rollte einen Schreibtischstuhl vom nächsten Platz rüber und setzte sich an ihre Seite.

»Was weißt du über die Heimattreuen?« Bentes Lächeln verschwand. Sie nahm einen Schluck Kaffee und sah Emma prüfend an. Die sagte:

»Der Tipp mit den Razzien war wirklich Zufall. Ich will bestimmt nicht in deinem Fachgebiet wildern. Mich interessiert nur, ob sie tatsächlich die Mörder sind. Ist das eine so gewaltbereite Truppe?«

Bente lehnte sich zurück und trank noch einen Schluck aus dem Pappbecher.

»Ich hab die mal erlebt. Bei einer Demo.«

Emma schaute sie an, blieb still. Bente stellte den Kaffee auf den Schreibtisch. Jetzt sah sie angespannt aus.

»Die Rechten hatten eine Demo angemeldet, irgendwas gegen Ausländer und mehr Sicherheit auf unseren Spielplätzen. Und angemeldet ist eben angemeldet. Die Polizei musste diese dreißig Leutchen vor rund tausend Linken schützen, die zur Gegendemo angetreten waren. Und wir mit dem Ü-Wagen mittendrin.«

Bente nahm wieder einen Schluck. Sie verzog das Gesicht, als schmeckte der Kaffee plötzlich nicht mehr.

»Die Rechten haben nur so geschlottert. Da ist der Chef durch die Reihen gegangen. Einem hat er den Arm um die Schultern gelegt. Und einem anderen in die Seite geboxt. Und dabei hat er geredet, die ganze Zeit.«

Bente schaute hoch, in Emmas Augen.

»Danach standen die wie eine Eins. Sind durch die pfeifenden Linken, ohne einen Blick zur Seite.«

Emma schluckte. Bente sah sie noch immer an.

»Für den würden die alles tun, glaub ich.«

»Weißt du, wie der Typ heißt?«

Sofort wurde Bentes Blick wieder wachsam.

»Du dürftest ihn sowieso nicht nennen. Der ist Unternehmer, das ist Rufschädigung.«

Emma ließ das Thema fallen. Sie dachte an das Treffen im Jüdischen Museum. An die Männer mit den langen Haarlocken vor dem Gebäude. Laut sagte sie:

»Es gibt so viele Juden in der Stadt. Warum er?«

»Er war streitlustig. Prominent. Er hat deutsche Akademiker angegriffen.«

Bente trank den letzten Schluck und warf den Pappbecher Richtung Mülleimer. Er fiel daneben. Sie zuckte mit den Schultern.

»Es sind schon Leute für weniger umgebracht worden.«

Die Livesendung verlief gut. Die Moderatorin schlug die Fragen wie Pingpong-Bälle zwischen ihnen hin und her, Emma und Bente antworteten präzise, und doch wirkte das Gespräch leicht wie eine Unterhaltung zwischen Freunden. Schneider stand mit verschränkten Armen im Regieraum. Er sagte nichts, als sie gingen, aber sein anerkennender Blick ruhte auf den beiden Mitarbeiterinnen.

Emma packte ihre Sachen in die Tasche und verließ grüßend das Großraumbüro. Zum ersten Mal seit langem lockerte sich der Druck um ihre Brust. Sie fuhr schnell die Kantstraße Richtung Mitte hinunter und genoss den warmen Wind auf ihrem Gesicht. Am Zoo kramte sie ihren Pocket-Stadtplan aus der Hosentasche. Luftlinie zum Alex einmal durch den Tiergarten. Emma zögerte einen Moment, dann schaute sie auf ihre Armbanduhr. Warum nicht? Es war erst kurz nach fünf. Zeit für einen Teebesuch bei einer alten Dame. Als sie wieder losfuhr, spürte sie, dass sie sich freute, Martha Steiner wiederzusehen.

Die kreisende Nachttischlampe warf Schatten von Flugsauriern außen an die Zeltwand. Blume saß mit Johann im Indianerzelt und spielte Memory.

Er drehte zwei Karten um, sie ergaben kein Paar. Johann deckte die eine schnell wieder auf und beugte sich weit vor, um das Gegenstück zu greifen. Mit einem Lächeln packte er das Kartenpaar auf seinen Stapel, während seine Augen schon wieder prüfend über die restlichen Karten fuhren. Blume betrachtete seinen Sohn. Er ist so schön, dachte er. So klug.

»Was spielt ihr denn in der Schule?«

Johanns Lächeln verschwand. Er zog die Stirn kraus und griff nach zwei verschiedenfarbigen Karten.

»Johann?«

Der Junge drehte die Karten wieder um und nickte mit dem Kinn zu der Spielfläche.

»Du bist dran.«

Blume drehte um, wieder kein Paar. Johann schaute mit glasigem Blick auf die Zeltwand.

»In der Schule spielen wir nicht. Wir lernen.«

»Und in den Pausen?«

Der Schatten eines Tyrannosaurus lief über die Plane. Johann fuhr ein Stück mit dem Finger nach.

»Ich kenn da doch keinen.«

Erstaunt sah Blume von dem Spiel hoch. Johanns Unterlippe zitterte. Blume streckte die Hand aus.

»Komm mal her.«

Johann kuschelte sich in die Arme seines Vaters. Blume streichelte ihm über das weiche Haar.

»Gibt's denn da andere Kinder, mit denen du gerne spielen würdest?«

Johann nickte.

»Zwei aus meiner Klasse. Der eine heißt Jacob. Aber die stehen auch immer nur so rum.«

Es klopfte an die Tür. Katrin kam herein und kniete sich vor den Zelteingang.

»Seht ihr überhaupt was bei dem Licht?«

Sie stand wieder auf.

»Essen ist fertig. Wäschst du dir die Hände, Johann?«

Johann sah seinen Vater an. Blume hielt seine Hand fest und flüsterte.

»Nimm einen Ball mit. Und dann kickst du ein bisschen rum. Vor den anderen Jungs. Die spielen bestimmt mit.«

Johann sah ihn zweifelnd an, aber er nickte. Dann krabbelte er aus dem Zelt und lief an seiner Mutter vorbei aus dem Zimmer. Blume kroch ihm nach und stand auf. Stöhnend fuhr er sich über die schmerzenden Kniegelenke. Katrin lachte.

»Wenn du magst, kannst du mitessen.«

Blume dachte an Norbert, der unten am Herd stand, und schüttelte den Kopf.

»Ich muss los.«

Schweigend gingen sie die Treppe herunter, Katrin voran. Sie hatte ihr helles Haar zusammengebunden und ihren Pullover um die Hüfte geknotet. Ihr verwaschenes T-Shirt hatte einen grünen Farbfleck am Ärmel. Blume kannte niemanden, der in solchen Sachen so elegant aussah wie seine Exfrau.

»Warum sind seine Freunde aus dem Kindergarten nicht bei ihm in der Schule?«

Katrin zuckte mit den Schultern, sagte, es gäbe so viele Schulen, und hielt lächelnd die Haustür auf. Blume rief einen Abschiedsgruß nach oben zu Johann, aber nichts rührte sich. In der Küche wurde das Radio ausgemacht. Das ganze Haus schien zu lauschen. Katrin hob die Hand und strich einen Staubfussel von seinem Jackett. Mitten in der vertrauten Bewegung erstarrte sie und lachte verlegen.

»Nächste Woche ist es sicher schon besser. Du kannst ihn Donnerstag holen, wenn du willst.«

Blume nickte und trat vor die Tür. Mit einem leisen Klicken schloss sie sich hinter ihm. Oben hörte er die Klospülung und dann den Wasserhahn rauschen. Das Radio ging wieder an. Katrins Absätze klapperten über den Holzboden. Sie sagte etwas zu Norbert, und der antwortete mit seinem tiefen Bass.

Blume ging den Kiesweg entlang zu seinem Auto.

»Nun?«

Die alte Dame, heute in hellblau, öffnete die Tür nur einen Spalt. Falls Emma gedacht hatte, sie würde nach dem gestrigen Tag freundlicher empfangen, hatte sie sich getäuscht. Im Fahrstuhl hatte sie versucht, ihr Haar mit Spucke zu bändigen. Jetzt sah sie aus wie eine Krähe im Regen.

»Ich finde, Sie sind mir eine Revanche schuldig.«

Martha Steiner verzog spöttisch die Mundwinkel. Aber gleich darauf stahl sich doch ein Lächeln in ihre Züge. Noch einen Augenblick schien sie zu zögern, dann öffnete sie ihre Tür etwas weiter und ging auf ihren Stock gestützt voraus. Über die Schulter sagte sie zu Emma:

»Ziehen Sie Ihre Schuhe aus. Meine Angestellte hat gestern das Wohnzimmer stundenlang mit Putzkram vollgestellt.«

Emma zerrte gekonnt mit den Füßen die Hacken aus ihren Turnschuhen und schüttelte sie ab. Auf Socken betrat sie das Panoramazimmer, in dem die alte Frau bereits das Damespiel hochfuhr. Emma blickte sich suchend um.

»Wo ist denn Ihre Hilfe?«

Martha Steiner nahm ein Buch von dem Couchtisch. Emma fiel auf, dass sie heute viel beweglicher wirkte. Sie ging mit festem Schritt zum Regal. Über die Schulter sagte sie:

»Ich hab sie entlassen.«

Sie sortierte das Buch ein und fuhr sanft über die Einbände.

Emma fragte sich, warum sie ihr gestern so zerbrechlich

erschienen war. Vielleicht, weil sie die Hilfe für eine Pflegerin gehalten hatte?

»Wer füttert denn jetzt die Vögel?«

Martha drehte sich erstaunt zu Emma um.

»Wieso füttern?«

»Na, gestern …«

»Ach so.«

Martha Steiner lachte ihr heiseres Primaballerinalachen.

»Nein, nein. Der einzige Vogel, den ich besitze, muss nicht gefüttert werden.«

Sie ging zu der golden schimmernden Skulptur zwischen den Sesseln und fuhr mit der Hand die Form nach, ohne die Figur zu berühren.

»*L'oiseau d'or*, der goldene Vogel, wenn auch aus Bronze.«

Emma trat einen Schritt näher heran. Die Figur war wie ein abstrakter schlanker Körper, der sich nach oben schraubt.

»50er Jahre, nehme ich an?«

Martha sah mit versonnenem Blick darauf.

»Bei Brancusi mache ich eine Ausnahme. Er hat den Vogel schon Ende der 40er Jahre geschaffen. Sehen Sie, wie alles auf die Bewegung konzentriert ist. Keine Abbildung von Flügeln oder Federn, nur der Drang zu entkommen.«

Sie wandte ihren Kopf zu Emma.

»Tee?«

Emma nickte, während sie weiter den bronzenen Vogel betrachtete. Es stimmt, dachte sie erstaunt, je länger man ihn anschaut, desto mehr glaubt man, dass er gleich losfliegen wird.

Martha war schon in der Küche verschwunden und rief laut:

»Fassen Sie ja nichts an!«

Emma fuhr zurück. Ihr Blick fiel auf die Keramikobstschale, die am gleichen Platz auf dem Tischchen stand. Dasselbe Obst lag darauf, sogar das Messer hielt den exakten Abstand zum Apfel. Emma warf einen schnellen Blick Richtung Durchgang zur Küche. Dann streckte sie ihren Finger aus und befühlte die Haut der Orange. Kein Zweifel, das Obst war echt.

Martha kam mit einem kleinen Tablett zurück, das sie in einer Hand hielt. Darauf standen zwei zierliche Tassen aus chinesischem Porzellan, in denen der Tee bernsteinfarben schwamm. Emma kam ihr entgegen und nahm ihr das Tablett ab.

»Wohin?«

Martha zeigte mit dem Stock auf einen Beistelltisch. Emma stellte das Tablett darauf und rückte dann den Tisch neben die Sessel. Während Martha die Zuckerdose reichte, fragte sie:

»Aber die echten Vögel? Die das Mädchen gestern füttern sollte!«

»Ich habe keine Tiere. Meine Angestellte sollte Futter für die Tauben auf dem Dach ausstreuen.«

Martha nahm einen Schluck von dem Tee und schloss die Augen. Dann stellte sie die Tasse ab und lehnte sich zurück.

»Das hat sie ja auch noch gemacht. Aber die toten Vögel einzusammeln, da hat sie sich geweigert.«

Emma schluckte den Tee, der ihr bitter durch die Kehle fuhr. Sie sah das Dach vor sich, darauf die Tierkadaver. Ihr wurde schwindelig. Was hatte sie ihnen gegeben, Rattengift?

Martha verteilte ruhig die Steine.

»Morgen kommt jemand Neues. Ein Hoch auf die Arbeitslosigkeit.«

Emma stellte die Tasse ab, dass es klirrte. Sie sagte nichts. Man darf sie nicht unterschätzen, dachte sie.

»Kennen Sie Heinrich Bohmann?«

Martha Steiner hielt den Blick starr auf das Brett gerichtet und bewegte mit ihren schmalen Fingern den ersten weißen Stein.

»Natürlich. Er hat das Haus hier gebaut.«

Emma machte einen Zug. Sie hatte sich vorgenommen, ihr den Sieg diesmal nicht so leicht zu machen.

»Bohmann hat mit Rosenbergs Großvater zusammengearbeitet. Wussten Sie das?«

Jetzt sah Martha hoch. Was für schöne Augen sie hat, dachte Emma. Sie musste früher umwerfend ausgesehen haben.

»Nein. Das wusste ich nicht. Woher auch?«

Der erste schwarze Stein fiel.

»Ich würde ihn gern dazu befragen. Meinen Sie, er kann sich erinnern? Er muss ja schon sehr alt sein.«

»Fast hundert, um genau zu sein. Ein Wrack, im Kopf aber klar.«

»Haben Sie noch Kontakt zu ihm?«

Wieder fiel ein schwarzer Stein. Martha schüttelte leicht den Kopf.

»Sie spielen nicht überlegt.«

Emma starrte auf das Holzbrett. Sie schob einen schwarzen Stein vorsichtig nach vorn. Martha griff gierig nach ihrem weißen Stein und kassierte den schwarzen ein. Zu spät merkte sie, dass sie in eine Falle getappt war. Emma hüpfte über drei weiße Steine und stapelte sie am Spielfeldrand. Martha war überrascht. Sie ärgerte sich, aber ihre Augen blitzten vor Kampfgeist. Emma hakte nach:

»Sehen Sie Bohmann gelegentlich?«

Martha lehnte sich zurück und beobachtete Emma. Die reagierte nicht, sondern sah die alte Dame einfach nur an.

Nach einer langen Weile zuckte Martha mit den Schultern und antwortete.

»Sicher, ich sehe Heinrich Bohmann gelegentlich. Er ist eine Berühmtheit hier in Berlin, ich bin die Witwe eines Ehrenbürgers. Es bleibt nicht aus, dass wir uns über den Weg laufen.«

»Meinen Sie, Sie könnten uns miteinander bekannt machen?«

Martha lachte.

»Ganz bestimmt nicht.«

Emmas Hand schwebte über dem Spielfeld. Ihre Finger näherten sich einem Spielstein und zogen sich dann blitzschnell zurück. Martha beobachtete sie. Noch hatte Emma nichts berührt.

»Und wenn ich noch einen weißen Stein bekomme, machen Sie es dann?«

Entschlossen schob sie einen der schwarzen Steine nach vorn.

»Nun, ja, in dem Fall …«, die alte Dame beugte sich über das Spiel. Mit einem Knallen landeten die weißen Steine auf einem neuen Feld. Klack, klack, klack. Bis kein schwarzer Stein mehr übrig blieb.

»Ich weiß nur nicht, wie Sie das schaffen wollen, so ganz ohne Stein.«

Als Zeichen der Kapitulation hob Emma abwehrend die Arme. Überrascht stellte sie fest, dass sie sich diesmal über ihre Niederlage ärgerte. Martha Steiner lehnte sich zurück. Sie blickte Emma forschend ins Gesicht, dann lächelte sie.

»Sie sind eine schlechte Verliererin. Das gefällt mir. Wer nicht gewinnen will, der sollte gar nicht erst mit dem Spiel anfangen.«

Emma schaute hoch.

»Dann helfen Sie mir doch, an Heinrich Bohmann …«

»Das wird nicht nötig sein.«

Martha Schneider erhob sich schwer auf den Stock gestützt. Sie kann nicht lange sitzen, dachte Emma. Reflexartig bot sie ihren Arm zur Stütze an. Martha warf ihr einen vernichtenden Blick zu. Sehr gerade ging sie zu dem bodentiefen Fenster und sah hinaus. Es dämmerte schon. Martha formte mit den Fingern am Fenster sacht die Konturen eines weit entfernten Hochhauses nach. Manche Vierecke waren hell erleuchtet, andere schwarz. Von hier oben sieht es aus wie eine kaputte Lichterkette, dachte Emma. Ohne sich zu ihr umzudrehen sagte Martha:

»Heinrich Bohmann feiert am Sonntag seinen hundertsten Geburtstag. Ein Riesenereignis. Als Journalistin werden Sie kaum Schwierigkeiten haben, sich Zutritt zu verschaffen.«

Emma stellte sich zu ihr ans Fenster.

»Werden Sie dabei sein?«

Ohne zu antworten, zeigte Martha Steiner mit ihrem schmalen Finger zum Potsdamer Platz. Die Hochhäuser leuchteten in der Ferne.

»Sehen Sie das spitz zulaufende Haus? Ganz rechts, das aus Glas?«

Emma trat noch einen Schritt näher an Martha heran. Sie atmete einen leichten Blumenduft ein und noch etwas anderes. Alkohol?

»Dort sitzt die Firma von Bohmann.«

Jetzt war Emma abgelenkt. Sie starrte nach draußen. Der gläserne Block ragte aus der Straße hinaus. Die spitz zulaufende Ecke schien genau auf sie zu zeigen.

»Wer führt die Firma?«

»Sein Sohn. Alexander.«

Martha schlug mit den Fingerspitzen leicht gegen die Scheibe. Es war eine abfällige Geste.

»Hat nicht das Format vom Vater. Keine Visionen.«

Emma schaute sich im Wohnzimmer um. Kein Foto war zu sehen, auch nicht von ihr oder ihrem verstorbenen Ehemann.

»Haben Sie eigentlich Kinder?«

Kein Ton. Als sie sich wieder Martha zuwandte, erschrak sie. Martha stand an derselben Stelle wie vorhin. Die Lippen ein Strich, die Augen schleuderten scharfe Blicke.

»Ich habe keine und auch nie welche gewollt.«

Mit einem Ruck drehte sich Martha Steiner vom Fenster weg. Sie ging durch den Raum und stieß dabei mit ihrem Stock immer wieder vor sich in die Luft. Emma war erschrocken über die Wut, die sie da sah.

»Muss ich mich dafür immer noch rechtfertigen?«

»Frau Steiner, alles in Ordnung, ich habe doch nur gefragt, kein Problem, wenn Sie …«

»Bitte gehen Sie jetzt.«

An der Tür holte die alte Frau Luft. Sie tippte sich leicht auf die Lippen und wischte ein wenig Spucke weg. Emma hätte heulen können vor Mitleid und vor Wut über die eigene Indiskretion. Martha Steiner sah so einsam aus, wie sie da stand. Als Emma einen Schritt auf sie zumachte, drehte sie sich um.

Sie war schon an der Tür zur Küche, als Emma sie einholte. Ohne nachzudenken legte sie die Hand auf Marthas knochige Finger, die bereits die Türklinke umklammerten.

»Wenn ich etwas für Sie tun kann, rufen Sie mich an. Ich kann auch für Sie einkaufen oder mit Ihnen spazieren gehen.«

Martha starrte auf Emmas Hand, die noch immer auf ihren Fingern lag. Langsam zog Emma sie zurück. Die alte Dame richtete sich auf und hob ihr Kinn. Ihre Worte kamen wie Ohrfeigen.

»Wenn Sie Gesellschaft suchen, gehen Sie mit Ihren Kollegen kegeln. Verschonen Sie mich mit Ihrer Mildtätigkeit.«

Emma stand wie vom Donner gerührt vor ihr. Martha verschwand durch die Tür, ohne sie noch einmal anzusehen. Wie ein geschlagener Hund ging Emma auf den Ausgang zu. Sie nahm ihre Schuhe. Öffnete die Wohnungstür. Sie horchte noch einen Augenblick. Kein Laut drang zu ihr. Leise zog sie die Tür von außen zu, zog die Schuhe wieder an und lief die Treppen runter.

Auf dem Weg durch den Tiergarten kamen ihr die Tränen. Vom Fahrtwind, dachte sie und wischte sich mit dem Ärmel über das Gesicht.

Auf der Straße des 17. Juni herrschte Betrieb. Immer wieder musste sie hart in die Bremse gehen, weil Bustouristen über den Weg liefen oder Autos rechts abbogen und ihr die Vorfahrt nahmen. Schließlich stieg sie ab und schob ihr Rad durch die Menge. Am Brandenburger Tor schaute sie nach rechts zum Potsdamer Platz. Im Glashochhaus waren vereinzelte Lichter an. Die ganze oberste Etage war hell erleuchtet.

»Aua!«

»Oh!«

Ein Mann vor ihr rieb sich die Waden. Emma war ihm von hinten an die Beine gefahren. Er war dabei gewesen, seine Familie zu fotografieren. Sie standen ein paar Meter weiter vor dem Tor. Die Frau war erschrocken, lächelte unsicher. Ein kleiner Junge schaute in eine andere Richtung.

»Ist ja nichts passiert, nicht wahr?«

Der Mann hatte einen schwäbischen Akzent. Er lächelte Emma jetzt auch an. Sie sagte immer noch nichts, nickte nur und schob ihr Rad an den Leuten vorbei. Sie spürte ihre Blicke im Rücken. Nur die Touristen sind hier nett, dachte sie.

Der Geldautomat ließ sich Zeit, als müsste er sich erst überlegen, ob sie kreditwürdig war. Sollte sie im Sender um einen Vorschuss bitten? Ein Mann schnäuzte sich ausgiebig. Er stand dicht hinter ihr. Bei mir gibt's nicht viel zu holen, dachte Emma. Die Klappe öffnete sich, sie nahm ihr Geld.

Der Mann schaute auf sein Taschentuch. Emma steckte die Scheine achtlos in die Hosentasche.

Löslicher Espresso, Salz, Butter, Knäckebrot und chinesische Tütensuppen stapelten sich in ihrem Einkaufskorb. Emma hielt der Verkäuferin das Geld hin. Sie stand in dem kleinen chinesischen Supermarkt. Im Imbiss nebenan waren alle Stühle besetzt. Sie hatte eine Weile an dem Durchgang zum Geschäft gestanden und dem Jungen mit dem Irokesenhaarschnitt zugeschaut. Er war langsam, die Leute wurden ungeduldig. Ein Mann brüllte über die Theke nach seinem Essen. Emma nahm Messer, Gabel und Löffel von dem Plastikgeschirr und steckte es in ihre Tasche.

Die Verkäuferin im Supermarkt hielt ihr das Wechselgeld hin. Sie lächelte, ohne sie anzusehen. Vielleicht war sie die Mutter von dem Jungen nebenan.

Als sich die Türen des Fahrstuhls öffneten, sah Emma Penelope. Das Mädchen presste ihr Ohr an ihre Wohnungstür. Sie trug heute einen rosa Trainingsanzug mit zwei weißen Streifen. Asidas, haben wir das genannt, dachte Emma. Sie erinnerte sich an ein dickes Mädchen, das sie mit den anderen gehänselt hatte.

»Hallo Penelope!«

Das Mädchen richtete sich auf und pustete eine Strähne aus der Stirn.

»Ich wollte dich besuchen.«

»Das sehe ich.«

Emma schloss die Tür auf. Penelope stapfte ihr voraus in die Wohnung. Prüfend blickte sie in alle Ecken und nickte dann.

»Bei dir weiß man nie, ob du da bist oder nicht.«

Emma stellte die Einkäufe auf den Tisch.

»Wieso?«

»Weil du keinen Fernseher hast.«

Emma füllte Wasser in den Wasserkocher und stellte ihn an. Sie riss eine Tütensuppe auf. In dem Moment fiel ihr ein, dass sie keine Teller hatte.

»Penelope, könntest du mir einen Teller leihen? Oder eine kleine Schüssel?«

Das Mädchen strahlte sie an.

»Klar!«

Sie flitzte davon. Emma ging zur Tür und horchte. Sie hörte das Klacken der Wohnungstür. Leises Gemurmel, dann stand die Kleine wieder vor ihr. In ihrer Hand hielt sie einen tiefen Teller mit Blütenrand.

»Kannste behalten. Erst mal.«

»Danke.«

Emma schüttete den Inhalt der Tüte in den Teller und goss heißes Wasser darüber. Der Raum füllte sich mit dem Geruch von Geschmacksverstärkern.

»Ist deine Mutter drüben?«

Penelope war auf einen Stuhl geklettert und begutachtete die Einkäufe.

»Nö.«

»Mit wem hast du denn gerade gesprochen?«

»Du kaufst aber komische Sachen. Warte mal.«

Schon war sie wieder weg. Emma rührte mit ihrem Plastiklöffel in der Suppe.

»Hier.«

Auf der ausgestreckten Kinderhand lag eine Vitamintablette. Der Schweiß hatte sie am Rand dunkel gefärbt.

»Vitamine sind wichtig.«

Emma nahm die Tablette und legte sie vorsichtig auf den Tisch.

Penelope sagte:
»Auch Salat und Gemüse. Du ernährst dich nicht gut.«
Emma nickte.
»Du hast Recht. Danke.«
Sie schluckte.
»Das ist mein erstes Geschenk in Berlin.«
Penelope trat von einem Bein auf das andere. Emma wusste nicht, ob das Mädchen verlegen war oder auf die Toilette musste.
»Freundlichsein ist wichtig, sagt Heidi.«
»Ist das deine Mutter?«
Penelope lachte überrascht.
»Nee, Heidi Klum mein ich.«
»Ach so.«
»Ich will Model werden.«
Penelope stellte sich auf die Zehenspitzen und ging schaukelnd durch das Zimmer. Kurz vor der Wand warf sie ihre Arme hoch, verteilte Kusshände an ihr Publikum und drehte sich schwungvoll um. Emma legte ihren Plastiklöffel beiseite und applaudierte.
»Also ich würde dich buchen.«
Penelope strahlte. Dann erstarrten ihre Züge.
»Ich muss rüber!«
Emma warf einen Blick auf ihr Handy. Es war kurz vor sieben.
»Abendessen?«
»Da kommt was übers Schminken.«
Fernsehen, dachte Emma. Das Gemurmel eben. Laut sagte sie …
»Na dann danke für deinen Besuch.«
Ihre Tür fiel ins Schloss.
Langsam aß sie die Suppe. Dann füllte sie ihren Zahnputz-

becher mit Wasser. Die Tablette drehte sich immer schneller, während sie sich auflöste.

Später am Abend klingelte ihr Handy. Sie schaute auf die angezeigte Nummer und drückte auf die Annahmetaste.

»Hallo Helene.«

Ihre Mutter lachte nervös.

»Wie geht es dir.«

»Ich arbeite viel. Was macht Ida?«

»Sie schläft. Hast du schon ihren Brief bekommen?«

»Nein.«

»Hoffentlich fängt er nicht an zu stinken. Ich konnte es ihr nicht ausreden.«

»Schon gut.«

Eine Pause entstand. Emma sah ihre Mutter in der Küche stehen. Sie hatte ein Glas Rotwein vor sich. Die Haut auf ihren Armen schien golden im Licht der Tiffanylampe. Emma hatte die Lampe von Anfang an kitschig gefunden. Die Mutter ließ sich nicht beirren. Sie war teuer, fast ihren gesamten monatlichen Lohn hatte sie dafür hingelegt. Damals war das kein Problem. Emma verdiente gut. Beinahe wäre sie die jüngste Leiterin der Polizeiredaktion geworden. Seit Gründung des Senders. Beinahe.

»Die Kommission hat angerufen.«

Emma hielt den Atem an.

»Ja?«

»Sie tagt am Wochenende. Ich habe ihnen gesagt, wo sie den Brief hinschicken sollen. Das war doch in Ordnung?«

»Sicher.«

Pause.

»Du, Emma?«

»Hmmh?«

»Wenn sie einsehen, dass du nicht schuld warst – ich mein, das müssen sie doch, nicht wahr?«

Emma entdeckte einen Käfer an ihrer Spüle.

»Ich weiß nicht.«

Sie nahm das Tier mit einem Taschentuch auf.

»Also, dann könntest du doch wieder hier arbeiten, oder?«

Emma dachte an die Gesichter der Nachbarn. An das Schweigen der Kollegen. Wie sie allein am Tisch in der Kantine gesessen hatte. Sie drückte das Taschentuch zusammen. Ganz leicht fühlte sie den kleinen Panzer zwischen ihren Fingern bersten.

»Ich kann dir bald Geld schicken. Ich arbeite viel.«

»Ja, danke.«

Helene schwieg. Dann holte sie tief Atem und spielte ihren letzten Trumpf aus.

»Ida denkt die ganze Zeit an dich.«

Emma wusste, dass sie nicht mehr lange durchhalten konnte. Sie wollte nicht am Telefon weinen.

»Du, ich muss noch was vorbereiten.«

»Mach nicht zu lange.«

»Ist gut.«

»Wir kommen schon klar.«

»Tschüss Mama.«

»Tschüss, meine Große.«

Sie warf das Telefon auf die Matratze und presste ihre Hände auf die Augen. Lange blieb sie so sitzen. Als sie in das Taschentuch schnäuzen wollte, sah sie den zerquetschten Käfer. Eine gelbliche Flüssigkeit war aus ihm herausgetreten. Sie fragte sich, ob das nun dasselbe war wie Vögel vergiften. Dann warf sie das Tuch in den Müll.

Am Morgen strich Emma Butter auf das Knäckebrot und streute Salz darüber. Sie aß langsam. Durch das geöffnete Fenster lärmte der Verkehr. Sie dachte an den ermordeten Tom Rosenberg. Seine deutsche Großmutter hatte auf ihn aufgepasst, hatte die Referentin erzählt. Vielleicht saß er als Kind auch in einer Küche und aß Knäckebrot, neben sich die alte Frau, die die fremde Sprache nicht mehr lernte. Vielleicht hat sie ihm erzählt von dem Deutschland, das sie fortgejagt hatte. Hat er damals ihre Worte verstanden und später vergessen? Oder das Gerede wie einen fremden Klangteppich hingenommen? Hat es ihm etwas ausgemacht, hier in Berlin zu sein, in der alten Heimat seiner Familie?

Ihr Rad hatte sie vor der Tür an eine Straßenlampe gekettet. Auf dem Gepäckträger klemmte eine leere Hamburger-Schachtel. Über das Schutzblech zogen sich Ketchupflecken und feuchte Schlieren. So hoch konnte kein Hund das Bein heben. Emma warf die Schachtel in den Müll. Sie nahm sich vor, das Rad ab jetzt im Innenhof anzuschließen.

In sieben Minuten war sie am Potsdamer Platz. Sie schloss ihr Rad ab und ging durch die gläsernen Türflügel in die Empfangshalle. Der Raum war riesig und fast leer. Am anderen Ende, bei den Fahrstühlen, sah sie eine Frau hinter einem Empfangstresen. Emma steuerte darauf zu. Bis sie dort war, hatte die Frau viel Zeit, sie einzuschätzen. Offensichtlich erschien sie ihr nicht wichtig. Aus halb verhangenen Augen schaute sie ihr entgegen, der Mund blieb ein grader Strich.

»Guten Tag, ich bin Journalistin und arbeite für BerlinDirekt. Ich sitze an einer Reportage über die Firmen am Potsdamer Platz. Haben Sie vielleicht eine Broschüre über die Firma von Alexander Bohmann?«

Das Wort »Journalistin« war der Schlüsselreiz, auf den die Frau reagierte. Ihre Mundwinkel bogen sich nach oben, während sie hektisch unter ihrem Tresen kramte.

»Hier bitte. Wenn Sie wollen, kann ich Sie auch gerne mit unserer Presseabteilung verbinden.«

Wie schaffen es die Bosse nur, dass sich auch die schlechtbezahlteste Angestellte mit der Firma identifiziert, dachte Emma, während sie das Faltblatt entgegennahm.

»Nein danke, dies hier reicht mir erstmal.«

Sie setzte sich auf ein dunkelgrünes Ledersofa, die einzige Sitzgelegenheit in der Halle. Dafür musste sie wieder mindestens fünfzig Meter gehen. Das Heft in ihrer Hand war dünn, eine Hochglanzbroschüre mit mehr Farbdruck als Inhalt. Vom Vorwort lächelte ihr der Chef entgegen, ein rotgesichtiger Mann um die sechzig. Alexander Bohmann. Auf den folgenden Seiten dann ganzseitige Fotos von Entwürfen der Firma: wuchtige Firmenbauten, gesichtslose Fronten. Emma dachte an Martha Steiners Urteil: keine Visionen. Am Ende war ein Interview aus einer Fachzeitschrift abgedruckt. Alexander Bohmann wurde hier als bedeutender Architekt gewürdigt. Ob er vorhabe, sich an dem Bau der neuen BND-Zentrale in Berlin zu beteiligen, wurde er gefragt. Bohmanns Antwort: Wir haben das Wissen und die Stärke dafür.

Die Fahrstuhltüren öffneten sich, Emma schaute hoch. Hauptkommissar Blume trat heraus, an seiner Seite Alexander Bohmann. Hinter ihnen Blumes Schatten, der ältere Mann mit dem grauen Kraushaar. Emma schnellte wie ein Teufelchen vom Sofa hoch und ging, fast lief sie, den Männern entgegen. Ihr Mikrofon lag griffbereit, den Einschaltknopf fand sie blind. Kurz vor der Eingangstür hatte sie sie eingeholt.

»Herr Blume, verhaften Sie Alexander Bohmann?«

Bohmann lachte, seine Augen blickten wütend. Blume biss sich auf die Lippen.

»Unsinn. Alexander Bohmann begleitet uns nur zu seinem Vater. Wir …«

»Ist die Firma Bohmann Teil Ihrer Ermittlungen um den Mord an Tom Rosenberg?«

Der Architekt schnaufte. Seine Gesichtshaut war noch eine Spur dunkler geworden.

»Jetzt hören Sie mal zu, junge Frau …«

Emma trat auf ihn zu, das Mikrofon am ausgestreckten Arm. Der Architekt zögerte, er warf einen Blick zu Blume. Der Kommissar trat vor, legte eine Hand auf Emmas Schulter und drängte sie sanft ein paar Schritte zur Seite. Sie drehte sich unwirsch weg. Sofort ließ er ihre Schulter los.

»Die Familie Bohmann unterstützt die Polizei bei Fachfragen, Frau Vonderwehr«, Blumes Stimme senkte sich, er bedeckte ihr Mikrofon mit seiner Hand, »halten Sie sich zurück. Sonst haben Sie in dieser Stadt bald nichts mehr zu tun.«

Emma ließ ihren Arm sinken.

»Was davon kann ich bringen?«

»Konzentrieren Sie sich lieber auf die Heimattreuen.«

Emma schaute hoch.

»Wieso, gibt es da Neues?«

Bohmann machte einen Laut. Er stampfte mit seinen

Schuhen auf den Boden. Es klang wie das Wüten eines Kindes.

»Herr Blume, ich habe viel zu tun. Können wir jetzt bitte ...«

»Natürlich«, Blume wandte sich zum Gehen. Dann drehte er sich noch einmal um.

»Das habe ich alles schon Ihrer Kollegin erzählt. Sind Sie nicht informiert?«

Die drei Männer gingen. Emma starrte ihnen mit offenem Mund hinterher.

Siebzehn Minuten bis zum Sender. Fast vergaß sie, ihr Fahrrad abzuschließen. Sie lief die Treppen hoch. Die Tür zum Großraumbüro stand offen, Schneider war da, Bente telefonierte. Es herrschte Hektik. Emma warf einen Blick auf die große Funkuhr. Kurz nach neun. Noch fast eine Stunde bis zur Morgensitzung. Die anderen mussten gerufen worden sein.

»Was ist passiert?«

Bente blickte kurz hoch, dann drehte sie sich weg und redete leise weiter in den Hörer. Schneider machte einen Schritt auf sie zu und fasste sie leicht an die Schulter. Ich mag das nicht, dachte Emma und wollte sich wegdrehen. Schneider verstärkte seinen Druck. Leise sagte er:

»Die Polizei hat ein paar von den Neonazis verhaftet. Den Chef und zwei Mitglieder. Bente geht gleich ins Studio.«

Emma schaute Schneider wütend ins Gesicht. Sie war kurz davor, die Hand auf ihrer Schulter wegzuschlagen.

»Warum hat mich niemand informiert?«

Auf einmal war es totenstill im großen Raum. Bente starrte zu Emma hoch. Weiter hinten kicherte jemand. Schneider war weiß im Gesicht. Er nahm seine Hand von ihrer Schulter.

»Was glaubst du eigentlich, wer du bist?«

Emma schluckte. Ihre Augen brannten. Jetzt bloß nicht heulen, dachte sie. Sie drehte sich um und rannte fast aus dem Büro. Am liebsten hätte sie die Tür laut hinter sich zugeschlagen.

In der Kantine dudelte leise der Sonderjingle Aktuell. Normalerweise wurde die Übertragung von den vielen Stimmen der essenden Kollegen übertönt. Jetzt war niemand in dem großen Raum. Emma holte sich einen Kaffee und setzte sich direkt unter den Lautsprecher.

Der Moderator berichtete gerade von den drei Haftbefehlen und fragte Bente nach den Männern. Verhaftet wurden der Vorsitzende und zwei Mitglieder der Gruppe, erzählte nun die Kollegin mit ihrer tiefen Stimme. Der Vorsitzende sei Inhaber eines Baustoffhandels. Die anderen beiden arbeiteten für ihn in der Firma. Die Namen halte die Polizei unter Verschluss.

In der Küche schepperte es, ein Mann fluchte. Emma angelte in ihrer Tasche nach einem Stift und schrieb Baustoffhandel! auf eine Serviette.

Wieder der Moderator: Glaubte die Polizei, dass diese Männer Tom Rosenberg ermordet hätten? Deswegen wären sie jedenfalls nicht verhaftet worden, antwortete Bente. Die Männer hätten anonyme Briefe an das Opfer geschickt und antisemitische Sprüche an seine Tür geschmiert. Das hätten sie zugegeben, und deswegen seien sie verhaftet worden.

Aber, sagte der Moderator, machte sie das nicht verdächtig, auch den Mord begangen zu haben?

Ja, dachte Emma. Sie malte einen Kreis um das Wort Baustoffhandel auf ihrer Serviette, das machte sie sogar sehr verdächtig.

Das Kinn gereckt ging sie an den Kollegen vorbei in das Sitzungszimmer. Sie setzte sich vorn an den ovalen Tisch. Schnell füllte sich der Raum. Schneider blätterte durch seine Unterlagen und bat Haarms, den Morgen vorzutragen. Der hatte kaum angefangen, als Schulenburg hereinkam und sich leise auf einen freien Stuhl neben der Tür setzte.

Haarms berichtete über den Inhalt der einzelnen Positionen, eine Umfrage zum Wetter, Herthas Kampf gegen den Abstieg, ein Ü-Wagen-Bericht vom Stau auf der Stadtautobahn. Keiner sagte ein Wort. Schneider sah aus, als hörte er gar nicht zu. Emma spürte Schulenburgs Blick von schräg hinten auf ihr ruhen. Unruhig rutschte sie hin und her. Sie versuchte, sich auf Haarms' Stimme zu konzentrieren.

»Dann kam die Meldung über die Verhaftung rein. Ich hab dich dann ja sofort angerufen, Manfred. Und natürlich Bente.«

Haarms war der Verteiler, kein Wunder, dass sie nicht angerufen worden war. Emma war erleichtert, sie konnte nicht anders, sie musste lächeln. Schneider räusperte sich. Er nickte.

»Das Gespräch war gut, Bente. Vielleicht etwas zu – emotionslos.«

»Ich kann ja nur die Fakten melden. Soll ich jubeln, dass sie ein paar Rechte drankriegen?«

Bentes Stimme klang verärgert. Schneider hob überrascht den Kopf. Eine senkrechte Falte erschien auf der Stirn.

»Ein bisschen kannst du schon spekulieren. Was sind das für Männer? Was sind die Beweggründe? Das war schließlich ein Gespräch und keine Nachrichtenminute.«

Bente schwieg. Sie kritzelte etwas auf ihren Notizblock. Schneider wartete noch einen Moment. Dann blickte er in die Runde.

»Noch was dazu?«

Emma holte Luft.

»Der zuständige Kommissar unterhält sich heute mit Sohn und Vater Bohmann.«

Die meisten Köpfe drehten sich in ihre Richtung. Emma blickte starr zu Schneider. Bitte, dachte sie, bitte glaub mir. Sie sagte:

»Vielleicht gibt es da doch eine unsaubere Geschichte in der Vergangenheit.«

Schneider wechselte einen Blick mit Schulenburg.

Dann wandte er sich an Emma:

»Hast du darüber eine offizielle Aussage? Eine Stellungnahme von Bohmann? Oder einen eindeutigen O-Ton, der die Lage klärt?«

Emma sah aus den Augenwinkeln, wie sich Schulenburg vorbeugte. Sie drehte sich halb zu ihm um.

»Noch nicht.«

Schulenburg betrachtete sie nachdenklich. Es war still im Raum. Dann sprach er Schneider an.

»Wir lassen es fallen.«

»Aber«, Emmas Stimme zitterte, sie versuchte, sie unter Kontrolle zu halten, »die Verbindung ist doch eindeutig!«

»Inwiefern?« Schulenburg betrachtete sie jetzt wieder mit einem schiefen Lächeln.

»Diese Typen arbeiten in einem Baustoffhandel, er gehört dem Chef der Gruppe. Bohmann ist Architekt. Vielleicht ein guter Kunde?«

»Na klar.«

Haarms' sarkastischer Tonfall klang durch den Raum. Emma sah in die Gesichter ihrer Kollegen. Die meisten grinsten sich gegenseitig an. Nur Bente blieb ernst. Emma konzentrierte sich auf sie. Sonst fehlte ihr der Mut weiterzureden.

»Bohmann will nicht, dass der Enkel alte Geschichten aufwärmt. Also bittet er seinen Geschäftsfreund um einen Gefallen. Vielleicht sollte er ihn nicht gleich umbringen, vielleicht nur ein bisschen Angst einjagen, mit den Briefen und so. Und dann ist das Ganze außer Kontrolle geraten …«

Die Kollegen fingen an zu murmeln.

»Moment mal, Emma.«

Schneiders Stimme beruhigte die Stimmung. Es wurde wieder still. Alle schauten nun auf den Redaktionschef.

»Verstehst du, was du da behauptest? Du sagst, Bohmann, also der prominente Bohmann, arbeitet mit einem polizeibekannten Rechtsradikalen zusammen, und er hat ihn auch noch zu einem rassistischen Angriff aufgefordert.«

Schneider hielt inne. Er schien nachzudenken. Dann redete er weiter.

»Das wäre der Hammer.«

Schulenburg räusperte sich.

»Manfred, ich glaube nicht …«

Schneider hob abwehrend die Hände.

»Ja, schon klar. Emma, ich hab keine Ahnung, wie du das rausfinden willst, aber solange es dafür keine Beweise gibt, bleibt das hier im Raum. Das gilt für alle!«

In die Stille hinein sagte Emma:

»Wir sollten versuchen, an diesen Chef der Gruppe heranzukommen. Er wird sicher nicht lange in Haft sein. Bente kennt vermutlich seinen Namen, wir könnten ihn ins Studio einladen und mal kräftig …«

»Nein.«

Bentes Gesicht verschloss sich. Emma sagte fast bittend:

»Aber wieso, Bente, kann doch sein, dass er was sagt, wir könnten …«

»Wir geben solchen Typen hier keine Plattform für ihre kruden Gedanken, Emma.«

Emma schaute Schneider an. Der schüttelte fast unmerklich den Kopf. Sie versuchte es noch mal an Schulenburg gewandt:

»Es muss ja nicht live sein, wir könnten voraufzeichnen und …«

»So einen Menschen will ich nicht auf meiner Welle hören.«

Schulenburgs Ton war hart. Emma spürte die Wand gegen sie, aber sie konnte nicht aufgeben.

»Aber vielleicht kann er uns wichtige …«

»Schluss jetzt. Die Entscheidung ist klar.«

Schulenburg senkte seine Stimme.

»Haben Sie denn gar nichts in Bremen gelernt?«

Bei den Worten zuckte Emma zusammen. Sie krallte ihre Hände um ihren Kugelschreiber, um das Zittern zu verbergen. Starr blickte sie geradeaus. Schulenburg wandte sich Schneider zu.

»Das Thema ist für heute tot. Es sei denn, die Polizei meldet einen neuen Stand. Dann will ich informiert werden.«

Schneider schaute in die Runde.

»Fragt immer mal wieder bei euren Informanten nach. Falls der Haftbefehl aufgehoben wird oder die Anklage auf Mord lautet, dann bringen wir das als Sondermeldung. Natürlich«, Schneider warf einen Blick auf seinen Chef, »nur nach Absprache. So, jetzt mal wieder weiter im Programm. Markus, bist du durch? Brigitte, was gibt's heute Vormittag?«

Der Rest der Sitzung lief wie ein Rauschen an Emma vorbei. Als alle aufstanden und den Raum verließen, folgte sie ihnen automatisch. Schulenburg legte an der Tür die Hand auf Schneiders Schulter. Emma sah, wie sie im Flur stehen blieben und leise redeten. Als der Wellenchef den Kopf hob, trafen sich ihre Blicke. Schnell wandte sich Emma ab. Im Büro herrschte Betrieb. Freitags mussten die Beiträge für das Wochenende vorproduziert werden. Jeder Schreibtisch war besetzt, der Raum summte von den Geräuschen der Computer und dem leisen Reden der Kollegen am Telefon. Bente winkte Emma zu.

»Setz dich hierher, ich bin gleich weg.«

Emma ging auf sie zu.

»Was machst du?«

»Den Ü-Wagen.« Bente packte ihre Tasche. Sie verzog das Gesicht, lachte. »Fischmarkt am Freitag.«

»He, Bente, bring uns was mit!« Ein Kollege vom Nachrichtentisch ging an ihnen vorbei in Richtung Studio.

»Keine Chance. Ich komm heut nicht mehr rein.« Bente lächelte Emma zu. »Schönes Wochenende.«

»Dir auch.«

Emma ließ sich auf den frei gewordenen Platz fallen. Die Eingangsmaske blinkte. Abmeldung bestätigen? Jetzt nur auf Enter, dann konnte sich Emma einloggen. Sie hatte schon die Maus in der Hand. Und zögerte.

Schneider kam rein. Er rollte einen Schreibtischstuhl zu ihr rüber und setzte sich dicht neben sie. Abwesend starrte er auf den Bildschirm. Emma lehnte sich vom Tisch weg und kramte in ihrer Tasche. Sie legte die Zeitung mit dem Berlin-Teil nach oben auf die Tastatur. Das Mordopfer Rosenberg lächelte die beiden an.

»Noch immer auf der Berliner Eins.«

Schneider starrte jetzt auf die Titelstory. Unwillig verzog er die Mundwinkel.

»Von Bohmann kein Wort.«

»Aber gerade deswegen müssen wir dranbleiben, noch ist das eine exklusive …«

»Emma.«

Sie schwieg. Schneider betrachtete sie. Er sagte:

»Mach doch erst mal Wochenende. Du hast dich gut geschlagen die letzten Tage. Aber du bist – ich weiß nicht.«

Der Nachrichtensprecher kam zurück. Er grinste und ging am Tisch vorbei. Schneider senkte die Stimme.

»Das ist zu viel. Fahr mal runter, du bist hier nicht auf der Flucht.«

Emma schwieg. Sie kaute an ihrer Lippe.

»Als du eben mit dem Chef im Flur standest – habt ihr da über mich gesprochen?«

Sie sah ihn aus den Augenwinkeln an. Schneider seufzte. »Schulenburg ist informiert worden. Der Rundfunkrat tagt dieses Wochenende. Aber das weißt du ja wahrscheinlich?«

Emma nickte.

»Er hat mich gefragt, wie ich die Sache einschätze.«

Sie drehte sich jetzt ganz zu ihm.

»Und?«

»Ich hab gesagt, das muss er dich selbst fragen.«

Emma rückte an den Tisch, begann, die Zeitung zusammenzulegen. Schneider beobachtete sie dabei. Als sie fertig war, saß er immer noch ruhig da. Sie zuckte mit den Schultern, versuchte ein Lächeln. Schneider lehnte sich zurück und verschränkte die Arme.

»Helene hat mich angerufen.«

Jetzt sah Emma ihn an. Sie sagte nichts, wartete ab.

»Sie macht sich Sorgen.«

»Helene macht sich immer Sorgen.«

»Das stimmt nicht, und das weißt du auch.«

Stille. Ernst ging an ihnen beiden vorbei und beobachtete sie neugierig. Emma wartete, bis er im Flur verschwunden war.

»Ich kümmere mich um sie. Meinst du, ich kann hier einen Vorschuss bekommen?«

»Ich hab ihr erst mal was geschickt.«

Ihr Blick war überrascht. Sie lächelte, spürte, wie ihr eine Sorge vom Körper rückte.

»Danke.«

Schneider nickte, stand auf. Laut sagte er:

»Vielleicht kommst du mal zum Essen zu uns raus?«

Er drehte sich in Richtung Tür.

»Manfred?«

»Ja?«

»Kennst du jemanden, der sich mit Architekturgeschichte auskennt?«

Schneider stutzte, überlegte und nickte.

»Ich schau mal nach.«

»Jetzt gleich?«

Er sah sie an. Und musste lächeln.

»Augenblick.«

Er ging in sein Büro. Emma ließ sich zurück in den Stuhl fallen. Sie schaute um sich. Die Kollegen waren in ihre Arbeit vertieft. Manche tippten, telefonierten oder sprachen den Text halblaut am Monitor vor. Emma fuhr mit dem Stuhl wieder an den Schreibtisch heran. Noch immer blinkte der Cursor. Abmeldung bestätigen? Emma drückte auf Vorgang abbrechen. Bentes Eingangsmaske erschien. Die meisten Kollegen hatten private Bilder als Hintergrund auf dem Monitor. Die Kinder, der Hund oder der neue BMW. Bente hatte es beim Standardbild der Software belassen. Sie gibt wenig preis, dachte Emma. Ihre Finger zitterten, als sie auf das Icon mit dem Namen RECHERCHE drückte.

Ein lautes Niesen, Emma fuhr hoch. Ein Kollege schnäuzte sich. Keiner beachtete sie. Schnell klickte sie sich durch, Politik, rechtsradikale Gruppen. Ihre Augen fuhren über die Liste. Da waren sie, Königreich der Heimattreuen.

Noch ein schneller Blick in die Runde. Eine Frau hatte den Hörer am Ohr und sah in ihre Richtung. Dann plötzlich lachte sie auf, senkte den Blick und redete weiter.

Ein Klick.

Vorsitzender: Martin Siebenschläger, Besitzer eines Baustoffhandels.

Emma notierte sich Namen und Adresse.

»Hier.«

Schneider stand vor ihr und reichte ihr über den Monitor hinweg einen Zettel. Emma lächelte. Sie klickte Abmelden an. Der Bildschirm wechselte die Maske.

»Danke.«

Sie nahm den Zettel. Schneider verschränkte die Arme.

»Nimm das Mikro mit. Der kann reden. Wir hatten den im Studio, als diese große Bauhaus-Ausstellung war.«

Emma schaute auf den Zettel. Nikolaus Klinke, eine Telefonnummer.

»Historiker?«

Schneider nickte.

»Gut«, Emma stopfte ihre Zeitung, den Block und den Zettel in ihre Tasche, »ich geh jetzt.«

»Ja.« Schneider beobachtete Emma. Noch immer stand er vor dem Schreibtisch. Sie erhob sich, zögerte.

»Ist noch was?«

»Nee.«

»Na dann …«

Emma wollte an ihm vorbei, da hob er leicht den Arm. Sie blieb stehen, sah ihn fragend an. Er schien nach den richtigen Worten zu suchen. Schließlich sagte er:

»Wollen wir noch einen Kaffee trinken?«

Emma schüttelte den Kopf.

»Ich will los.«

Schneider ließ den Arm sinken.

»Okay.«

Sie ging auf den Flur in Richtung der Aufzüge. Schneider folgte ihr. Vor seinem Büro blieb er stehen. Sie nickte ihm zu und wollte weitergehen.

»Emma?«

Sie drehte sich zu ihm um.

»Was?«

»Die Sache da in Bremen … wie siehst du das?«

Sie ging drei Schritte auf ihn zu. Sah ihm prüfend ins Gesicht.

»Wie meinst du das?«

»Bist du schuld am Tod dieses Mädchens?«

Emma schluckte.

»Ich habe nie etwas erfunden. Und Jenni auch nicht.«

»Das glaube ich dir. Aber ich habe dich etwas anderes gefragt.«

»Ja.« Sagte Emma.

Sie drehte sich um und ging den Flur runter.

Er rief ihr hinterher.

»Trotzdem – schönes Wochenende!«

Sie dachte, Wochenende. Und am Montag hab ich hier wahrscheinlich Hausverbot.

Diesmal drehte sie sich nicht um.

Tut mir leid, dass wir Ihnen nicht helfen konnten.«

Blume ignorierte die Hand, die Alexander Bohmann ihm reichte. Erkenschwick trat einen Schritt vor, nahm die ausgestreckte Hand und schüttelte sie kräftig. Eine Spur von Schweißgeruch ging von ihm aus. Blume beugte sich zu dem alten Mann im Rollstuhl vor.

»Auf Wiedersehen, Herr Bohmann. Ich hoffe, unser Gespräch hat Sie nicht zu sehr aufgewühlt.«

Bohmann drückte leicht seine Hand.

»Nein, nein. Ich bin jetzt nur … etwas müde.«

Alexander trat einen Schritt näher an den Rollstuhl.

»Sehen Sie, es war notwendig, das Gespräch abzubrechen.« Er strich über die Schulter seines Vaters. »Er ist ja wirklich nicht mehr der Jüngste.«

Blume schaute hoch zu dem Sohn.

»Auf Wiedersehen, Herr Bohmann.«

»Zumal er Ihnen ja auch nicht viel sagen konnte.«

Der Kommissar drehte sich um und ging zu seinem Auto, Erkenschwick folgte ihm. Der Kies knirschte unter ihren Füßen. Blume spürte die Blicke der beiden in seinem Rücken. Als er anfuhr, hob er die Hand zum Gruß. Vater und Sohn standen noch immer vor dem Portal. Sie reagierten nicht. Im nächsten Augenblick war der Wagen von der Auffahrt verschwunden.

Blume blinkte und bog in die ruhige Allee ein.

»Was hältst du von der Sache?«

Erkenschwick schnalzte leicht mit der Zunge.

»Ich glaube, der Alte ist nicht so senil wie der Sohn gerne möchte.«

»Er ist immerhin fast hundert. Neben dem bist ja sogar du noch im besten Alter.«

Erkenschwick reagierte nicht. Blume warf einen schnellen Seitenblick auf das verschlossene Gesicht und wünschte sich, diesen Witz nicht gemacht zu haben. Dann konzentrierte er sich auf den Verkehr.

Alexander Bohmann fasste die Griffe des Rollstuhls, um seinen Vater zurück ins Haus zu fahren. Der Alte hob seinen rechten Unterarm und streckte die Hand nach hinten. Der Sohn blieb stehen. Er nahm die Hand und drückte sie sich an die Brust. Durch die Finger spürte er die fadendicken blauen Adern auf dem Handrücken seines Vaters. So standen sie einen Moment, wie für ein Porträt, vor ihrer Gründerzeitvilla.

Emma raste quer durch Berlin. Sie versuchte, einigermaßen die Richtung zu halten. Die Anstrengung tat ihr gut, die Konzentration auf den Verkehr. Sie hatte überlegt, in eine Ausstellung zu gehen oder ins Kino. Aber ihr Kopf war schon voll mit Stimmen und Bildern. Nur das Treten der Pedale half, das laute Atmen. Sie sah Jenni, aufgebahrt in der Leichenhalle. Jennis Mutter, die Emma auf der Beerdigung ins Gesicht spuckte. Wie Helene da ihre Hand nahm und mit ihr und Ida ruhig davonging.

Treten, treten, sie schaltete einen Gang höher, es wurde schwerer. Sie sah wieder den Erste-Hilfe-Raum. Die Referentin, die mit dem Zeigefinger die Oberlippe über die Zähne zog. In ihr hallten die Worte aus dem Flyer der Firma Bohmann nach, wir haben das Wissen und die Stärke … Und sie sah Martha, die vögelvergiftende Martha, die sich auf ihren Stock stützte, um in die Küche zu kommen, nur weg, weg von ihr und ihren Fragen.

Laut atmend blieb Emma stehen. Der Rotz lief ihr aus der Nase, sie tastete nach einem Taschentuch, fand keins und schnaubte dann in den Straßengraben.

Sie wischte sich mit dem Ärmel Schweiß und Rotz aus dem Gesicht. Längst hatte sie die Innenstadt hinter sich gelassen. Die Straßen wurden breiter, tiefe Löcher rissen den Asphalt auf. Fahrradwege gab es hier keine mehr, die Autos fuhren schnell und dicht an ihr vorbei. Häuserruinen mit Sperrholz vor dem Eingang wechselten sich ab mit Neubauten in Terrakotta und Zitronengelb. An einer großen Kreuzung holte sie ihren Stadtplan heraus. Sie hatte darauf geachtet, die Sonne immer an rechter Schulterhöhe zu lassen. Das Gewerbegebiet lag nur noch ein paar Kilometer entfernt.

Ein runder Metalltank wies schon von weitem auf die Firma hin. Schwarz auf gelb stand dort: Wenn's gut werden soll – Ihr Baustoffhandel. Emma stieg vom Rad und schob es durch das Metallgittertor auf das Gelände, vorbei an kleinen Dachmodellen mit unterschiedlichen Dachpfannen und Mustern von Terrassenbelägen in Stein und Holz. Das Gebäude setzte sich aus zwei lang gestreckten Flachdächern zusammen, die gemeinsam ein L bildeten. Weiter hinten auf dem Hof fuhr ein Gabelstapler orange PVC-Rohre auf einen Hänger. Ein zweiter Gabelstapler parkte neben dem Eingang. Emma schloss ihr Rad ab. Dabei blickte sie nach rechts und links. Zwei Männer standen auf dem Hof. Sie rauchten und riefen dem Gabelstaplerfahrer etwas zu. Emma zog die Nase hoch, fuhr sich durchs Haar und ging auf den Eingang zu. Sie öffnete die schwere Metalltür und schlüpfte ins Gebäude. Hinter ihr donnerte die Tür wieder zu. Ein paar Männer und eine Frau schauten in ihre Richtung. Emma stand jetzt an einem halbhohen Tresen. Er gab den Blick frei auf das Büro dahinter. Rund zehn Schreibtische standen dort. An keinem wurde gearbeitet. In einer Ecke saßen fünf Leute an einem Couchtisch. Zwei Männer auf dem Sofa, die anderen hatten ihre Bürostühle herübergerollt. Alle schwiegen. Sie sahen bedrückt aus. Die einzige Frau in der Runde erhob sich und kam nach vorne zu Emma. Sie war noch jung, Ende zwanzig vielleicht. Ihr braunes Haar kringelte sich in kleinen Löckchen um ihr langes schmales Gesicht. Sie war der Typ Frau, denen die Zeitschriften rieten, die Wangen zu betonen, um von der langen Nase abzulenken. Diese Frau hatte das offenbar auch schon gelesen. Mit den breiten Rougebalken sah sie aus wie ein Indianer im Angriff. Ihr Lächeln war ein Strich mit abgeknickten Mundwinkeln.

»Ja?«

Emma lächelte sie strahlend an.

»Kann ich bitte Herrn Siebenschläger sprechen?«

»Den Chef?«

Die Frau warf einen Blick nach hinten. Ihre Locken wippten. Die meisten schauten hilflos zurück. Ein Mann starrte in seine Kaffeetasse, ein anderer biss auf seinen Fingernägeln herum. Sie drehte sich wieder zu Emma um.

»Warum wolln'Se denn den Chef?«

»Ja, wissen Sie«, Emma lehnte sich leutselig auf den Tresen, die Frau wich leicht zurück, »ich hab eine Terrasse, nichts Großes, aber man will es ja doch schön haben. Herr Siebenschläger hat mir verschiedene Tritte vorgeschlagen, aber ich konnte mich einfach nicht entscheiden. Er sagte, ich könnte ja noch mal wiederkommen, jederzeit.«

»Ja, also«, wieder warf die Frau einen Blick zu ihren Kollegen, »der Chef ist grad nicht da.«

»Ach wie ärgerlich! Wann kommt er denn wieder?«

»Kann dauern.«

»Er ist doch hoffentlich nicht krank?«

»Nee«, wieder der Blick zurück, »er is eben nich da.«

Einer der Männer aus dem Sofa erhob sich.

»Vielleicht kann ich Ihnen ja auch weiterhelfen?«

Er kam nach vorn. Das Gesicht der Frau verdüsterte sich, sofort verkrümelte sie sich nach hinten. Emma lächelte wieder. Der Mann war groß und schwer. Er hatte spärliches blondes Haar und trug einen Blaumann.

»Herr Siebenschläger hat mir zu Stein geraten, aber ich

glaube, ich möchte doch lieber Holz. Das sieht doch irgendwie wärmer aus, oder?«

»Wann soll denn das gewesen sein?«

»Dass ich hier war?« Emma zuckte die Schultern. »Ist schon was her. Im Sommer irgendwann.«

»Der Chef macht eigentlich keine Kundengespräche.«

»Na, dann hat er wohl mal eine Ausnahme gemacht.«

Emma griff sich einen Katalog vom Tresen und blätterte hektisch darin herum.

»Hier, so was ist doch ganz schön, was denken Sie?«

Der Mann warf einen Blick auf die Abbildung.

»Det is für drinnen.«

Emma seufzte theatralisch auf.

»Bei Ihrem Chef hab ich mich so aufgehoben gefühlt. Der hat mich gut verstanden.«

Sie stemmte ihre Hände in die Hüften und warf dem Mann einen Blick zu, von dem sie hoffte, dass er neckisch wirkte.

»Langsam fange ich aber an, mir Sorgen zu machen. Können Sie mir denn nicht sagen, was mit ihm los ist?«

»Na ja, der is …«

»Wissen Sie, wir sind zur Zeit sehr unterbesetzt.«

Neben dem Blaumann-Riesen tauchte plötzlich sein Kollege auf. Er war kleiner und trug einen Anzug. Emma hatte gar nicht mitbekommen, dass er von dem Sofa aufgestanden war.

»Es ist wohl besser, wenn Sie ein anderes Mal wiederkommen.«

Die Stimme des Mannes war weich und dunkel, aber Emma spürte den drohenden Tonfall dahinter. Sie gab die enttäuschte Kundin und ging auf Rückzug.

»Sie sind ja nicht der einzige Laden hier.«

Sie zögerte, wartete auf eine Antwort. Aber die Belegschaft

starrte sie nur wortlos an. Langsam drehte sie sich um ihre eigene Achse und ging auf den Ausgang zu. In Zeitlupe öffnete sie die Metalltür. Bevor sie hinter ihr zufiel, warf sie noch einen Blick zurück. Der Riese im Blaumann und der Anzugträger standen noch immer an der Theke. Nur die Frau bewegte sich. Sie ließ sich gerade auf einen der Schreibtischstühle im Hinterraum fallen. Emma und den Männern an dem Tresen hatte sie dabei den Rücken zugewandt.

Draußen schloss Emma ihr Fahrrad auf. Langsam ging sie an der Hauswand entlang und tat so, als ob sie sich die verschiedenen Muster der Terrassenbeläge anschaute. Der Gabelstapler im hinteren Hof hatte inzwischen den Anhänger vollgeladen. Zu dritt arbeiteten sie jetzt daran, die Rohre festzuzurren. Dabei unterhielten sie sich, Emma sah ihre Münder sich bewegen. Noch war sie zu weit entfernt, um etwas verstehen zu können. Sie zögerte, warf einen Blick zurück. Niemand würde reden, solange er seine Kollegen im Rücken wusste. Vielleicht konnte sie einen allein erwischen?

Die schwere Brandschutztür sprang auf, als wäre sie aus Pappe. Der Blonde im Blaumann trug eine kleine Plastikschüssel in der Hand und verschwand damit um die Ecke des Hauses. Emma lehnte ihr Fahrrad an die Wand und folgte ihm. Vor einer Holzstellwand, die einen Teil des hinteren Gebäudes vor Blicken schützte, blieb sie stehen. Sie hörte gurrende Geräusche, ein leises Lachen. Emma trat hinter die Stellwand.

Der Mann kniete vor einer Katze, die ihren Kopf tief über die Plastikschüssel gesenkt hatte. Ihr Fell war stumpf, stellenweise war sie kahl. Durch Emmas Erscheinen gestört, wich sie zurück, und Emma sah, dass sie nur drei Beine hatte. Das vordere linke Bein endete am ersten Gelenk als vernarbter Stumpf.

Der Mann richtete sich auf. Er fixierte Emma mit wütenden Blicken und ging an ihr vorbei zurück zum Vordereingang. Bei der Katze siegte der Hunger über die Scheu. Sie hinkte wieder zum Napf zurück und begann erneut zu fressen. Emma drehte sich zu dem Mann um.

»Warten Sie doch bitte!«

Der Mann blieb stehen. Sie ging langsam auf ihn zu. Er fixierte sie. Es war, als versuchte er in Emma zu lesen.

»Was wollen Sie hier?«

Emma holte Luft. Sie tastete nach ihrer Tasche.

»Ich will wissen, ob Ihr Chef etwas mit dem Mordfall an Tom Rosenberg zu tun hat.«

Der Mann trat näher an sie heran.

»Das ist scheiße. Sie sind sich sicher, dass er was damit zu tun hat, und wollen mal gucken, wie es hier in der Mörderfirma aussieht, oder?«

Unwillkürlich wollte Emma zurückweichen, aber sie blieb stehen. Der Mann langte über ihren Brustkorb hinweg nach ihrer Tasche. Sie griff danach und hielt sie fest. Er fasste unten an den Lederboden und drehte sie um. Papier flatterte zu Boden, ihr Portemonnaie, Stifte. Ihr Aufnahmegerät. Das Mikro. Emma widerstand dem Impuls, sich hinzuhocken und alles wieder einzusammeln. Sie reckte das Kinn und sah dem Mann in die Augen.

»Dann erzählen Sie mir Ihre Version.«

Der Mann schnaubte durch die Nase.

»Das interessiert Sie doch gar nicht. Wenn sich mal jemand echt um Deutschland sorgt, wenn jemand …«

»Wie weit geht denn diese Sorge? So weit, dass er Parolen sprühen lässt? An die Hauswand eines Juden, der kurz danach umgebracht wird?«

Der Rücken des Mannes versteifte sich. Hinter ihnen

brummte plötzlich der Gabelstapler los. Emma fuhr herum. Die drei Männer waren näher gekommen. Zwei standen an der Seite und beobachteten sie. Der dritte saß auf dem Gabelstapler. Schwer stützte er sich auf das Lenkrad. Eine Bewegung ließ sie wieder nach vorn schauen. Der Blonde im Blaumann hatte sich hingehockt und den Windschutz ihres Mikrofons in die Hand genommen. Er besah sich das aufgedruckte Logo ihres Radiosenders. Jetzt ging sie auch in die Knie und stopfte die Sachen zurück in ihre Tasche. Sie zögerte, aber dann versuchte sie, ihm den Windschutz aus der Hand zu nehmen. Er ließ nicht los. Sie biss sich auf die Lippen. Hinter sich hörte sie den Gabelstapler näher kommen. Der Mann neben ihr sagte etwas. Obwohl sie so nah nebeneinanderhockten, konnte sie ihn wegen des Lärms der Maschine kaum verstehen.

»... übernimmt Verantwortung. Für den Betrieb hier. Für Deutschland. Für uns.«

Der Mann stand auf. Emma auch. Sie warf einen schnellen Blick nach hinten, der Mann im Gabelstapler beobachtete sie mit einem Grinsen im Gesicht. Die Männer an der Seite verzogen noch immer keine Miene. Sie holte tief Luft und machte ein paar Schritte auf ihr Fahrrad zu. Sie griff nach der Lenkstange und versuchte, es an dem Mann vorbei zum Ausgang zu schieben.

»Ich werde jetzt gehen.«

Der Mann vor ihr nickte bedächtig. Noch einmal strich er über den weichen Stoff des Windschutzes. Dann reichte er ihn Emma. Sie nahm ihn und steckte ihn in die Tasche. Der Motor des Gabelstaplers dröhnte. Dann spürte sie, wie ihr Fahrrad gegen sie fiel. Sie stöhnte, der Lenker bohrte sich schmerzhaft in ihre Hüfte. Es wurde still. Der Gabelstaplerfahrer war zurückgesetzt, hatte den Motor ausgestellt und beugte sich jetzt aus dem Führerhäuschen.

»Oh, hab ich Ihr Fahrrad erwischt. Tut mir leid! Aber Sie dürfen hier damit auch gar nicht auf den Hof, wissen Sie!«

Emma klammerte sich an ihr Rad. Die Haut an ihrer Hüfte brannte. Sie presste ihre Tasche eng an den Oberkörper, nahm den Lenker und wollte weitergehen. Der Mann im Blaumann hielt ihre Lenkstange fest. Emma bekam Angst. Sie zwang sich, ihn anzuschauen. Er lächelte.

»Verantwortung. Das setzt man nicht einfach aufs Spiel.«

Ganz langsam schob sie ihr Rad weiter. Der Mann ließ die Lenkstange los. Die Felge vom Hinterreifen war an einer Stelle gebrochen, da, wo der Gabelstapler hineingefahren war.

Jetzt war sie fast am Ausgang. Im Rücken hörte sie die Männer murmeln. Ihre Augen brannten. Der Blaumann rief ihr hinterher.

»Suchen Sie Ihren Mörder woanders!«

An der Straße ging sie weiter, ohne zu sehen, wohin. Ihr ganzer Körper zitterte.

Drei Stunden später saß sie beim Asiaten und schaufelte Nudeln in sich hinein. Es war früher Abend, noch war wenig los. Sie hatte für den Rückweg lange gebraucht. Hatte mit ihrem kaputten Fahrrad an der Haltestelle auf die Straßenbahn gewartet, die Autos brausten auf der sechsspurigen Straße an ihr vorbei. Sie wusste nicht, ob und wann hier eine Bahn fuhr, die Pläne waren mit Graffiti übersprüht. Kein Mensch war zu sehen. Sie fror in ihren verschwitzten Sachen. Sie saß einfach da und schluckte an ihrem Kloß im Hals.

Der Junge brachte ihr jetzt den dritten Teller. Emma schluckte. Alles sollte runter. Die Tränen. Die Bilder. Der Junge mit dem Irokesen stand hinter dem Tresen und beobachtete sie. Sie schob sich die Nudeln in den Mund.

Sie hatte sich idiotisch benommen. War einfach losgerannt wie eine Anfängerin. Sie war übereifrig gewesen und hatte sich kindisch verhalten, und dann hatte sie Angst bekommen.

Emma schaffte es, fünf Nudeln auf einmal auf die Gabel zu häufen.

Morgen saß der Rundfunkrat zusammen und entschied, ob sie noch weiterarbeiten durfte. Zu Schneider hatte sie gesagt, sie wäre schuld an Jennis Tod. Aber war sie das wirklich? War ein Schneeballwerfer schuld an der Lawine?

Der Teller war leer. Emma rülpste. Ihr war schlecht, und die Haut an der Hüfte brannte. Der Junge brachte ihr einen Schnaps. Er stellte ihn vor sie hin und ging wieder. Ihr fiel auf, dass er heute seine Augen geschminkt hatte. Es war Freitagabend.

Sie kippte den Schnaps runter. Er schmeckte scharf und süßlich. Reisschnaps. Sie bestellte noch einen.

Viel später verließ sie auf wackligen Füßen den Imbiss. Die frische Luft draußen traf sie wie ein Schlag. Sie brauchte eine halbe Stunde, bis sie über die Straße und zu ihrer Wohnung kam. Sie legte sich vorsichtig in ihr Bett und konzentrierte sich darauf, sich nicht zu übergeben. Darüber schlief sie ein.

Am nächsten Morgen regnete es. Der Wind wehte ihr die Tropfen senkrecht ins Gesicht. Ihr war übel, obwohl sie über zehn Stunden geschlafen hatte.

Sie war mit der Bahn hier rausgefahren. Unterwegs hatte sie sich aus einer liegengelassenen Bildzeitung einen Hut gefaltet, wie sie ihn für Ida gemacht hatte, vor ein paar Jahren, als ihre kleine Schwester fand, sie sei zu alt für rosa Schmetterlinge an den Wänden. Sie wollte Wolken, einen Himmel zum Fliegen in der Nacht. Helene hatte ein Foto von ihnen beiden gemacht, mit dem Hut und in alten Jeans, das Gesicht voll blauer Farbe. Es hing in der Küche am Kühlschrank.

Der Bildzeitungshut saß aufgeweicht auf ihrem Kopf und lenkte das Regenwasser zielgenau in ihren Nacken. Emma lief jetzt schon eine halbe Stunde hier herum. Das Zehlendorfer Wohngebiet glich tausenden seiner Art im ganzen Land. Einfamilienhäuser, nach dem Krieg hochgezogen, hier im teuren Westen von Berlin vielleicht etwas größer, aber kaum origineller gebaut. Spitzdach, Fenster in Gitter eingeteilt, hohe Hecken davor. Hin und wieder fielen Details aus der Reihe, Carports, Glasveranden und ausgebaute Dächer.

Emma blieb stehen und wischte sich das Wasser aus dem Gesicht. Sie hatte nicht gewusst, dass man auch so in Berlin leben konnte, abseits der großen Hochhäuser und Straßenzüge. Was würde Caro Rosenberg von der Gegend halten, könnte er das sehen? Von seinen Plänen war nichts übrig geblieben. Statt eleganter Stadtvillen im Bauhausstil, statt Drehbühne, Außentreppen und Glasfronten in Reihe gebaute Standardhäuser. Emma seufzte. Vielleicht hätte er es verstanden. Die Sehnsucht, so schnell wie möglich wieder feste, trockene Wände um sich zu haben. Die kleinen Fenster, die die Welt da draußen ausschlossen. Vielleicht hätte er selber anders gebaut, nach dem Krieg.

Sie kramte den Zettel von Schneider aus ihrer Hosentasche und wählte mit ihrem Handy die Nummer, die der Chefredakteur darauf notiert hatte. Sie hatte Glück, der Historiker war zu Hause. Sie stellte sich vor und bat um ein Gespräch über den Bauunternehmer Rosenberg. In zwei Stunden sollte sie kommen. Unschlüssig stand sie mit ihrem Telefon im kalten Wind und fragte sich, was sie bis dahin tun sollte. Da sah sie an der nächsten Straßenkreuzung einen kleinen Kiosk. Sie stapfte los, während sie die Nummer der Redaktion wählte.

»Jaaa?«

»Hier Vonderwehr. Ist Schneider da?«

Schneider komme erst später. Am nölenden Tonfall erkannte Emma jetzt den Redaktionsassistenten Sebastian.

»Ich treffe heute noch den Historiker, den Schneider mir vermittelt hat. Vielleicht gibt das noch einen Beitrag.«

»Das kann ich mir kaum vorstellen. Wo soll denn das laufen – bei unseren Wochenendmagazinen?«

Das hast du ja zum Glück nicht zu entscheiden, dachte Emma. Sie wollte schon auflegen.

»Da hat übrigens jemand nach dir gefragt.«

»Wer?« Ihre Stimme klang alarmiert.

»Weiß ich doch nicht, wen du so kennen lernst. Der wollte deine Adresse haben.«

»Die hast du ihm natürlich nicht gegeben.«

»Natürlich nicht.« Sebastians Stimme rutschte nach oben. Er lügt, dachte Emma.

»Lass dir das nächste Mal Name und Telefonnummer geben. Ich ruf zurück.«

»Bin ich die Vermittlung, oder was?«

Aufgelegt. Emma war wütend, aber auch besorgt. Sie fragte sich, wer sich beim Sender nach ihrer Adresse erkundigte.

»I began to loose control

I began to loose control«

John Lennons Song dröhnte durch den kleinen Laden, gespielt von Roxy Music, eine Hommage nach dem New Yorker Attentat an Lennon.

»I'm just a jealous guy«

Emma blieb einen Augenblick auf der Schmutzmatte stehen. Das Wasser tropfte an ihr herunter.

Im Laden gab es Zigaretten, Chips, Süßigkeiten und Zeitschriften, auch eine kleine Sammlung von Schallplatten, alle einzeln in Plastikschutzhüllen verpackt. In einer Ecke sah Emma eine elegante Gaggia-Kaffeemaschine aus den 80er Jahren. Hinter der Theke saß ein dicker Mann und faltete ein Stück Zigarettenpapier. Lange blonde Strähnen fielen ihm ins Gesicht. Emma machte einen Schritt nach vorn.

»Entschuldigung …?«

Der Mann blickte auf und strich sich die Haare aus den Augen. Er hatte ein junges glattes Gesicht, vielleicht lag das aber auch an dem Fett, das seine Wangen auspolsterte und seine Augen fast verschwinden ließ. Der Mann lächelte und drehte die Stereoanlage leiser.

»Hey, hab Sie gar nicht kommen hören.«

»Kann ich einen Kaffee bekommen?«

Der Mann stand auf. Sein Drehstuhl fuhr mit einem Seufzer nach oben.

»Klar doch.«

Er machte sich an der Espressomaschine zu schaffen, es zischte und brodelte, und ein starker Duft zog durch den Raum. Er brachte ihr den Kaffee in einer kleinen Porzellantasse. In einem goldfarbenen Rahmen lächelten Prinz Charles und Lady Diana. Der Kaffee war stark und schwarz ohne alles. Sie nahm einen Schluck und wärmte ihre Finger an der Tasse.

Der Mann beobachtete sie. Seine blonden Haarsträhnen fielen ihm dabei wieder in die Augen. Reflexartig strich er sie nach hinten.

»Scheißekalt heute. Jetzt kommt der Winter.«

Er setzte sich wieder auf seinen Platz und nahm ein neues Stück Zigarettenpapier. Neugierig kam Emma näher und schaute über den kleinen Sichtschutz der Theke. Überrascht rief sie.

»Oh! Wie schön!«

Der Mann lächelte. Mit seinen Wurstfingern faltete er filigran das Papier, bis ein winziger Zigarettenpapiervogel daraus entstand. Er stellte ihn behutsam zu den anderen Wesen auf ein Regal hinter ihm. Emma sah Blumen, Sterne, Tiere und abstrakte Gebilde.

»Verkaufen Sie die auch?«

Der Mann schüttelte den Kopf. Als er Emmas enttäuschtes Gesicht sah, lachte er.

»Die verschenk ick nur. Wat sind Se denn für'n Sternzeichen?«

Emma dachte an Ida und sagte:

»Steinbock. Das bin nicht ich, das ist … das wäre für meine Schwester.«

Der Mann ließ seinen Blick über die Figuren fahren. Dann schüttelte er den Kopf, setzte sich an seine Theke und zog ein neues Blatt Zigarettenpapier heraus. Wieder dauerte es nur Minuten, dann hielt er einen kleinen Steinbock in seiner Hand. Der Körper angedeutet, der Kopf mit den Hörnern in die Höhe gereckt. Staunend nahm ihn Emma in Empfang.

»Toll. Danke!«

Sorgsam verstaute sie den winzigen Papiersteinbock in ihrer Tasche. Der Mann beobachtete sie dabei.

»Zum Glück haben Se nich Jungfrau jesagt.«

Er lachte wieder, diesmal lauter. Emma schaute verlegen zur Seite. Sie sah auf die Schlagzeilen der Zeitungen im Regal. Rosenberg war von den Headlines verschwunden. Plötzlich fiel ihr etwas ein.

»War hier in den letzten Tagen ein Mann mit roten Haaren? Ein Amerikaner?«

Der Mann wurde schlagartig ernst. Er kniff seine Augen zusammen und zog wieder ein Stück Zigarettenpapier aus der Hülse. Emma ging noch einen Schritt auf ihn zu.

»Der Mann, der gestorben ist. Das haben Sie doch sicher in Ihren Zeitungen gesehen!«

Seine Hände zitterten. Er zerknüllte das kleine Seidenpapier.

»Und warum sollte der unbedingt hier jewesen sein?«

Emma fühlte ihren Mund trocken werden. Sie tastete nach ihrem Aufnahmegerät.

»Er war hier, nicht wahr? Haben Sie das der Polizei erzählt?«

Das Gesicht verschloss sich, die Augen verschwanden jetzt fast ganz im Fettwulst der Wangen.

»Wat denn, dat der hier ne Zeitung gekooft hat? Wen soll dit denn interessieren?«

Emma warf einen Blick in das Regal.

»Haben Sie denn englischsprachige Ausgaben hier?«

»Icke? Nee, wieso, wat soll ick denn mit …«, zu spät bemerkte er seinen Fehler, »jetzt jedenfalls jrad nich. Allet ausverkauft.«

Emma ging nach draußen und wählte Blumes Handynummer. Während es läutete, schaute sie durch das Fenster in den Kiosk. Der Mann beobachtete sie. Das Radio hatte er ausgemacht.

Als sie gerade auflegen wollte, ging Blume ran.

»Bin schon unterwegs.«

Seine Stimme klang entspannt, weicher als sonst. Sie nannte ihren Namen und fragte sich, wen er am Telefon erwartet hatte.

»Er war hier. Rosenberg. Ich bin auf dem Gelände vom Großvater.«

Blume fragte mit Erstaunen in der Stimme:

»Arbeiten Sie eigentlich immer?«

Emma schwieg. Der Kommissar seufzte.

»Woher wissen Sie das?«

»Ich hab den Kioskbesitzer gefragt. Er hat ihn wiedererkannt.«

Noch ein tiefer Seufzer. Emma stellte sich vor, wie er dastand, die Schlüssel schon in der Hand. Was er wohl gerade vorgehabt hatte.

»Er soll hier eine Zeitung gekauft haben, dabei konnte er doch gar kein Deutsch.«

Pause.

»Tut mir leid, wenn ich Ihnen den Samstag versaue.«

Jetzt endlich lachte er.

»Das glaube ich Ihnen nicht. Warten Sie auf mich? Ich bin in zwanzig Minuten da.«

Emma nannte ihm noch mal die genaue Adresse und legte dann auf. Sie bemerkte, dass sie noch immer den durchweichten Hut auf dem Kopf trug. Sie nahm ihn, zerknüllte das Papier und warf es in den Mülleimer vor dem Kiosk. Sie ging wieder hinein, bestellte sich noch einen Kaffee und versuchte, mehr von dem Mann zu erfahren. Aber er blieb stur. Er hatte die Arme vor seinem mächtigen Bauch verschränkt und beobachtete sie aus den Augenwinkeln. So kaufte sie sich eine Zeitung und schwieg ebenfalls. Sollte sich doch Blume an dem Mann versuchen, dachte sie.

Blume kam fast eine halbe Stunde später. Er trug Jeans und eine dunkelblaue Adidas-Kapuzenjacke. Er lächelte Emma an, wandte sich dann aber an den Kioskbesitzer, zeigte seinen Ausweis und fing ein Gespräch mit ihm an. Und jetzt erlebte Emma, dass auch Blume seinen Beruf beherrschte. Er schweifte ab, redete über die Zehlendorfer Kundschaft, wie man sich vor Überfällen schützen konnte in so einem Ein-Mann-Betrieb und wusste sogar noch etwas zu der Band zu sagen, deren Logo sich über dem T-Shirt des Kioskbesitzers in die Breite zog. Billige Masche, dachte Emma und registrierte erstaunt die Wirkung. Der Kioskbesitzer wurde zusehends ruhiger. Als Blume das Gespräch vorsichtig auf Rosenberg lenkte, lehnte er sich, soweit sein enormer Bauch es zuließ, über die Theke und senkte die Schweinsaugen.

»Dit war schon alt. Abjeloofen. Aber sowat wird eben nur selten verlangt. Und ick hab's ihm ooch jesacht, Ehrenwort!«

Blume wechselte einen Blick mit Emma. Die schüttelte den Kopf. Er drehte sich wieder zu dem Mann.

»Was meinen Sie? Was war abgelaufen?«

»Na, dit Eis. Diäteis, wollta, nich zum Abnehm, sondern für Diabetiker. Dit verkooft man ja nich alle Tage. Und ick sach ihm, too old, but o.k. Taste trotzdem good. Und später hieß es ja, daran isser jestorben, an seine Erkrankung. Aber dit Eis hier is eins a einwandfrei, ›Kühlkette niemals unterbrochen worden‹, da könn'Se jeden frajen hier inne Jejend. War eben nur abjeloofen.«

Emma schaute zu Blume. Aber der Kommissar blieb ernst.

»Klar doch. Kein Problem. Das hat dem Mann nicht geschadet, bestimmt nicht. Machen Sie sich keine Gedanken.«

Sie redeten noch eine Weile. Jetzt, wo der Mann sein Geheimnis losgeworden war, mochte er alles noch einmal erzählen. Wie er dem Amerikaner das Eis billiger geben wollte, wie er dann in den Zeitungen von dem Tod erfahren hatte und danach nächtelang nicht schlafen konnte. Blume lächelte, nickte und bestätigte, aber seine Augen blickten enttäuscht. Emma dachte, dass sie ihm den Samstag verdorben hatte. Er hatte dem absagen müssen, für den seine Stimme so leicht klang. Blume stellte sich noch einmal näher an den Mann hinter der Theke.

»Jetzt vergessen Sie mal das Eis. Hat der Amerikaner Sie noch was gefragt? Sie hier im Kiosk, Sie wissen doch über alles Bescheid hier.«

Der Mann hinter der Theke lächelte jetzt breit und erleichtert.

»Ob it teuer hier in der Jejend is, wollte der wissen. Expensive oder wat? Na, hab ick dem jesacht, schauen Se sich doch mal die Häuser hier an. Very expensive!«

»Hatten Sie das Gefühl, der Mann will hier was kaufen oder mieten?«

Der Kioskbesitzer dachte nach. Er war dem Polizisten dankbar und wollte jetzt gerne helfen. Nach einer Weile schüttelte er entschlossen den Kopf.

»Nee. Dit hab ick ja ooch erst jedacht. Er kannte sogar den

Bohmann, dat is der Besitzer der Baujrundstücke. Ick wollt ihm die Adresse jeben, aber ne, er sacht, die kennt er schon.«

Blume wechselte einen Blick mit Emma. Sie fragte:

»Warum glauben Sie dann nicht, dass er sich hier was suchen wollte?«

Der Mann drehte sich ihr zu.

»Wissen Se, wenn hier Leute kommen und so was fragen, also, wejen der Jejend und so, dann sehen die anders aus.«

»Wie anders?«

»Na, irgendwie froher. Dit is ne jute Jejend für Leute mit was inne Tasche. Und Jeld hatte der, dafür hab ick nen Blick.«

»Was stimmte dann nicht?«, fragte Blume.

»Der Typ hat sich auf nix jefreut. Der fand auch die Jejend nicht toll. Der war – wütend, genau, dit war er. Stinksauer war der.«

Danach standen sie draußen, vor dem Kiosk. Es regnete nicht mehr, aber ein kalter Wind strich um die Häuser. Emma zog den Reißverschluss ihrer Jacke hoch bis unters Kinn und schlang ihre Arme um den Körper. Blume kramte seinen Autoschlüssel aus der Tasche. Er sah sie zögernd an.

»Soll ich Sie irgendwo absetzen?«

Emma drehte sich zu ihm um. Natürlich sah er jünger aus als sonst im Anzug. Sie sagte:

»Tut mir leid.«

Er lachte und zuckte mit den Schultern.

»Aus so was besteht der Hauptteil der Polizeiarbeit. Hinweise, die nirgendwohin führen. Unter dem Aspekt war das hier zumindest nicht völlig umsonst.«

»Und was machen Sie jetzt?«

»Was ich jetzt mache?«

Sie nickte ungeduldig.

»Im Fall Rosenberg.«

Blume spielte nervös mit seinem Autoschlüssel.

»Ich werde das Montag ins Protokoll geben, aber …«

»Alles läuft auf Bohmann zu.«

»Wie meinen Sie das?«

»Rosenberg war hier. Hat sich angeschaut, was einmal seinem Großvater gehört hatte. Er war wütend.«

»Das kann schon sein, aber …«

»Vielleicht hat er Bohmann ganz schön zugesetzt.«

Blume schüttelte den Kopf.

»Er hat überhaupt keinen Kontakt aufgenommen zu Bohmann.«

Emma lächelte spöttisch.

»Wer sagt das? Bohmann?«

»Hören Sie, ich muss jetzt wirklich …«

»Ich bin sicher, dass da was dahintersteckt. Wenn Sie mir nicht glauben, dann kommen Sie doch mit.«

Er wollte nicht fragen. Johann wartete sicher schon. Ganze fünf Sekunden war Stille. Er presste seinen Mund zusammen, aber es rutschte ihm doch heraus.

»Noch so eine heiße Spur?«

Emma zog ihren Kalender aus der Tasche.

»Der Mann heißt Nikolaus Klinke. Ist Dozent an der FU. Und kennt sich angeblich gut aus mit der Architekturgeschichte hier in Berlin. Als ich den Namen Rosenberg erwähnte, wusste er jedenfalls gleich was damit anzufangen.«

Blume kaute auf der Lippe herum. Schaute auf die Uhr.

»Er wohnt nicht weit weg von hier. Mit Ihrem Auto nur fünf Minuten.«

Er gab auf.

»Ich muss noch eben telefonieren, in Ordnung?«

»Sicher.«

Diskret ging Emma ein paar Schritte weiter. Blume sprach in sein Mobiltelefon. Als er fertig war, ging sie auf ihn zu. Er stand da mit hängenden Armen. Sie fragte sich, wen er enttäuscht hatte.

»Das war eben ziemlich gut.«

Er schreckte hoch. »Was denn?«

»Wie Sie mit dem Mann geredet haben. Also wenn Sie noch mal Reporter werden wollen …«

Er lachte, während er den Wagen aufschloss. Der schuldbewusste Ausdruck auf seinem Gesicht löste sich auf.

»Ich überleg es mir.«

Die Fahrt dauerte tatsächlich kaum fünf Minuten. Klinke wohnte in einer kleinen Seitenstraße. Emma hatte nur den Namen der Straße genannt, und Blume war schweigend gefahren. Er kennt sich hier aus, dachte sie. Sein Auto, ein Opel Ascona, war dreckig und zugemüllt. Auf der Rückbank lehnte ein Kindersitz. Emma schluckte, als sie ihn sah. Sie stieg am Ziel schnell aus und knallte die Autotür zu, dass der alte Wagen zitterte.

»Frau Vonderwehr? Kommen Sie rein.«

Die Stimme über den Summer klang angenehm. Emma drückte die Tür auf. Blume folgte ihr.

»Professor Klinke? Guten Tag. Ich hoffe, es ist o.k., ich habe noch jemanden mitgebracht.«

Blume stellte sich an ihre Seite und streckte seine Hand vor.

»Mein Name ist Edgar Blume, ich ermittle in dem Mordfall.«

Der Historiker war einen Kopf kleiner als Blume. Er hatte eine blankpolierte Glatze, aber buschige Augenbrauen. Ein schwarzer Schnurrbart hüpfte, als er die Hand von Blume schüttelte. Sein dunkelblaues Hemd spannte über dem Bauch.

»Kommen Sie rein. Frau Vonderwehr hat mir am Telefon gesagt, dass es sich um den Fall Rosenberg handelt. Ich hoffe, ich kann Ihnen weiterhelfen.«

Die beiden folgten dem Mann in die Wohnung. Das Fischgrätparkett knarrte unter ihren Füßen. An den Wänden reihten sich die Bücherregale, eine Sessellandschaft in Beige dominierte das Wohnzimmer.

»So, hier hinein. Ich hab gerade Kaffee gemacht. Mögen Sie eine Tasse?«

Der Mann führte sie in sein Arbeitszimmer. Wieder lange Bücherreihen, ein übervoller Schreibtisch und eine kleine Sitzgruppe in Chrom und schwarzem Leder mit einem Couchtisch in der Mitte. Blume setzte sich als Erster in einen Sessel.

»Einen Kaffee nehme ich sehr gern.«

Klinke verschwand durch die breite Schiebetür. Emma stellte sich an das Regal und überflog die Buchtitel.

»Fachwerk in Franken. Herrje, worüber es Bücher gibt.«

Sie setzte sich auf die Couch.

»Ich schau mir gerne Häuser an, und Sie?«

Blume sah sie an.

»Menschen. Manche jedenfalls.«

Sie wurde rot, aber es war ihr egal. Sie fühlte sich wohl neben Blume. Alles rückte in den Hintergrund. Bremen, der Rundfunkrat, Ida und Helene, Schneider und das ungute Treffen bei der Baustofffirma. Sie spürte, dass sie auf einer Fährte war. Ihr Herz schlug kräftig gegen die Rippen, ihre Fingerspitzen prickelten. Trotz allem, dachte sie, nichts anderes will ich machen.

Klinke kam mit einem Tablett herein. Er verteilte Tassen,

goss Kaffee hinein und setzte sich dann neben Emma auf die Couch.

»So, wie kann ich Ihnen helfen?«

»Stört es Sie, wenn ich das Mikrofon mitlaufen lasse?«

Der Historiker lachte.

»Sie sagten, Sie sind vom Radio, nicht wahr? Damit habe ich gerechnet.«

Während Emma noch mit dem Aufbau des Mikrofonständers beschäftigt war, fragte Blume:

»Doktor Klinke, ist Ihnen der Name Carl Rosenberg ein Begriff?«

»Sicher. Rosenberg war ein einflussreicher Bauunternehmer in den 20er Jahren. Sein Haus in Lichterfelde hat Gropius gebaut. Es war berühmt, weil es fast ganz aus Holz gebaut war. Sie finden es jetzt noch in vielen Lehrbüchern. Leider ist es im Krieg zerstört worden.«

Jetzt war Emma so weit, sich einzuschalten. Sie beugte sich vor.

»War Rosenberg ein reicher Mann?«

»Zu dieser Zeit auf jeden Fall. Aber wie jeder gute Unternehmer hat er sein Vermögen in die Firma gesteckt.«

»Und zum Beispiel Bauland in Zehlendorf gekauft.«

Klinke nickte.

»Das war damals schon viel wert. Heute natürlich ein Vielfaches.«

Er trank einen Schluck Kaffee. Genießerisch schloss er die Augen. Ein Rest Milchschaum hing an seinem Schnurrbart.

»Rosenberg kannte Gott und die Welt. Viele moderne Künstler waren bei ihm zu Gast, Gropius natürlich, der Maler Max Pechstein und George Grosz. Sogar Einstein soll mal da gewesen sein.«

Er strich sich die Milch aus dem Bart und lächelte.

»Warten Sie, vielleicht hab ich sogar noch ...«

Er stand auf und ging suchend am Regal entlang. Schließlich zog er ein schweres Buch heraus. Er setzte sich wieder, blätterte und hielt Emma dann eine Seite hin. Blume beugte sich zu ihnen hinüber.

»Sehen Sie, das war bei einem Richtfest, Mitte der 20er Jahre. Hier, der kleine Stämmige, das ist Rosenberg.«

Emma beugte sich über das Buch und betrachtete die Schwarz-Weiß-Fotografie. Obwohl sie brannte, sich das Bild genauer anzuschauen, nahm sie die Nähe von Blume wahr. Er roch nach Mann, nach Seife und ein bisschen nach Kaffee. Sie beugte sich noch tiefer über das Bild. Über hundert Menschen standen oder knieten dicht gedrängt auf dem Foto. Die Männer trugen Anzüge und steife Kragen, die Frauen helle Kleider mit Schärpen. Viele lachten ins Bild, legten den Arm um die Schulter des Nachbarn oder stützten sich auf den Vordermann. Emma zeigte auf die Frau neben Rosenberg.

»Ist das Miriam?«

Klinke streckte die Hand nach dem Buch aus und zog es dicht vor seine Augen. Ohne Buch war die Nähe zwischen Blume und Emma noch spürbarer. Verlegen lehnte sie sich zurück.

»Seine Frau, meinen Sie«, fragte Klinke, »vermutlich. Ja, doch, sicher. Er hat ja den Arm um sie gelegt.«

Emma hatte nun wieder das Buch in den Händen und betrachtete die beiden. Die Frau war sehr jung, fast noch ein Mädchen. Sie trug ein helles Kleid mit dunklen Tupfen. Ihre Hände hielt sie vorne gekreuzt wie zum Gebet. Sie lachte und lehnte sich zurück in die Arme von Rosenberg, der sie zärtlich anschaute.

»Sie sehen glücklich aus, finde ich«, sagte Emma leise.

Klinke sah sie freundlich an.

»Ich glaube, es war eine schöne Zeit für sie. Das war ja, bevor die Nazis kamen.«

Emma konnte den Blick nur schwer von dem alten Foto lösen. Sie sehen so jung aus, dachte sie, so stark. Blume zog die Fotografie zu sich und betrachtete sie genau. Sie räusperte sich.

»Ich habe im Bauhausarchiv die Bauakte für das Zehlendorfer Projekt gesehen«, sagte sie. »Diese Häuser, die er da plante, waren die etwas Besonderes?«

Klinke ließ sich Zeit mit seiner Antwort. Er fuhr mit den Augen die Buchreihen entlang.

»Er war auf der Höhe seiner Zeit. Sicher gab es auch andere, die im Bauhausstil planten. Das Besondere war, dass er diese Art der Bauweise massentauglich machen wollte.«

»Aber Zehlendorf war doch schon damals ein Ort für die Besserverdienenden, oder?«

»Das stimmt. Aber Gropius oder auch Mies van der Rohe bauten damals Villen, die sich nur sehr reiche Berliner leisten konnten. Individuell auf die Bedürfnisse der Besitzer zugeschnitten. Rosenberg wollte das Ganze serieller und damit günstiger anbieten. Er war eben ein Bauunternehmer, kein Architekt. Er war von den Ideen des Bauhauses fasziniert und ließ sich dort die Modelle anfertigen. Eine Kooperation, die vielversprechend war. Andere haben dann das serielle Wohnen im Bauhausstil verwirklicht, Le Corbusier zum Beispiel oder auch Max Taut. Rosenberg hatte die Idee dafür. Aber, wie gesagt, dazu kam es dann ja nicht mehr.«

Blume richtete sich auf. Den Finger presste er auf das Bild.

»Sagen Sie, der junge Mann hier, ist das nicht Heinrich Bohmann?«

Klinke hob erstaunt den Kopf. Er streckte die Hand aus.

»Zeigen Sie mal.«

Blume stand auf und reichte ihm das Buch.

»Hier, hinter den Rosenbergs.«

Klinke betrachtete lange das alte Foto. Er runzelte die Stirn. Emma versuchte, etwas zu erkennen, aber auf die Entfernung war es unmöglich zu sehen. Klinke lachte.

»Ich glaube, Sie haben Recht. Donnerwetter, das ist mir noch nie aufgefallen.«

»Die beiden haben zusammengearbeitet«, sagte Blume.

Klinke reichte die aufgeschlagene Seite an Emma weiter.

»Richtig. Bohmann besitzt ja auch das Zehlendorfer Baugelände.«

Emma betrachtete das Bild. Ein Junge grinste ihr entgegen, kaum älter als sechzehn. Er hatte abstehende Ohren. Eine Haartolle fiel ihm ins Gesicht. Emma legte das Buch vorsichtig auf den niedrigen Tisch vor ihr.

»In der Bauakte bin ich auf ein Kürzel gestoßen«, sie kramte in ihrer Tasche und holte ihr Notizbuch heraus, »hier ist es, 1933: 10 Jahre Pacht, 1943 i. E. ü.«

Sie schaute hoch und sah Klinke an.

»Können Sie damit etwas anfangen?«

Der Mann nickte.

»Das Verfahren war damals nicht unüblich. In der Baubranche steckt das Geld in den Grundstücken und in den Materialien. Das lässt sich schwer mitnehmen.«

»Wie meinen Sie das«, fragte Blume, »welches Verfahren?«

Klinke strich sich über seinen Schnurrbart. Er war jetzt in seinem Element, seine Zuhörer sahen ihn gespannt an.

»Viele glaubten, Hitler sei nur ein kurzer Spuk. Zwei, drei Jahre vielleicht, dann hätte er sich ausgeschrien. Für diese Zeit musste eine Lösung gefunden werden. Die jüdischen

Bauunternehmer und Architekten waren ja ihres Lebens nicht mehr sicher. Das Bauhaus in Dessau musste schon 1932 auf Antrag der NSDAP schließen. Das moderne Bauen war plötzlich verpönt, man sah darin einen sozialdemokratischen Auswuchs der Weimarer Zeit.«

Emma runzelte die Stirn. Klinke lachte.

»Sie sehen etwas ratlos aus, aber das war damals wirklich eines der schlimmsten Schimpfwörter, die im Umlauf waren. Kassengift! Die Firmen wären ruck zuck bankrott gegangen. Also verpachteten die Unternehmer ihren gesamten Besitz an einen Nichtjuden, dem sie vertrauten. Das war manchmal ein Mitarbeiter, ein Nachbar oder ein angeheirateter Verwandter. Sie selber gingen ins Ausland und hofften, nach ein paar Jahren könnten sie zurückkommen und alles wäre wieder beim Alten.«

Emma wechselte einen Blick mit Blume.

»Dann war Heinrich Bohmann der Mitarbeiter, dem Rosenberg vertraute.«

»Bei ihm war es doppelt schwierig. Bauhausstil und dann auch noch ein Jude! Rosenberg hatte 33 kaum mehr Aufträge bekommen. Sicher, er hatte Rücklagen für sich persönlich, aber seine Firma hätte er nicht lange halten können.«

Blume sagte:

»Aber die Nazis waren zäher, als die meisten dachten.«

Klinke nickte.

»Über zehn Jahre ging der Pachtvertrag von Rosenberg, nicht wahr? 43 fiel dann alles an Bohmann. I. E. ü. heißt ›In Eigentum übergegangen‹.«

Emma fühlte, wie es ihr heiß in den Kopf schoss. War es das, was sie gesucht hatte?

»Und Rosenberg?«, fragte sie.

»Warten Sie, wenn mich nicht alles täuscht, war Rosenberg

zu dem Zeitpunkt schon tot.« Klinke blätterte in dem Buch bis nach hinten zum Personenverzeichnis.

»Hier, sehen Sie. Rosenberg, Carl Josef, geboren 1886 in Berlin, gestorben 1942 in Madrid, Spanien.«

Wieder schaute Emma zu Blume rüber. Der blickte stur geradeaus zu Klinke. Am liebsten hätte Emma ihn ans Schienbein getreten.

»Wie günstig für Bohmann«, sagte sie, an Blume gerichtet.

Klinke klappte das Buch zu. Er strich über den Einband. »Deutsche Architekturgeschichte bis 1945« stand dort in roten Lettern geprägt.

»Sonst wäre alles ans Deutsche Reich gegangen. Vermutlich war es Rosenberg so noch lieber.«

»Aber es gab doch Miriam!«

Emmas Stimme wurde schrill. Sie drehte ihren Kopf in Klinkes Richtung.

»Und einen Sohn! Carl und Miriam hatten einen Sohn!«

Der Historiker schaute auf und lächelte milde.

»Ich bitte Sie, was spielte das für eine Rolle im Nazideutschland! Die beiden waren Juden. Bohmann war ein guter deutscher Bürger, seine Rechte an dem Besitz wurden nicht angetastet.«

»Und nach 45?«

Diesmal antwortete Blume.

»Miriam Rosenberg wanderte nach dem Krieg mit ihrem Sohn nach Amerika aus. Sie hat sich nie offiziell wegen einer Entschädigung an die Bundesrepublik gewandt.«

Alle drei schwiegen. Emma beendete die Aufnahme und wickelte langsam das Mikrofonkabel auf. Sie dachte an die junge Frau im hellen Tupfenkleid. Sie musste ungefähr in ihrem Alter gewesen sein, als sie allein mit ihrem Kind dastand. Was schreckte sie ab, warum kämpfte sie nicht um ihren Besitz? Geheuchelte Entschuldigungen, Formularberge, unverhohlener Antisemitismus? Hätte sie an ihrer Stelle noch was mit Deutschland zu tun haben wollen?

Blume stand auf und mit ihm Klinke.

»Vielen Dank, Professor Klinke, dass wir Ihnen …«

»Aber Bohmann«, Emma schnellte in die Höhe, damit die beiden Männer nicht auf sie herunterblicken konnten, »Bohmann hat dann doch das Baugelände zu Unrecht behalten, oder?«

»Vermutlich.« Der Professor lächelte sie an. »Aber – und das sage ich Ihnen jetzt, wo Ihre Aufnahme nicht mehr läuft –, wenn Sie das anklagen wollen, dann müssen Sie gleich halb Berlin vor den Richter zerren. Enteignungen und Übernahmen gab es hier jede Menge.«

Emma schaute von einem zum anderen. Der Historiker ging zur Tür.

»Mit einem Unterschied«, sagte sie leise. Sie sah noch immer das Mädchen in dem getupften Kleid vor sich. Blume folgte dem Gastgeber. Er drehte sich um und sah Emma fragend an.

»Hier gab es Überlebende.«

Blume drehte sich um und ging aus dem Zimmer. Emma nahm langsam ihre Tasche.

Eine Frau, dachte sie. Und ein Kind. Ein kleiner Junge. Vermutlich hatte er die roten Haare seines Vaters. Und die gab er weiter an den Enkel der Familie, an Tom.

An der Tür reichten sich die Männer die Hände. Emma hatte ihre Hand ausgestreckt, da fiel ihr noch was ein.

»Professor Klinke, sagt Ihnen der Begriff ›Junge Fische‹ etwas?«

Blume, schon auf dem Treppenabsatz, drehte sich rasch um und schaute ihr überrascht ins Gesicht. Jetzt war es

Emma, die seinem Blick auswich. Der Historiker schaute neugierig von einem zum anderen.

»Nein,« sagte er, »davon hab ich noch nie was gehört.«

»Sie sollten das doch vergessen!«

Blume ging in Riesenschritten zum Auto. Emma hatte Mühe, an seiner Seite zu bleiben.

»Ich soll so einiges vergessen, was? Am besten, dass Bohmann einen guten Grund hatte, den Enkel zum Schweigen zu bringen?«

Blume betrachtete sie. Sie waren voreinander stehen geblieben. Emma atmete laut. Er strich ihr über den Arm. Sie reagierte nicht.

»Kommen Sie, wir gehen was trinken«, sagte er leise, »sonst laufen Sie mir noch zu Bohmann und belästigen ihn.«

Sie gingen ein paar Schritte schweigend nebeneinanderher bis zu einem Bäcker. Blume bestellte Kaffee und Emma ein Brötchen mit Frikadelle. Ihr Magen knurrte. Sie warfen einen Blick in den Gastraum. Jeder Tisch war besetzt mit älteren Paaren und Familien. Sie stellten sich an den Stehtisch im Verkaufsraum. Emma drängte sich an die Heizung. Bei Klinke war sie trocken geworden, aber die wenigen Schritte bis zur Bäckerei hatten ihr wieder eine Gänsehaut beschert. Sie war müde, ihr Kopf pochte vom Reisschnaps, ihre Wunde an der Hüfte fing wieder an zu brennen. Sie kaute an dem trockenen Weißbrot, das ihr wie nasse Watte im Mund klebte. Spülte es runter mit lauwarmem Automatenkaffee.

»Ist es nicht auffällig, dass der alte Rosenberg ein Jahr vor dem Ende des Pachtvertrages stirbt?«, fragte sie.

Als Blume sie ansah, senkte sie den Kopf und biss wieder in ihr Brötchen. Mit vollem Mund murmelte sie:

»Wer weiß, was Bohmann damit zu tun hat.«

Blume stellte seine Kaffeetasse ab, dass es klirrte.

»Seien Sie vorsichtig mit dem, was Sie sagen.«

Emma schaute ihn an. Sie war enttäuscht.

»Ich lass mir aber keinen Maulkorb verpassen.«

Sie kramte ein paar Münzen aus ihrem Portemonnaie, legte sie auf den Tisch und wollte gehen. Blume hielt sie am Arm fest. Sie fuhr herum.

»Hören Sie auf, mich dauernd anzufassen!«

Er ließ sofort los und stellte sich ihr in den Weg. Halblaut sagte er:

»Carl Josef Rosenberg starb 1942 im spanischen Gefängnis an einer zu spät erkannten Blinddarmentzündung.«

Emma starrte ihn an. Blume trat zurück an den Tisch, nahm noch einen Schluck von dem Kaffee und verzog den Mund.

»Das dürfte ich Ihnen eigentlich gar nicht sagen.«

»Gefängnis?«, fragte Emma.

»Er wurde mit einem internationalen Haftbefehl gesucht.«

Blume schaute Emma an. Er sah jetzt nicht mehr selbstsicher aus.

»Tut mir leid, dass ich Sie einfach festgehalten habe. Ich hab das Gefühl …«

Sie schwieg und wartete ab. Er räusperte sich.

»Ich hab das Gefühl, ich muss Sie aufhalten, bevor Sie in Ihr Unglück rennen.«

Zu spät, dachte sie. Und fragte laut:

»Und was verbirgt sich hinter diesen Jungen Fischen?«

»Rosenberg hatte eine Fotografie auf dem Nachttisch stehen. Zwei Männer, mittelalt, die Aufnahme stammt vermutlich aus den 50er Jahren. Auf der Rückseite steht geschrieben: ›Liebe Miriam, das sind die Männer, die junge Fische fangen.‹«

Emma schaute Blume nachdenklich an.

»Eine Notiz an Miriam. Vielleicht hat sie das Foto ihrem Enkel gegeben. Oder er hat es nach ihrem Tod bei ihren Sachen gefunden.«

Blume ging noch einen kleinen Schritt auf sie zu. Sie standen jetzt so nah beieinander, dass Emma ihr Kinn heben musste, um ihn anzusehen. Er ließ sie nicht aus den Augen und murmelte:

»Vielleicht bedeutet es gar nichts.«

»Rosenberg ist hier und forscht nach seinen Großeltern. Er hat eine Nachricht an Miriam mitgenommen und sie auf seinen Nachttisch gestellt. Es sieht so aus, als könnte es etwas bedeuten.«

Blume antwortete nicht. Eine Ewigkeit standen sie so voreinander und sahen sich an. Gleich kriege ich eine Genickstarre, dachte sie.

»Ich heiß Emma.«

»Edgar.«

Jetzt musste sie lachen. Er sah sie beleidigt an und trat einen Schritt zurück. Sofort bemühte sie sich ernst zu werden.

»Tut mir leid. Aber… ich hatte mal ein Kaninchen, das Edgar hieß. Kann ich dich bitte weiter Blume nennen?«

»Von mir aus.«

Wieder Schweigen. Blume sah verstohlen auf seine Armbanduhr. Emma bemerkte es und dachte an den Kindersitz im Auto.

»Emma, ich muss jetzt…«

»Schon gut, hier gibt's bestimmt irgendwo 'ne U-Bahn-Station.«

»Nein, ich muss nur… ich hab schon das Spiel von meinem Sohn verpasst. Jetzt muss ich wenigstens kurz vorbeifahren und fragen, wie es war.«

Emma nickte heftig. »Ja, klar, versteh ich.«

Er beobachtete sie.

»Wir leben getrennt. Johann ist meist bei meiner Frau.«

Er spielte mit dem Autoschlüssel, der neben seiner Tasse auf dem Tisch lag.

»Wir wohnen, ich meine, sie wohnen hier um die Ecke. Würdest du kurz im Auto warten?«

Ihr Kopf brummte, und ihr war kalt. Aber wenn sie jetzt nein sagte, würde er sie wohl nicht noch einmal fragen. Sie nickte. Schweigend bezahlten sie und gingen zum Auto. Blume fuhr los, er wirkte angespannt. Emma schaute nach vorn auf die regennasse Straße. Sie fühlte sich unwohl und wusste nach einer Weile, dass es nicht nur am Reisschnaps lag. Ein Bild tauchte vor ihr auf. Sie war fünfundzwanzig und hatte gerade ihr Diplom bekommen. Ihr Vater stand am Tor, er war verlegen. Sie ließ sich von ihm umarmen, zum ersten Mal, seit er weg war. In seinem Auto, das er an der Straße geparkt hatte, saß eine Frau.

»Warum hast du deine Familie verlassen?«

In die Stille hinein fiel der Satz. Sie drehte sich erschrocken zu Blume hin. Sie hatte das nicht sagen wollen. Blume schaute auf die Straße, er blinkte und bog ab. Sein Mund war ein Strich, zwischen den Augen stand wieder die Falte. Er bremste scharf am Straßenrand. Seine Hände blieben ans Lenkrad gekrallt.

»Du bist ganz schön schnell in deinen Urteilen. Etwas zu schnell. Aber das scheint ja schon immer dein Problem gewesen zu sein.«

Emma spürte, wie das Gift langsam in sie hineintröpfelte. Noch einen Moment ließ sie es zu, dann sagte sie leise:

»Wie meinst du das?«

Er schwieg.

Es gibt keine offizielle Anklage, dachte sie. Also auch keine Akte. Woher weiß er dann davon?

»Deine Visitenkarte«, sagte er leise. »Ein Kollege von mir ist nach Bremen gegangen.«

»Über den kurzen Dienstweg informiert?«

Ihre Stimme klang spröde. Jetzt drehte er sich zu ihr um.

»Als du letzte Woche am Tatort, also als wir da fast zusammengeknallt sind, da hab ich gewusst, dass da noch was ist.«

Sie wusste nicht, was sie sagen sollte. Sie stellte sich vor, was der Kollege ihm erzählt hatte, und schämte sich. Wie kann er mich jetzt noch mögen, dachte sie. Ihre Hand fuhr zum Türgriff.

»Tut mir leid«, sagte er. »Ich weiß, das war nicht fair. Aber vielleicht kannst gerade du verstehen, wenn man wissen möchte, was los ist.«

Blume öffnete die Tür, blieb aber noch einen Moment sitzen. Er schaute Emma an. Wie ein unglücklicher kleiner Vogel saß sie da. Leise sagte er:

»Ich beeile mich.«

Er stieg aus, schloss die Tür und ging zum Kofferraum. Mit einem Fußball in der Hand ging er auf das Haus auf der gegenüberliegenden Seite zu. Emma folgte ihm mit den Augen. Als er die Gartentür öffnete, kam eine Frau von hinten aus dem Garten auf ihn zu. Sie lächelte Blume an, die beiden küssten sich auf die Wange. Sie hatte eine Haut wie warme Vollmilch, ihr blondes langes Haar glänzte. Eng nebeneinander gingen sie den Pfad entlang, bis sie hinter der Hausecke verschwanden.

Emma machte sich am Innenfach zu schaffen. Auf, zu, auf, zu. Auf. Drinnen lagen CDs. Genesis, Dire Straits, Meat Loaf. Musik, die sie abgrundtief verabscheute. Was tu ich hier, fragte sie sich wieder. Auf einmal spürte sie, dass sie beobachtet wurde. Sie schaute zur Seite. Der Kopf des Jungen fuhr vom Seitenfenster zurück.

Johann. Er hatte seinen weichen Mund, die schrägen Augen. Sogar die Stirnfalte zeichnete sich ab. Der Junge starrte sie böse an. Ich geb schon auf, dachte sie beim Aussteigen, du brauchst nichts zu sagen.

Sie standen sich gegenüber und musterten sich. »Wie war das Spiel?«, fragte Emma. Sie wusste nicht mal, was er spielte. Der Junge schwieg. Sie schätzte ihn auf sieben oder acht. Er trug Jeans und einen blauen Rollkragenpullover, auf der Stirn prangte eine frisch aufgescheuerte Wunde. Seine Nase lief. Er zog sie hoch.

»Papa ist bei Mama«, sagte er.

»Ja«, sagte sie. Sie legte ihre Tasche über die rechte Schulter und ging den Weg zurück, den sie gekommen war. Der Wind blies immer noch kalt und feucht, sie zog die Kapuze ihrer Jacke über den Kopf. Dabei schaute sie zurück. Der Junge stand noch immer am Auto. Als sich ihre Blicke trafen, drehte er sich um und lief zum Haus zurück.

Der Weg zurück nach Mitte erschien ihr endlos. Immer wieder fiel ihr Kopf schwer auf die zerkratzte Scheibe der Straßenbahn, und nur wenn der Fahrer mit seiner schrillen Klingel Fahrradfahrer und Fußgänger warnte, wurde sie für wenige Minuten wach. Am Alexanderplatz verpasste sie beinahe den Ausstieg. Laut grölende Punks an der Weltzeituhr ließen sie hochfahren. Sie drängte sich an den einsteigenden Fahrgästen vorbei hinaus. Benommen suchte sie sich einen Weg durch die vielen Leute, die den Samstagnachmittag in den Einkaufszentren rund um den Alex verbrachten. Als ihr jemand eine Tüte vom Mediamarkt in die aufgeschürfte

Stelle der Hüfte rammte, schnappte sie nach Luft. Ihr Gegenüber war schon im Getümmel verschwunden.

Emma dachte an die Arnicacreme, Helenes Allheilmittel. Sie ging in die 24-Stunden-Apotheke am Platz und kaufte eine Tube. Draußen warf sie die Pappschachtel in den Müll und öffnete die Tube mit der Rückseite des Deckels. Etwas weiße Creme floss heraus, Emma schloss die Augen und roch daran. So stand sie einen Moment zwischen all den Leuten, die um sie herum mit großen Einkaufstüten rannten und stießen.

Sie verschloss die Creme, holte tief Luft und ging über die Straße zu ihrem Haus. Unter den Briefkästen im Flur hatte sie ihr Fahrrad angeschlossen. Das verbogene Hinterrad stach in die Luft wie ein gebrochenes Schlüsselbein. Emma ging schnell weiter und stieg in den Fahrstuhl. Auf dem Weg nach oben lehnte sie sich an die Wand. Sie tastete mit geschlossenen Augen nach ihren Wohnungsschlüsseln und fuhr mit den Fingern über den gezackten Rand. Als der Fahrstuhl im zwölften Stock rumpelnd zum Stehen kam, war sie benommen. Deshalb dachte sie auch im ersten Augenblick, sie täusche sich. Aber dann war sie mit einem Mal hellwach. Ihre Tür stand auf.

Ihr Kopf dröhnte, das Blut schoss zu schnell durch ihren gerade noch trägen Körper. Das Gespräch mit Sebastian fiel ihr ein, der Anrufer, der sich nach ihrer Adresse erkundigt hatte. Sie wusste, dass sie besser zurückgehen und die Polizei rufen sollte, aber ihre Beine trugen sie ungefragt weiter. Sie legte die Hand auf die Tür. Ganz sacht schob sie sie auf. Sie hörte nichts. Sie ging in ihren Vorraum, stieg über Schuhe und einen heruntergefallenen Regenmantel. Es war ganz ruhig, nur ihr eigener Atem keuchte. Sie warf einen Blick um die Ecke in das Wohnzimmer.

Das Hello-Kitty-Kleid war ihr bis über die Taille hochgerutscht und entblößte eine blau-rot geringelte Unterhose. Sie lag mit dem Gesicht nach unten an der Durchreiche zur Küchenzeile. Emma schrie, stürzte sich nach vorn und fasste das Kind an den Schultern. Sie war weich und schwer. Emma drehte sie um und versuchte gleichzeitig, nach der Ader am Hals zu tasten, aber sie war zu hektisch, um einen Herzschlag zu fühlen. Penelope hatte die Augen geschlossen. Aus dem Mund führte eine getrocknete Spur aus Erbrochenem. Emma riss sich mit der linken Hand die Tasche von der Schulter und griff nach ihrem Handy. Sie wählte den Notruf und schrie ihre Adresse hinein. Dann beugte sie sich wieder über das Kind und versuchte sich verzweifelt an die Handgriffe zu erinnern, die ihr vor viel zu langer Zeit in einem Erste-Hilfe-Kurs beigebracht worden waren. Als der Notarzt hereingerannt kam und sie beiseitestieß, konnte sie nicht anders, als einen Schrei von sich zu geben. Sie war so erleichtert, nicht mehr allein zu sein, dass sie laut zu weinen anfing. Die Tränen und der Rotz liefen ihr über das Gesicht. Sie traute sich kaum, dem Nothilfeteam bei ihren routinierten Bewegungen zuzuschauen. Als Penelope auf der Bahre festgeschnallt worden war, stolperte sie hinterher. Ein Krankenpfleger hob die Schlüssel vom Boden auf, schloss die Tür hinter sich und steckte sie Emma in die Jackentasche. Sie starrte auf das Kind unter der Atemmaske. Jeder im Team nahm an, dass sie die Mutter war. Aber sie sagte, nein, sie wohnt nebenan. Ein Assistent klebte eine Nachricht mit der Telefonnummer des Krankenhauses an Penelopes Wohnungstür.

Edgar Blume streifte schlecht gelaunt durch seine Wohnung. Er ging zum Kühlschrank, steckte sich Käse und Aufschnitt in den Mund und trank die Milch aus der Tüte. Dabei schaute er aus dem Fenster auf eine Horde Jugendlicher, die am Geländer einer kleinen Kanalbrücke lehnten, tranken und laut lachten. Er dachte an Emma, wie sie in seinem Auto saß und auf den Kiesweg vor seinem Haus in Zehlendorf gestarrt hatte. Er hatte ganze Wochenenden damit zugebracht, den Kies zu harken. Er hatte die Sträucher beschnitten und den Rasen gemäht. Abends hatte er etwas, über das er reden konnte, aber Katrin interessierte sich nicht für Gartenarbeit. Als Johann geboren wurde, dachte er, jetzt wird alles gut. Der Junge krähte, und die Eltern lachten. Aber wenn Johann schlief, dann war die Stille umso stärker spürbar.

Er öffnete die Fenster und schaute auf die Jugendlichen. Es waren auch ein paar Ältere darunter, ein Ehepaar mit einer Flasche Wein und Baguettebrot, eine Frau im langen Kleid, ein Mann mit grauen Schläfen und einem Baby vor sich im Tragetuch. Wenn Johann bei ihm war, gingen sie manchmal zusammen runter. Sie kauften ein Eis und setzten sich auf einen der niedrigen Brückenpoller. Johann starrte die Leute meist mit offenem Mund an, den indischen Brotverkäufer, den Stadtblatthändler, der die Schlagzeilen laut sang. Manchmal war auch ein Feuerspucker dabei. Früher hatte Blume geglaubt, hier gehörte er eher hin als in die Zehlendorfer Gemeinde. Das erschien ihm heute lächerlich, und er schämte sich vor sich selbst. Ob Emma hier zurechtkäme? Wo gehörte sie hin? Wenn er neben ihr stand, musste er sich zusammenreißen, um sie nicht anzufassen. Er wollte sie die ganze Zeit berühren.

Er setzte sich vor seinen riesigen Fernseher und zappte durch die Kanäle. Im ersten Jahr hier in Kreuzberg hatte er sich keinen angeschafft und das auch hin und wieder vor seinen Kollegen erwähnt, die ihn dann fassungslos anstarrten. An Samstagen in der Bundesliga-Saison luden sie ihn zu sich nach Hause ein. Er hatte dann gelacht. Aber irgendwann war ihm das alles falsch vorgekommen, wie ein Leben, das nicht zu ihm gehörte.

Er hielt es nicht mehr aus in der Wohnung, nahm seine Jacke und ging auf die Straße. Am Landwehrkanal wich er den Kinderwagen aus und beobachtete die Schwäne, die im bracken Wasser nach Eisstängeln schnappten. Er holte sein Handy aus der Tasche und überlegte, ob er sie anrufen sollte. Er dachte daran, wie enttäuscht er gewesen war, als er vor dem leeren Auto gestanden hatte. Er verschob den Anruf auf später.

Emma saß in der Notaufnahme der Charité und konzentrierte sich auf das Muster auf der Wand ihr gegenüber. Sie wusste, dass Penelope jetzt der Magen ausgepumpt wurde. Ein Arzt mit sanften Augen hatte es ihr gesagt, obwohl sie keine Verwandte war und es eigentlich nicht wissen durfte. Es bringt aber nichts, hatte er gesagt, das meiste von dem Zeug geht gleich ins Blut.

Eine Schwester schob ihr ein Klappbett in ein leeres Zimmer. Als Emma sich beim Aufstehen die Hüfte hielt, setzte die Schwester sie auf die Liege und zog das T-Shirt hoch. Ihre Seite schimmerte blau und rot. Sie bekam einen Verband und eine Tablette. Und dann schlief sie, schlief auf dieser Liege, während um sie herum Flurlichter an- und ausgingen, Kinder auf ihren Zimmern schrieen und die Krankenwagen vor der Notaufnahme aufheulten.

In ihrer Wohnung trocknete Penelopes Erbrochenes. Und daneben lag Emmas Telefon und klingelte.

Am Morgen bekam Emma einen Kaffee und die Nachricht, dass Penelope außer Lebensgefahr war. Die Mutter sei noch nicht aufgetaucht, nein, sie dürfe nicht zu ihr, Penelope sei jetzt auf der Kinderstation und schlafe, sicher noch den ganzen Tag. Emma lief durch den Prenzlauer Berg bis zu ihrer Wohnung. Es regnete nicht mehr, aber es war kalt und feucht. Zu Hause duschte sie und zog sich um. Sie strich über den grauen Stoff ihres Anzugs, um ihn zu glätten. Bei der Bluse hatte das keinen Sinn, deshalb verzichtete sie darauf und nahm stattdessen einen dünnen Wollpullover. Mit dem Filzstift schrieb sie eine Nachricht für Penelopes Mutter an den Rand des Zettels, den der Notarzt an die Wohnungstür geklebt hatte.

Unten warf sie einen Blick auf ihr Fahrrad und tastete nach der Hüfte. Es schmerzte nur noch dumpf. Gleich morgen früh würde sie das Rad in die Werkstatt bringen. Heute musste sie noch mal mit der S-Bahn fahren.

Eine halbe Stunde später stieg sie am S-Bahnhof Zehlendorf aus. Wieder kam es ihr vor, als wäre sie in eine andere Stadt gefahren, eine Stadt mit sauberen Bürgersteigen und spitzgiebeligen Einfamilienhäusern, mit Spaziergängern, die ihren Kindern auf den leeren Straßen das Fahrradfahren beibrachten oder von der Kirche nach Hause gingen.

Der Kiesweg vor der Bohmann'schen Villa war zugeparkt mit schweren Limousinen. Die Stufen der Steintreppe waren gesäumt von violetten Stockrosen, die in der feuchten Luft schimmerten. Die meisten Besucher liefen rasch an ihnen vorbei nach oben zum Hauseingang, während sie mit einer widerspenstigen Schirmautomatik kämpften oder ihre Einladungen über das frisierte Haar hielten.

Emma ging durch die geöffnete Tür. Ein geräumiger Windfang stoppte die kalte Luft. Dahinter kam sie in die eigentliche Halle. Links stand eine Frau hinter einem Stehpult und sprach mit den gerade eingetroffenen Gästen. Hinter ihr war eine Garderobe eingerichtet worden. Emma trug sich in die Presseliste ein. Am liebsten hätte sie ihre schäbige Jacke anbehalten, ihr war immer noch kalt. In der Halle waren Stehtische verteilt, ein Büfett wurde gerade am Fuß der wuchtigen Gründerzeittreppe aufgebaut. Die elfenbeinfarbenen Flügeltüren zum Salon waren weit geöffnet. Emma sah geschmückte Tische und weitere Gäste. Ein Filmteam leuchtete den Raum aus und richtete erste Stellproben vor dem Kamin ein.

In der Halle erschien jetzt Alexander Bohmann, der Sohn des Jubilars. Die Journalistin des Filmteams stellte sich vor ihn und redete auf ihn ein. Sie bat ihn in den Salon für ein Interview. Als sie in Emmas Richtung gingen, drehte sie den Kopf zur Seite. Sie befürchtete, dass Bohmann sich an ihr Treffen am Freitag erinnern und sie rauswerfen würde. Aber Bohmann war jetzt auf die Frau an seiner Seite fixiert und sah sie nicht. Als er ganz nahe an Emma vorbeiging, hörte sie, wie er der Fernsehjournalistin leise sagte, sie müsse ihn vor der Kamera auf jeden Fall auch auf den Bau der BND-Zentrale ansprechen. Die Frau nickte.

Emma ging ihnen die wenigen Schritte bis zur Salontür nach und warf einen Blick in den Raum.

Der lang gezogene Haupttisch an der Rückseite war noch leer, an den anderen Tischen saßen erste Gäste und unterhielten sich halblaut.

Die Frau vom Fernsehen hatte Alexander Bohmann mittlerweile vor dem offenen Kamin platziert und gab dem Kameramann ein Zeichen. Das helle Licht der Kamera erstrahlte, und die Köpfe im Raum drehten sich in Richtung Kamin.

Eine Hand legte sich auf Emmas Schulter, und sie fuhr herum.

»Spinnst du eigentlich, dich hier einzutragen?«

Emma schaute in das wütende Gesicht einer jungen Frau mit schwarzem Pagenkopf. Sie meinte, sie schon einmal in der Redaktion gesehen zu haben. War sie nicht am ersten Tag zu ihr gekommen, hatte ihr die Hand geschüttelt und versucht, sie auszufragen? Emma überlegte, ob ihr der Name der Kollegin einfiel, aber dann gab sie es auf und zuckte mit den Schultern. Die Frau bezog das auf sich und schnaubte wütend. Emma erwartete fast, dass ihr eine Stichflamme aus der Nase schoss.

»Den Bericht mach ich«, zischte die Kollegin ihr zu, »da kannst du schlafen, mit wem du willst.«

Emma verging das Lachen. Sie fasste die Frau jetzt grob an die Schulter.

»Was sagst du da?«

»Aua, lass mich los!« Emma lockerte den Griff und warf einen raschen Blick um sich. Noch immer starrten die meisten nach vorn zur Fernsehaufzeichnung. Die Kollegin zupfte an ihrem Pullover mit Glitzeraufdruck.

»Ist mir doch egal. Mir ist auch egal, ob du dich hier vollstopfst mit Kuchen. Aber den Bericht mach ich!«

Emma wollte ihr gerade antworten, da hielt sie inne. Sie hatte Martha entdeckt.

Sie saß an einem der größeren Tische in der Mitte des Raumes und schaute als Einzige nicht zu dem hell ausgeleuchteten Kamin, sondern starrte vor sich hin. Die Plätze neben ihr waren frei.

Emma betrachtete die alte Frau. Sie war ganz in Weiß gekleidet, trug einen schmalen Rock und eine Jacke mit Schößchen, die ihre zierliche Gestalt betonte.

»Stimmt also, oder was?«

Emma wandte sich wieder der Kollegin zu, die nervös auf den Innenseiten ihrer Lippen kaute und sie beobachtete. Emma überlegte, ob sie etwas richtigstellen sollte. Aber diese Frau hätte ihr sowieso nicht geglaubt. Sie sagte nichts, bis die andere noch einmal kräftig durch die Nase schnaubte und sich an ihr vorbei in den Salon drängelte. Ihre Absätze klapperten auf dem hellen Marmorboden, bis sie in einer Nische stehen blieb und sich dort auf einen der gepolsterten Stühle fallen ließ.

Emma schaute wieder zu Martha hinüber. Sie saß noch immer allein und stumm an dem großen Tisch.

Sie erinnerte Emma an die alte Braut im Märchen. Als der Prinz sie verließ, blieb sie auf dem Stuhl sitzen, bis sie eines Tages eine Greisin war. Helene hatte ihr die Geschichte erzählt, Emma hatte später nie wieder etwas Ähnliches gehört oder gelesen, vielleicht hatte ihre Mutter sie sich ausgedacht. Emma zweifelte damals nicht einen Moment daran, dass eine Traurigkeit so viel Macht hatte. Wenn sie hingefallen war oder sich mit ihren Freundinnen verkracht hatte, rannte sie ins Bad und kletterte auf den Hocker, um im Spiegel nach Runzeln und weißen Haaren zu forschen. Und weil sie nichts fand, dachte sie, es muss noch eine größere Traurigkeit geben. Später dann, als ihr Vater die Familie nach Idas Geburt verließ, war sie schon zu alt, um noch an Märchen zu glauben.

Marthas Haare waren heute in Wellen gelegt wie bei einem Filmstar der 40er Jahre. Sie sah königlich und furchterregend aus, und vielleicht war das der Grund, dass niemand mit ihr sprach. Hin und wieder warf sie eine Bemerkung zu einem der Paare an den Nachbartischen hinüber, aber die waren entweder zu verschüchtert oder zu taub, um ihr zu antworten.

Als ob sie Emmas Blick spüren konnte, blickte sie zum Ausgang und ihr direkt ins Gesicht. Emma dachte an den Streit bei ihrem Abschied und blieb stehen. Aber dann lächelte Martha. Erleichtert ging Emma durch die offene Tür zu ihrem Tisch. Die alte Dame nickte gnädig mit dem Kopf auf den freien Platz neben ihr. Emma setzte sich. Martha beugte sich zu ihr rüber. Ihre Augen funkelten, ein Netz mit unzähligen Furchen zog sich über ihr Gesicht.

»Besser als eine Partie Dame, oder?«

Sie lehnte sich wieder zurück und schaute stolz in die Runde, als ob sie die Gastgeberin wäre.

»Viele wichtige Leute hier. Die meisten kenne ich seit Jahrzehnten.«

Sie zupfte Emma am Ellenbogen und wies mit dem Kinn zur gegenüberliegenden Ecke. Am Tisch saß ein Mann um die fünfzig im Anzug mit Fliege.

»Otto Schulze, ehemaliger Bürgermeister von Zehlendorf. War in seiner Jugend Tennisstar bei Rot-Weiß.«

Jetzt schaute sie auf den Tisch neben dem Kamin. Eine ältere Dame war gleich von drei Männern umringt.

»Fritzi Bach, war ein Filmstar in den Sechzigern. Als Fassbinder und Konsorten dann kamen, war sie abgemeldet. Ich weiß noch, wie sie mal bei den Filmfestspielen ausgebuht worden ist. Die alte Schachtel tut aber immer noch so, als wäre sie in Hollywood.«

Emma lachte, Martha strahlte. Die Frau in dem hellroten Kleid war mindestens fünfzehn Jahre jünger als Martha.

Jetzt kam ein schlanker Mann mit weiß gewelltem Haar durch die Flügeltüren. Er blieb stehen und schaute durch den Salon. Martha klatschte leicht in ihre Hände, die in weißen Spitzenhandschuhen steckten.

»Den sollten Sie sich merken. Hans Meyer-Latour. Verlegt die beiden größten Zeitungen hier in Berlin.«

Sie nahm einen Schluck Champagner und beobachtete den Mann.

»Ist vielleicht mal ein Arbeitgeber für Sie.«

Emma drehte sich um. Meyer-Latour stand noch immer an der Tür und beobachtete die Fernsehaufzeichnung. Dann wandte er wieder den Kopf. Hinter ihnen schien er einen Bekannten entdeckt zu haben. Er hob die Hand zum Gruß und schritt schnell quer durch den Raum. Ohne einen Blick ging er dabei auch an Martha vorbei. Sie hatte ihre Handtasche geöffnet und schien etwas zu suchen. Als der Mann an ihnen vorbei war, ließ sie die Tasche zuschnappen, hob den Kopf und lächelte Emma an.

Später dachte Emma, in diesem Moment hätte sie etwas merken müssen. Verstehen können, dass diese Frau so einsam war, dass sie Bekannte aufzählte, die keinerlei Notiz von ihr nahmen. Aber Emma war nervös und auf ein Gespräch mit Bohmann senior aus. Sie war gerne bereit, Martha zu glauben, dass sie hier unter Freunden war. Weil sie hoffte, dass es ihr bei ihrem Plan half. Sie beugte sich zu der eleganten alten Frau vor.

»Helfen Sie mir, Bohmann zu sprechen?«

Marthas Lächeln verschwand. Sie schaute Emma prüfend an.

»Geht es Ihnen immer noch um die alte Geschichte?«

Emma nickte. Martha seufzte.

»Ich weiß nicht, was das bringen soll. Er wirft alles durcheinander.«

»Ich dachte, er wäre noch so fit?«

In diesem Moment lachte Alexander Bohmann laut auf und warf den Kopf zurück. Es klang künstlich. Die Fernsehjournalistin legte den Kopf schräg. Martha warf einen Blick auf die Szene und zuckte mit den Schultern, während sie Emma antwortete.

»Das geht manchmal ganz schnell in dem Alter.«

Als Emma nicht reagierte, drehte sich Martha wieder zu ihr. Sie schauten sich einen Moment fest in die Augen. Dann seufzte Martha wieder. Sie griff mit der Linken nach ihrem Stock und hielt sich mit der rechten Hand am Tisch fest. Schwerfällig stand sie auf und ging auf die Halle zu. Emma folgte ihr. Sie warf einen Blick zurück in die Runde. Alle schauten noch immer auf die Szene am Kamin. Da kreuzten sich ihre Augen mit denen von Alexander Bohmann. Er sah sie und geriet ins Stottern. Die Frau vom Fernsehen schob schnell eine Frage hinterher. Zwei Sekunden später hatte sich Bohmann wieder gefangen und antwortete ihr souverän, den Blick fest auf das Mikrofon gerichtet. Emma ging schnell aus dem Raum.

Martha hatte schon fast den Fahrstuhl erreicht. Er war halb von der hölzernen Freitreppe verdeckt, offensichtlich nachträglich eingebaut. Als sie auf den Knopf drückte, bewegte er sich mit einem leisen Summen wie ein hochtouriger Mercedes. Sofort stand ein Mann im schlichten blauen Anzug neben ihr. An seinem Ohr klemmte ein kleines Funkgerät, dessen Kabel dezent unter seiner Anzugjacke in seinen massigen Oberkörper eintauchte.

»Hier geht es zu den Privaträumen. Darf ich Sie bitten …«

»Junger Mann«, Martha klopfte ihm mit ihren knotigen Fingern gegen den Brustkorb, »ich muss meine Pillen einnehmen, und das mach ich immer im oberen Salon. Also plustern Sie sich hier nicht so auf.«

Emma musste sich ein Lachen verkneifen. Martha hatte ihre Stimme verstellt und gab die kauzige Alte. Dabei übertrieb sie so maßlos, dass der Wachmann misstrauisch werden musste. Emma konnte der Lust nicht widerstehen mitzuspielen. Übertrieben fürsorglich stützte sie Marthas Ellenbogen.

»Tante Martha, du sollst die Pillen doch nicht allein nehmen, der Arzt hat gesagt, jemand soll dabeibleiben!«

Martha schaute von dem Wachmann zu ihr und grinste begeistert. Wie zur Bekräftigung stieß sie noch einmal mit ihren spitzen Fingernägeln in die Brust des Mannes. Der zuckte zurück und schaute sie wütend an, traute sich aber offensichtlich nicht zu protestieren. Er zwang sich zu einem Lächeln und schaute über Martha hinweg in die Halle.

Martha hängte sich mit ihrem ganzen Gewicht an Emmas Arm. Biest, dachte Emma. Ihre Mundwinkel zuckten.

»Ja, ja, schon recht«, krächzte Martha, »ich wollte schon gerade den jungen Mann fragen …«

Der junge Mann guckte entsetzt. Emma lächelte ihm beruhigend zu. Der Fahrstuhl kam und öffnete sich mit einem leisen Zischen.

»Schon gut, ich kümmere mich. Falls Herr Bohmann seine Tante sucht, wir sind gleich wieder da.«

Der Wachmann nickte erleichtert. Emma und Martha stiegen in den Fahrstuhl, der sich sanft wieder schloss. Emma lachte laut.

»Gut, dass du keine Schauspielerin geworden bist, du wärst verhungert!«

Zu spät merkte sie, dass sie die alte Dame geduzt hatte. Aber Martha lächelte.

»Was bist du unverschämt. Weißt du, manchmal erinnerst du mich schon sehr an mich selbst, als ich in deinem Alter war.«

Die Tür öffnete sich, Martha trat im schnellen Schritt aus dem Fahrstuhl. Emma schluckte, sie freute sich. Dann dachte sie wieder an ihr Vorhaben und schaute sich wachsam um.

Sie standen in einem Flur. Das Fischgrätparkett war hier mit einem dicken orientalischen Läufer abgedeckt, der den Tritt ihrer Füße dämpfte. Martha zeigte nach links auf eine Tür.

»Das ist sein Wohn- und Arbeitszimmer. Ich geh jetzt ins Bad und warte fünf Minuten. Dann geh ich wieder runter.«

Martha wandte sich nach links.

»Martha?«

Sie drehte sich noch mal um.

»Was?«

»Wieso kennst du dich hier so gut aus?«

Sie lächelte und stützte sich auf ihren Stock.

»Ich war auch mal jung, Emma.«

Dann ging sie weiter, öffnete eine Tür, ging hindurch und schloss sie leise hinter sich.

Emma ging langsam nach rechts. Sie horchte, aber kein Laut drang durch die schwere Holztür. Sie räusperte sich und klopfte hart dagegen. Keine Reaktion. Behutsam drückte sie die hohe Klinke herunter und öffnete die Tür.

»Herr Bohmann? Kann ich Sie kurz sprechen?«

Der alte Mann saß in seinem Rollstuhl. Er drehte den Kopf in Richtung Tür und erstarrte auf halber Strecke, als wäre der ganze Weg zu weit für seinen Körper. Dann wandte er den Kopf wieder ab und starrte weiter aus dem Fenster. Die bodenlangen Vorhänge waren beiseitegeschoben und gaben den Blick frei auf einen symmetrisch angelegten Garten. Emma trat einen Schritt näher. Laut sagte sie:

»Ich möchte mit Ihnen über Ihren Chef sprechen.«

Der Mann verzog abschätzend die Mundwinkel. Die Muskeln gehorchten ihm nur auf einer Seite, das Gesicht wurde zur Grimasse.

»Ich habe schon sehr lange keinen Chef mehr, mein Kind.«

Jetzt stand Emma neben ihm. Sie schaute durch den Raum und zog einen leerstehenden Blumenhocker zu sich rüber. Als sie sich setzte, befand sie sich mit dem alten Mann auf Augenhöhe. Sichtbar für ihn stellte sie ihr Mikrofon vor ihnen auf und drückte auf Aufnahme.

»Ich rede von Ihrem Lehrer und Mentor. Der Mann, der Ihnen alles beibrachte. Der Ihnen vertraute, nur Ihnen. Und den Sie übers Ohr gehauen haben.«

Jetzt sah Bohmann sie an. Seine hohe Stirn war von Altersflecken übersät. Sein Körper in dem schwarzen Festanzug saß leicht schief im Rollstuhl und wirkte wie eine Marionette, der die Fäden abgeschnitten worden waren. Aber die Augen hinter der randlosen Brille blickten klar.

»Ich weiß nicht, wovon Sie reden.«

»Das wissen Sie genau. Ich rede von Carl Josef Rosenberg, genannt Caro.«

Bohmann drückte auf einen Knopf an der Lehne seines Rollstuhls. Leise surrend drehten sich die Räder. Emma sprang auf.

»Er hat Sie gebraucht, und Sie haben ihn verraten. Waren Sie wütend auf ihn? Oder ging es Ihnen einfach nur um das Geld?«

Bohmann blieb einen Moment regungslos. Dann fuhr er

auf den Ausgang zu, durch die schwellenlose Tür. Im Flur drückte er einen Knopf unter einer Sprechanlage. Emmas Hals war trocken. Wie sollte sie ihn nur bewegen, ihr etwas zu erzählen?

Eine Stimme klang aus der Sprechanlage.

»Alles ist bereit, Herr Bohmann. Soll ich Sie hinunterbegleiten?«

Emma zog ihren letzten Trumpf.

»Er hat seinen Sohn nach Ihnen benannt, Herr Bohmann. Er hieß Heinrich.«

Es war still. Emma hielt den Atem an. Sie sah auf den Hinterkopf von Heinrich Bohmann, seine spärlichen Haare standen wie der Flaum eines Neugeborenen zu Berge. Er hob seine Hand und drückte auf die Sprechanlage.

»Noch einen Moment, Frau Kummer.«

Leise wendete er den Rollstuhl und fuhr wieder in das Zimmer. Emma stand noch immer vor den großen Fenstern und sah ihm entgegen. Mühsam schluckte sie, ihr Hals war eng, ihre Augen schwammen. Dicht vor ihr blieb er stehen. Leise sagte er:

»Miriam hat ihren Sohn nach mir benannt?«

Emma nickte. Ganz langsam schob sie das Mikrofon näher an ihn heran.

»Später in Amerika wurde er Henry gerufen.«

Der alte Mann saß versunken da. Seine Unterlippe zitterte. Sah er Miriam vor sich, die junge Frau im hell getupften Kleid?

Langsam ging Emma in die Knie. Sie versuchte, seinen Blick einzufangen.

»Es gab einen Enkel, Tom Rosenberg. Ist er hier bei Ihnen gewesen?«

»Sie war viel jünger als er.«

Bohmann lächelte, zum ersten Mal seit ihrem Gespräch. Und auf einmal sah Emma eine Spur von Ähnlichkeit mit dem Jungen auf dem Foto, dem sechzehnjährigen vor Kraft und Selbstgewissheit strotzenden Lehrling. Dann war das Bild verschwunden, und sie stand wieder vor dem alten Mann. Sie legte eine Hand auf die Lehne seines Rollstuhls.

»Tom Rosenberg, Herr Bohmann. Miriams Enkel. Hat er Sie besucht?«

»Er wollte. Aber es ist nicht dazu gekommen.«

»Hat er Sie angerufen?«

»Ich war so überrascht. Miriams Enkel, nach all der Zeit. Ich wollte nur etwas Zeit. Ich sagte ihm, es gehe mir nicht besonders und ob er sich noch mal in ein paar Tagen melden könnte.«

Ein paar Tage, dachte Emma. Rosenberg fing an, auf eigene Faust zu recherchieren. Dann tauchten plötzlich Drohbriefe auf, Hakenkreuze an den Wänden seiner Wohnung.

»Haben Sie Ihrem Sohn davon erzählt?«

Der alte Mann reckte seinen Kopf. Seine Augen schauten wachsam.

»Warum interessiert Sie das?«

»Ich glaube, dass Ihr Sohn Angst bekommen hat. Und dass er Freunde, die heute hier nicht eingeladen sind, um Hilfe gebeten hat.«

Bohmann schüttelte den Kopf. Der Flaum wehte hin und her.

»Absurd. Ich hab ihm nichts erzählt.«

Ich glaube ihm, dachte Emma. Aber selbst wenn er die Wahrheit sagte, entlastete das den Sohn nicht. Vielleicht hatte er von einer Angestellten von dem Anruf erfahren, vielleicht hatte sich Rosenberg zuerst an ihn gewandt.

»Warum wollten Sie Rosenberg nicht sehen?«

»Ich wollte ja, nur etwas später, nur bis ich mich …«

»Haben Sie sich geschämt?«

Er wandte sich ab.

»Es gibt nichts, wofür ich mich schämen müsste.«

»Sie haben Rosenbergs Besitz behalten.«

»Seien Sie doch nicht naiv. Es war Krieg.«

»Und später? Sie hätten mit Miriam Kontakt aufnehmen können.«

Der alte Mann murmelte etwas. Emma beugte sich vor. Das Mikro steht immer noch zu weit weg, dachte sie.

»Was haben Sie gesagt?«

»Sie wollte es nicht.«

Emma schaute ihn erstaunt an.

»Haben Sie sie getroffen?«

»Nein. Sie wollte mich nicht sehen und auch kein Geld von mir.«

Bohmann lächelte.

»Sie war eine stolze Frau.«

Und du hast sie geliebt, dachte Emma. Der alte Mann kicherte.

»Er war ein Gauner.«

Emma beugte sich wieder vor und zog das Mikro noch näher ran.

»Wer?«

»Caro. Und ich war sein bester Schüler. Wissen Sie, wie man mich genannt hat?«

»Sie werden es mir sagen.«

»Einen weißen Juden.«

»Was bedeutet das?«

»Das war kein Loblied, das können Sie mir glauben. Caro hat sie alle beschissen. Wie er die Bauern um das Land gebracht hat, das war einfach unglaublich.«

Emma blieb der Mund offen stehen. Was wird denn das hier jetzt, dachte sie.

»Papa?«

Sie hörten Alexander Bohmanns Schritte auf der Treppe. Emmas Blick flog zur Tür, aber es steckte kein Schlüssel. Sie musste die restlichen Sekunden nutzen.

»Herr Bohmann, was ist ein junger Fisch?«

Bohmann sah sie an. Sein Blick war hart und klar.

»Ich habe meinen Meister übertroffen. Ein weißer Jude, der ist schlimmer als die Sippe. Er hätte das auch so gesehen.«

»Papa, kommst du … Was machen Sie denn hier?«

Emma schnappte sich Mikrofon und Gerät, speicherte die Aufnahme und stopfte es in die Tasche.

»Ich habe nur den Jubilar inter…«

»Raus hier, aber dalli.«

Alexander Bohmann schrie fast, aber in seiner Stimme schwang noch etwas außer Wut. Angst? Emma trat auf ihn zu. Ihre Hand lag wieder auf dem Mikro in ihrer Tasche.

»Ihr Vater hat mir erzählt, dass Tom Rosenberg ihn sprechen wollte. Das wussten Sie, nicht wahr?«

»Mit Ihnen rede ich nicht.«

»Das sollten Sie aber. Ich habe das Interview mit Ihrem Vater. Es war Unrecht, auch wenn Ihr Vater das nicht einsehen will. Und ich werde das öffentlich machen, ob das Ihnen passt oder …«

Bohmann fasste sie grob am Ärmel. Emma schrie auf, lauter als nötig.

»Schluss jetzt.«

Die Stimme des Alten schnitt durch den Raum. Augenblicklich ließ Bohmann Emma los. Er schnaufte und strich über seine Krawatte.

»Du hast Recht«, Alexander Bohmann rang um Fassung, »entschuldige bitte.«

Der Alte wendete seinen Rollstuhl und fuhr durch ihre Mitte, so dass die beiden einen Schritt zurückweichen mussten. Jetzt hatte Emma den Knopf ihres Aufnahmegerätes in der Tasche gefunden und drückte darauf.

»Ich glaube, dass Sie Angst vor Tom Rosenberg hatten. Sie wussten, dass er die alte Geschichte wieder hochkochen würde, vielleicht in einem neuen Buch? Und da haben Sie Siebenschläger angerufen. Ein kleiner Dienst unter Freunden. Ein paar Briefe, ein paar Hakenkreuze. Erst sollte er nur Angst bekommen. Aber Tom Rosenberg ließ sich nicht so leicht einschüchtern. Was haben Sie dann geplant, Herr Bohmann?«

»Nein!«

Alexander Bohmann schrie. Emma und sein Vater sahen ihn erstaunt an. Der Mann kämpfte um seine Fassung.

»Nein, das ist alles Unsinn.«

Er wischte sich den Schweiß von der Stirn.

»Ich kenne den Mann überhaupt nicht. Verschwinden Sie.«

Emma brauchte selber eine Sekunde, bis ein Gedanke in ihr reifte. Sie trat noch einen Schritt auf den Mann zu.

»Wissen Sie, was ich glaube? Sie wissen selber nicht genau, was passiert ist. Tom Rosenberg sollte nur ein bisschen Angst bekommen. Und verschwinden. Aber jetzt ist er tot. Ist das Ganze aus dem Ruder gelaufen? Fragen Sie sich das, Herr Bohmann? Ein Mann ist tot. Und vielleicht sind Sie dafür verantwortlich.«

Bohmann war jetzt wieder der Geschäftsmann, der nicht zurückwich. Er beugte sich zu Emma, die über einen Kopf kleiner und nur halb so breit war wie er.

»Wenn Sie davon irgendetwas bringen, verklage ich Sie.«

Sie schaute ruhig zu ihm hoch, aber ihre Finger am Rekorder zitterten. Sie ballte sie zur Faust.

»Mir haben schon andere gedroht.«

»Legen Sie sich nicht mit mir an.«

Bohmann streckte sich und verschränkte die Arme.

»Und jetzt hauen Sie ab, sonst ruf ich den Wachschutz.«

Emma ging langsam zur Tür. Dann drehte sie sich noch mal um und schaute zu dem alten Mann im Rollstuhl.

»Auf Wiedersehen, Herr Bohmann.«

Er sagte nichts. Alexander Bohmann stellte sich demonstrativ hinter den Rollstuhl seines Vaters. Wie zu einem Ritual hob der Alte den Unterarm und streckte die Hand nach dem Sohn aus. Alexander ergriff sie. Emma drehte sich um und verließ den Raum.

Sie hatte sich beherrscht, um ihre Angst nicht zu zeigen. Jetzt zitterte ihr Körper, und sie sah kaum, wo sie hintrat. Fast stolperte sie oben an der Treppe. Martha stand vor ihr. Sie musterte sie mit ihren alten Augen.

»Hast du erfahren, was du wissen wolltest?«

Emma dachte einen Moment nach und schüttelte dann flüchtig den Kopf. Nein, dachte sie, noch nicht. Oder doch? War es so einfach?

Martha lächelte.

»Komm mit, wir gehen zu mir, und du verlierst noch mal.«

»Ich kann nicht. Ich hab noch eine Verabredung.«

Alexander Bohmann erschien im Türrahmen. Er rief nach der Security. Sie sollten die junge Dame hinausbegleiten, sie ginge jetzt. Emma hob beschwichtigend die Hand, lächelte Martha noch einmal zu und ging schnell die geschwungene Treppe hinunter. An der Haustür drehte sie sich noch einmal um. Zwischen Bohmann und Martha lagen bestimmt fünf

Meter, aber ihr Gesichtsausdruck war der gleiche. Sie hatten Angst.

Ein Mann fasste sie am Ärmel. Sie machte sich rasch los und verließ das Haus.

Der alte Mann im Rollstuhl hörte die Stimmen auf dem Flur. Türen klappten, Gummisohlen quietschten. Dann war es wieder still. Nur das ferne Gemurmel der Festgesellschaft war noch zu hören. Alexander kam wieder herein, stellte sich hinter den Rollstuhl und fuhr ihn zur Tür. Heinrich versuchte die Hand des Sohnes zu tasten, aber sein Körper war zu steif, um sich so weit zu drehen.

»Alexander …«

»Wir reden später darüber, Papa.«

»Nein, hör mir zu. Wir haben alle unsere Dämonen. Es ist schwer, mit ihnen zu leben.«

»Deine Gäste warten.«

Emma fuhr mit der Bahn zurück zum Alexanderplatz.

Ihre rechte Hand umschloss in der Tasche das Aufnahmegerät, als könnten die gespeicherten Worte bei dem Rütteln der Bahn zusammenfallen und den Sinn verlieren. An jeder Station stiegen Leute zu, langsam füllte sich das Abteil. Emma sah aus dem Fenster, erste Wohnblocks und Einkaufshäuser rauschten vorbei, Berlin wurde wieder zur Stadt. Eine Reisegruppe verschüttete Sekt aus dem Piccolo und lachte kreischend, ein Paar gegenüber unterhielt sich über eine Ausstellung. Emma bekam von alldem nichts mit. Ihre Gedanken waren noch immer bei dem alten Mann in der Villa. Hatte er Miriam wirklich eine Entschädigung angeboten? Oder war er wirr im Kopf, wie Martha behauptete, und legte sich die Vergangenheit zurecht? Was wusste der Sohn? Hatte er tatsächlich einen Neonazi um Hilfe gebeten? Emma dachte an ihren Besuch beim Baustoffhandel. Der Riese mit der kranken Katze, der von Verantwortung redete. Hatte Siebenschläger Rosenberg umgebracht? Der Mord an Rosenberg war kaltblütig geplant, das Insulin manipuliert, kein Totschlag im Affekt. All das aus Gefälligkeit?

In ihrer Wohnung warf sie den Anzug aufs Bett und stieg wieder in ihre Jeans. Der Zettel für Penelopes Mutter, den sie an die Wohnungstür geklebt hatte, war weg. Sie nahm Jacke und Tasche und ging mechanisch die Stufen hinunter, alle zwölf Stockwerke. Immer wieder kreisten ihre Gedanken um Vater und Sohn Bohmann. Sie spürte, dass ihr noch ein Puzzlestück fehlte. Welche Rolle spielen dabei die jungen Fische, dachte sie. Vielleicht hatte Blume Recht, und es war nur ein dummer Zufall, dass ausgerechnet diese Fotografie auf dem Nachttisch von Tom Rosenberg gestanden hatte. Andererseits wäre der alte Bohmann vor Schreck beinahe umgekippt, als sie es erwähnte. Was hatte er gesagt? Er sei ein weißer Jude, schlimmer als die Sippe. Was meinte er damit?

Unten wäre sie fast weiter bis in den Keller gegangen. Nach zwei Stufen bemerkte sie ihren Irrtum, lief zurück und ging an den Briefkästen vorbei. Das Handy hatte sie eingesteckt. Ein Anruf in Abwesenheit. Blume hatte versucht sie zu erreichen, aber sie wollte ihn jetzt nicht sprechen. Sie hatte keine Zeit, über sie beide nachzudenken. Sie hatte das Gefühl, sie musste rennen. Rennen, bevor etwas sie aufhielt. Siebenschläger oder Bohmann, der Rundfunkrat oder ihre Angst.

Der Wind schlug ihr die Haustür fast aus den Armen. Emma stellte den Kragen ihrer Jacke hoch, wickelte ihre Arme um den Körper und lief in Richtung Krankenhaus.

In der Villa ging das Fest langsam zu Ende. Alte Leute wollen früh ins Bett. Die Fernsehcrew stand schon seit einer halben Stunde zur Abfahrt bereit. Sie hatten die Reden gefilmt und Glückwünsche der prominenteren Gäste aufgenommen. Es hatte Hochrufe gegeben, und bei dem Wunsch nach Gesundheit hatten alle ihr Glas erhoben. Die Kabel waren eingerollt, die Kameras verstaut. Aber dann ging Meyer-Latour auf die Fernsehjournalistin zu und reichte ihr ein neues Glas Champagner. Sie kannten sich von vielen öffentlichen Veranstaltungen. Meyer-Latour erzählte im Plauderton, wo sie sich schon begegnet waren und welche Bedeutung er bei jedem einzelnen Fest gehabt hatte. Er wusste viele Details und unterhielt sich glänzend. Die Fernsehjournalistin nippte am Alkohol und stimmte von Zeit zu Zeit in sein Gelächter ein. Dabei sah sie unauffällig auf ihre elegante Armbanduhr. In ein paar Stunden musste der Bericht für die Abendsendung fertig sein. Die Crew wurde nervös, aber sie stand wie ein Fels. Einen wie Meyer-Latour stieß man nicht vor den Kopf, wenn man in dieser Stadt noch was werden wollte.

Alexander Bohmann trat auf die beiden zu und bat den Verleger um ein vertrauliches Gespräch. Sicher, meinte Meyer-Latour und legte seine Hand auf die Schulter von Bohmann. Sie entschuldigten sich bei der Journalistin und gingen ins angrenzende Billardzimmer. Die Frau nickte den anderen zu.

Jeder griff nach den Taschen und Kisten. Eilig verließen sie den Raum.

Die beiden Männer standen an dem grün bespannten Tisch eng nebeneinander. Alexander Bohmann redete. Meyer-Latour spielte mit dem Queue. Nach einer Weile verlor er seinen Festtagsblick und hörte mit ernstem Gesicht zu. Mehrmals nickte er langsam mit dem Kopf. Als Bohmann schwieg, legte er den Stock zurück auf den Tisch und verschränkte die Arme. Dann sagte er etwas. Bohmanns Züge entspannten sich, er atmete aus und lächelte. Als beide den Raum verließen, legte der Verleger wieder seinen Arm um die Schultern des Freundes.

Über ihrem Bett hing ein rosa Clown aus Plastik an drei Luftballons. Die Bettdecke war lila-grün gestreift, ihr Nachthemd zitronengelb. Krankenhausfarben, dachte Emma. Penelope schlief. Sie lag auf der Seite, das Haar verdeckte ihre Wange. Die Hand mit der Kanüle zum Tropf hing herunter. Emma legte sie wieder auf die Decke. Das Kind rührte sich nicht. Die Tür ging auf.

»Hallo, du bist, äh, Sie sind bestimmt …«

»Emma.«

Emma ging auf die Frau zu, die an der Tür stehen geblieben war. Sie war jung und hatte schöne dunkle Haare. Sie roch nach Rauch und nassem Laub. Ihre Augen waren so blau wie der Kajal darunter.

»Melanie.«

Die beiden Frauen standen voreinander und musterten sich. Dann ging Melanie zum Bett. Sie machte dabei einen kleinen Bogen um Emma.

»Süße, wach mal auf, hier ist die Nachbarin.«

»Lass doch, ich …«

»Nee, nee, sie soll sowieso nicht so viel schlafen. Echt.«

Melanie rüttelte an Penelopes Arm. Emma musste sich beherrschen, um nicht ihre Hand wegzuschlagen. Das Kind öffnete die Augen. Sie wirkte benommen.

»Mama?«

»Alles gut, Schatz. Die Nachbarin ist gekommen, jetzt kannst du mal danke sagen.«

»Ist doch schon gut.«

»Emma?«

Sie ging auf die andere Seite des Bettes. Wagte nicht, das Kind zu berühren.

»Wie geht es dir?«

»Sie darf nicht so viel sprechen«, sagte Melanie. »Die haben ihr mit dem Schlauch den Hals aufgekratzt. Die Ärzte hier.«

Emma antwortete nicht. Sie schaute weiter auf Penelope. Das Mädchen drehte sich langsam zu ihrer Mutter. Leise fragte sie:

»Wie lang bin ich jetzt hier?«

Melanie biss sich auf die Lippe.

»Na, seit gestern doch.«

Jetzt schaute Penelope wieder zu Emma. Sie grinste.

»Und noch gar nichts gegessen. Ich nehm bestimmt ab.«

»Na klar.«

Emma hatte einen Kloß im Hals und konnte nur flüstern.

Auf dem Nachttisch lagen die Bunte und eine Schachtel Pralinen. Melanie folgte Emmas Blick und zuckte mit den Schultern.

»Hat ja heute alles zu.«

Emma stand da und wusste nicht, was sie tun sollte. Penelope schien schon wieder abzutauchen. Am liebsten hätte sie sich hingesetzt und ihren Schlaf bewacht.

Melanie räusperte sich.

»Ich würde gern kurz mit dir reden.«

Emma schaute hoch. Die junge Frau sah sie an. Ihr kajalblaues Augenlid zuckte.

»Draußen.«

Emma nickte und warf noch einen Blick auf Penelope. Sie hatte die Augen geschlossen. Ihr Gesicht war grau wie auf einem Schwarz-Weiß-Foto.

Auf dem Krankenhausgelände gingen sie schweigend nebeneinander auf dem Kiesweg. Die Männer hoben den Blick und inhalierten tief den Rauch ihrer Zigaretten, als Melanie an ihnen vorbeiging. Sie standen in ihren Bademänteln im Eingangsbereich der Klinik. Über ihnen hing ein Schild »Bitte nicht im Eingangsbereich rauchen«. Melanie tat so, als sähe sie die Männer nicht, aber ihr Schritt wurde eine Spur wiegender. Sie bot Emma eine Zigarette an. Emma schüttelte den Kopf. Melanie steckte sich eine an und verstaute die Schachtel wieder in ihrer engen Jeanstasche.

»Ich wollte dich fragen, ob du, also, weil Penelopp ja so bei dir eingestiegen ist, ob du vorhast, das zu melden.«

Sie sprach den Namen spanisch aus und blies dann den Rauch der Zigarette rücksichtsvoll zur anderen Seite. Emma starrte auf die nassen Kastanienblätter vor ihr.

»Was ist denn eigentlich passiert?«

»Sie hat was von mir geschluckt. Dachte, das sind ihre dämlichen Vitamintabletten.«

Melanie fasste ihr langes Haar und strich es über ihre rechte Schulter nach vorn. Als sie die Arme hob, roch Emma Maiglöckchenduft.

»Ich hatte es echt gut versteckt. Hab ich denen hier auch gesagt. Aber die findet ja alles.«

»Sie hat mein Schloss geknackt?«

Emma musste lächeln, als ihr einfiel, wie das Mädchen zum ersten Mal in ihrer Wohnung gestanden und behauptet hatte, ihre Tür wäre offen gewesen. So ein Schlitzohr, dachte sie und fühlte, wie der Ring um die Brust sich lockerte. Sie war erleichtert. Ich bin nicht schuld. Es hat nichts mit mir zu tun.

»Ey, frag mich nicht, woher die das kann. Ich hab ihr gesagt, das nächste Mal kriegt sie den Arsch voll.«

Melanie warf einen Blick auf Emma.

»Das hab ich nur so aus Scheiß gesagt. Ich will nicht, dass sie sie wegholen.«

»Dann hab ich wohl die Tür aufgelassen.«

»Danke.«

Sie gingen schweigend weiter.

Emma kickte einen Stein vom Weg.

»Kriegst du eine Anzeige?«

»Eine ist gut.«

Melanie holte wieder die Zigaretten raus.

»Verletzung der Aufsichtspflicht. Fahrlässige Körperverletzung. Und Verstoß gegen das Betäubungsmittelgesetz.«

Die kennt sich ja gut aus, dachte Emma.

»Betäubungsmittel?«

»Na die Pillen. Penelopp hat Ecstasy geschluckt.«

Emma blieb stehen. Sie starrte Melanie an. Die zupfte sich mit ihren Fingern einen Tabakfussel von der Lippe.

»Scheiße, das nimmt doch jeder. Ich hatte es echt versteckt.«

Sie gingen weiter. Melanie murmelte:

»War arschteuer.«

»Hast du einen Anwalt?«

Melanie nickte.

»Ich hab schon mal einen kennengelernt, also wir hatten miteinander zu tun. Sind in Kontakt geblieben.«

Sie standen wieder vor dem Eingang der Kinderklinik. Emma zog die Tür auf. Sie merkte, dass Melanie ihr nicht folgte, und blieb stehen. Die junge Frau schloss schon ihr Fahrrad auf.

»Ich muss mal nach Hause. Du bleibst noch? Sie schläft ja.«

Ihre Hand war wieder heruntergerutscht. Emma legte sie auf die Decke. Sie ging raus und zog sich im Vorraum einen Kaffee aus dem Automaten. Über der Sitzgruppe hing ein Schild mit einem durchgestrichenen Telefon. Im Eingangsbereich bitte nicht rauchen, dachte Emma und zog ihr Handy aus der Tasche. Sie drückte auf Rückruf und hörte dem leisen Tuten zu. Als Blume seinen Namen nannte, antwortete sie. Ihre Stimme klang schon wieder belegt. Sie war so froh, ihn zu hören. »Warum bist du weggelaufen«, fragte er. Sie wusste nicht, was sie antworten sollte. Er sagte:

»Es muss nicht immer einfach sein.«

»Ich weiß«, flüsterte sie.

»Aber noch mehr schlechtes Gewissen kann ich nicht aushalten.«

Fast erwartete sie, dass ihr beim Nachhausekommen der Anrufbeantworter entgegenblinkte. Aber die rote Lampe leuchtete nicht. Auch am nächsten Morgen rief niemand aus Bremen an. Wie auch, dachte sie, ich hab keinem meine neue Nummer gesagt. Aber ihr Handyanschluss war noch der gleiche. Ihr früherer Chef hätte anrufen können, oder der Leiter vom Polizeiressort. Irgendjemand musste sie doch anrufen und ihr sagen, wie es ausgegangen war, das Tribunal.

Sie ging runter, frühstücken. Die Klappe ihres Postfachs stand offen, ein orange-gelbes Paket schaute heraus. Emma lächelte, als sie ihren Namen in Idas runden Buchstaben sah. Fast hätte sie den weißen Umschlag dahinter übersehen. Sie zog ihn heraus und befühlte ihn. Das Logo ihres alten Senders bedeckte die halbe Vorderseite. Auch hier standen ihr Name und ihre Adresse, säuberlich getippt hinter durchsichtigem Pergament. So schnell ging das. Hatte auch die Sekretärin am Sonntag zur Sitzung kommen müssen? Oder hatte sie alles vorbereitet, den Umschlag und das Schreiben, bitte sehr, die Ratsherren, hier dann nur noch ankreuzen, ja oder nein.

Emma stopfte beide Umschläge in ihre Tasche und stieß die Haustür auf.

Beim Asiaten hätte sie fast »das Gleiche wie immer« gesagt. Dann fiel ihr der Reisschnaps ein. Sie musste grinsen und bestellte Kaffee und Eierreis. Der Kellner nickte. Seine Irokesenbürste wippte. Er fuhr mit dem Tuch über die Platte.

In Emmas Bauch kitzelte ein Lachen, das glucksend hochstieg. Was ist denn so komisch, fragte sie sich. Werde ich hysterisch und ist es nur, weil jetzt alles entschieden ist? Mit einer offiziellen Rüge konnte sie sich einen neuen Job suchen. Vielleicht kann ich hier bleiben und Tische abwischen.

Sie öffnete Idas Päckchen. In ein Taschentuch gewickelt lag ein zartes Stück Fischgräte. Ein nadelgroßer Knochen fächerte sich in winzige Stäbchen. Emma berührte es vorsichtig. Letztes Jahr hatte sie ein paar von Idas Geschenken mit dem Makroobjektiv ihrer Kamera fotografiert und dann vergrößert. Wie abstrakte Gemälde, hatte Helene stolz gesagt und ihrer Jüngsten über den Kopf gestrichen. Emma hatte die Bilder in ein Buch geklebt, vorne »Idas Blick« draufgeschrieben und es ihrer kleinen Schwester zum Geburtstag geschenkt. Ida hatte es monatelang mit sich herumgetragen.

Der Kaffee wurde vor ihr abgestellt, direkt neben dem Brief vom Sender. Natürlich war die Sekretärin dabei gewesen, dachte sie, wer sollte denn sonst den Kaffee kochen. Sie sagte danke, aber der Kellner schien sie nicht zu hören. Er starrte auf Idas Geschenk. Emma zog den Kaffee vorsichtig über den Tisch und nahm einen Schluck aus der Tasse. Bei dem Geräusch schaute der Kellner hoch. Er grinste. Seine Augen wurden noch schmaler. Er zeigte mit dem Kinn auf die Knochen.

»Wenn du antworten willst, davon haben wir reichlich.«

Er klemmte sein Tablett unter den Arm und drehte sich um. Emma legte die Hand auf den Brief vom Sender.

»Warte mal bitte ...«

Der Asiat blieb stehen und warf ihr einen Blick über die Schulter zu.

Sie hob den Brief hoch.

»Kannst du den aufmachen und mir vorlesen?«

Der Junge kam zurück. Er nahm ihr den Brief aus der Hand und besah ihn sich von allen Seiten. Dann schaute er Emma an.

»Bist du blind oder Analphabetin oder so was?«

Emma fiel ein, dass sie mal gedacht hatte, er wäre taub. Sie lachte.

»Nein.«

Er blieb ernst.

»Hast du Schiss?«

Sie nickte. Er senkte den Kopf, nahm den Brief und schlitzte ihn mit einer schnellen Bewegung auf. Emma zwang sich, nichts zu tun. Er faltete den Brief auf und überflog ihn. Dann sah er hoch.

»Die schreiben was von einer Rüge.«

Sie implodierte. Ihr Blick wurde starr. Jenni, dachte sie, Jenni. Es geschieht mir recht.

»Wir sehen davon ab, und so weiter.«

»Was?«

Er reichte ihr den Brief.

»Ist das nun gut oder schlecht?«

Emma hetzte durch die Zeilen. Sie schaute hoch, sie lachte.

»Es ist gut.«

»Na dann hol ich den Eierreis.«

Emma hatte jetzt Hunger, einen Riesenhunger. Ihre Hand zitterte so, dass ihr der Reis von der Gabel fiel. So fühlt sich das an, dachte sie, wenn es gerade noch mal gut geht. Aber warum hat mich gestern niemand angerufen?

Sie sah sich wieder an ihrem letzten Tag. Wie sie allein im Aufenthaltsraum gesessen hatte und die Kollegen mit gesenktem Kopf an der Tür vorbeigegangen waren. Der Pförtner hatte sich über den Kuchen gefreut. Ich kann nicht zurück, Helene, dachte sie. Jetzt nicht und wohl nie mehr.

Am Tresen bezahlte sie ihr Essen. Der Junge reichte ihr das Wechselgeld. Er sagte:

»Das wird ein guter Tag.«

Sie nickte.

»Ja.«

»Wie heißt du?«

»Emma. Und du?«

»Khoy.«

Sie steckte das Geld ein.

»Und woher kommst du?«

»Aus Lichtenberg, und du?«

Sie wurde rot.

»Oh.«

»Meine Oma kommt aus Kambodscha.«

Emma nahm ihre Tasche.

»Also dann. Bis morgen.«

»Ja. Bis morgen, Emma.«

Sie war spät dran, aber es war ihr egal. Sie hatte ihr Fahrrad in die Werkstatt gebracht und danebengesessen. Jetzt fuhr sie durch den Tiergarten. Es war immer noch windig.

Im Funkhaus lachte sie den Pförtner an, bis er misstrauisch wurde und ihren Presseausweis sehen wollte.

Die Morgensitzung war vorbei, am Regiepult saß die Redakteurin vom Vormittag. Emma klopfte an Schneiders Tür und drückte die Klinke runter. Das Zimmer war leer. Sie fand ihn im Großraumbüro. Er durchblätterte einen Stapel alte Zeitungen.

Sie ging direkt auf ihn zu.

»Ich war bei Bohmann.«

»Wieso, da war doch Ingrid.«

Schneider drehte sich um und rief über sie hinweg in den Raum.

»Wo ist diese verdammte Fernbedienung?«

»Ich hab mit ihm geredet. Über Rosenberg.«

Schneider ging zwei Schritte zu Sebastians Schreibtisch und riss die Schubladen des Redaktionssekretärs auf.

»So?«

»Ja, ich …«

»Manfred«, der Mann von den Nachrichten rollte mit seinem Stuhl vom Schreibtisch weg und drehte sich zu Schneider um, »der Aufsager vom Gericht ist da.«

»Na endlich.«

Schneider setzte sich an Sebastians Tisch und klickte auf

Eingang Überspielungen. Die Stimme des Gerichtsreporters füllte den Raum. Ein paar Kollegen standen auf und stellten sich um den Tisch. Bente hörte auf zu tippen und sah hoch.

»… alle drei Haftbefehle wieder aufgehoben. Die Männer befanden sich zur Tatzeit auf einem Bau in Cottbus, erklärte der Sprecher der Staatsanwaltschaft. Sie erwarte eine Klage wegen Verwendens von verfassungsfeindlichen Kennzeichen. Ein Zusammenhang mit dem Mord sei aber nicht nachweisbar.«

»Die Fernbedienung!«, brüllte Schneider durch den Raum. Bente stand auf. Sie ging zum Fernseher, der über der Nachrichteninsel schwebte, stieg auf einen Stuhl, zog die Klappe von den Einstellungsknöpfen herunter und drückte darauf. Auf dem Bildschirm erschien das Logo vom Berliner Frühstücksfernsehen.

»Lass den Mitschnitt laufen«, sagte Schneider nun wieder halblaut zu dem Nachrichtenmann. Der zog einen Regler. Auf dem Monitor bewegten sich die bunten Balken im Rhythmus des Fernsehtons. Nach einer Werbung für Frischmilch wurden die Kurznachrichten angekündigt.

Drei Männer in Jeans und Sakko verließen das Gerichtsgebäude. Zwei von ihnen zogen ihre Basecaps tief ins Gesicht und wandten den Blick ab. Der dritte lächelte in die Kamera. Er sprach von einem Irrtum und bat um Verständnis, dass er zu einem laufenden Verfahren gegen ihn und seine Mitarbeiter nichts sagen könne. Das Bild blieb eingefroren in der Großaufnahme, während eine Reporterin im Vordergrund über die Aufhebung der Haftbefehle berichtete. Emma warf einen Blick zu Bente. Sie spürte es, drehte sich zu ihr und nickte leicht. Emma fixierte wieder den Bildschirm. Das war er also. Siebenschläger hielt den Kopf geneigt und lächelte sie von schräg unten an. Dabei verzog er seine Mundwinkel, als halte er das alles für einen Riesenspaß. Er sah charmant aus, klug und Herr der Situation. Seine blauen Augen schienen sich direkt auf sie zu richten. Der Angestellte von der Baustofffirma kam ihr in den Sinn und Bentes Bericht von der Demo, in der Siebenschläger seine Leute im Griff hatte. Fast bedauerte sie es, ihn von der Liste der Verdächtigen streichen zu müssen. Aber sie war sich sicher, diesem Mann noch wieder zu begegnen. Wenn sie in Berlin blieb.

Der Bildschirm wechselte, das Wetter wurde angekündigt. Die Gruppe löste sich auf. Der Mann von den Nachrichten unterteilte die Worte der Fernsehmoderatorin bereits in Dreißig-Sekunden-Takes, die er in seine Sendung einbaute.

Emma ging auf Schneider zu.

»Ich möchte mit dir über Bohmann reden. Ich hab was. Es ist wichtig.«

»Später, okay.«

Er drehte sich zu Bente um. Sie tippte in Rekordschnelle auf der Tastatur.

»In zwanzig Minuten?«

Sie nickte ohne aufzusehen. Schneider atmete tief durch. Zum ersten Mal heute Morgen sah er Emma an. Irgendwas ist anders, dachte er. Und dann fiel es ihm ein.

»Weißt du schon was?«

»Sie erwägen einen Tadel. Keine offizielle Rüge.«

Sie lächelten sich an. Immer breiter. Schließlich lachte Schneider.

»Was hast du über Bohmann?«

»Dunkle Geschichten. Seine Anfänge. Illegal, denke ich. Auf jeden Fall fragwürdig.«

»Mach mir einen Entwurf. Dann reden wir.«

Schneider verließ den Raum. Emma setzte sich an einen

freien Schreibtisch und fuhr den Computer hoch. Die Kontrolldateien liefen durch. Emma langte über den Tisch und zog das Telefon zu sich. Sie wählte ihre alte Nummer. Nach dem dritten Klingeln sprang der Anrufbeantworter an, Idas Stimme erklärte, dass niemand zu Hause sei. Zum Glück, dachte Emma. Sie wollte jetzt nicht lange reden. Schnell erzählte sie von dem Brief. Dann wusste sie nicht weiter. Ich muss jetzt hier anfangen, sagte sie endlich. Sie legte auf und fragte sich, wie Helene den letzten Satz verstehen würde.

Die Anfangsmaske blinkte. Sie schloss ihr Aufnahmegerät an und zog die Audiodatei ins Schnittprogramm. Als sie nach dem Kopfhörer griff, zitterten ihre Finger. War die Aufnahme klar genug?

Aber da war er. »Machen Sie sich nicht lächerlich. Es war Krieg.« Emma zog die Regler ganz nach oben. Die leisen Geräusche vom Fest im Hintergrund wurden etwas lauter, aber noch immer war Bohmann gut zu verstehen.

Erst der aktuelle Bezug. Das prominente Mordopfer wollte Kontakt zu Bohmann aufnehmen. Bestätigung: Bohmanns Aussage, der Anruf, den er abwimmelte. Warum? Emma berichtete über den Deal mit dem Großvater. Sie zog die Töne von dem Historiker Klinke ins Programm. Als unabhängige Quelle berichtete er davon, redete über das Zehlendorfer Grundstück, erklärte das Kürzel und die Besitzname von Bohmann. Emma überlegte, ob sie die illegale Methode kommentieren sollte. Aber Moment, konnte das Bohmann nicht besser selber? Sie fuhr im Schnellmodus vorwärts. Wieder hörte sie die alte Stimme:

»Ich habe meinen Meister übertroffen. Ein weißer Jude, der ist schlimmer als die Sippe.«

Sie speicherte alles ab und druckte das vorläufige Sendemanuskript aus. Fast lief sie über den Flur. Sie hatte Glück, Schneider war allein in seinem Büro. Er stand am geöffneten Fenster und rauchte. Wortlos streckte er die Hand nach dem Manuskript aus. Sie gab es ihm. Er las. Dann schaute er hoch.

»Dafür brauchen wir eine Bestätigung.«

Emma ließ ihre Schultern hängen.

»Die bekommen wir nie.«

»Emma, dies hier kann die Firma und den Ruf der Leute ruinieren. Wenn das nicht …«

»Aber die O-Töne! Ich hab doch die Töne!«

Schneider schnippte den Zigarettenstummel aus dem Fenster.

»Das ist nicht selbsterklärend. Ein Anwalt nimmt dir das auseinander.«

»Aber dann …«

»Ruf an, fax es durch. Du hast genug, um für Unruhe zu sorgen. Sie werden mit uns reden wollen, das Ganze erklären.«

Emma schaute zweifelnd.

»Und wenn nicht?«

»Warte ab. Wenn wir Glück haben, kriegen wir noch mehr.«

Er gab ihr das Manuskript zurück.

»Ruf an. Wenn sie dich abwimmeln, schick das Ganze per Fax und E-Mail an die Hausadresse und an Bohmanns Firma. Wir brauchen noch heute eine Reaktion. Ich informiere Schulenburg.«

An der Tür zum Großraumbüro stieß sie fast mit Bente zusammen. Die Kollegin wich im letzten Augenblick aus. Sie ging über den Flur ins Sendestudio, in der Hand ihr Manuskript. Emma setzte sich wieder an ihren alten Platz, zog ihr Notizbuch zu sich ran und wählte die Nummer vom alten Bohmann.

»Hier bei … Bohmann. Ja bitte?«

Die Frau klingt verschnupft, dachte Emma noch. Dann stellte sie sich vor und sagte, sie habe ein Manuskript, das sie zur Autorisierung vorlegen wolle.

»Ich glaube, Sie sollten lieber an einem anderen Tag anrufen.«

»Wir senden heute Abend. Ich brauche die Autorisierung noch heute.«

»Es geht uns hier heute nicht so gut.«

»Können Sie mir bitte Alexander Bohmann ans Telefon rufen? Oder besser noch Herrn Heinrich Bohmann?«

Die Frau brach in Tränen aus.

Was soll das denn jetzt, dachte Emma. Sie räusperte sich.

»Frau, äh …?«

»Kummer.«

»Frau Kummer, ich brauche einen der Herren Bohmann. Jetzt. Es ist für die Familie und die Firma von größter Wichtigkeit.«

Emma hörte die Frau am anderen Ende atmen. Sie schien um ihre Fassung zu kämpfen. Dann sagte sie leise:

»Einen Augenblick.«

Der Hörer wurde zur Seite gelegt, Emma hörte Schritte. Dann war Stille.

»Bohmann?«

Es war der Sohn. Emma griff nervös zu dem Manuskript.

»Herr Bohmann, ich möchte über mein Gespräch mit Ihrem Vater berichten. Ich werde Ihnen jetzt ein vorläufiges Sendemanuskript faxen, dann können Sie …«

»Mein Vater ist tot.«

»Was?«

Ein paar Kollegen sahen hoch. Emma hatte vor Überraschung geschrien.

»Er ist heute Nacht verstorben.«

»Aber wie, was …«

»Er war hundert Jahre alt, Frau Vonderwehr. Wollen Sie immer noch seinen Namen in den Schmutz ziehen?«

Emma starrte den Hörer in ihrer Hand an. Bohmann hatte aufgelegt. Langsam stand sie auf und ging auf die Tür zu. Schneider kam ihr auf dem Flur entgegen. Er blickte ernst drein. Als er ihr Gesicht sah, fragte er:

»Was ist los?«

»Bohmann ist tot. Der Alte. Heute Nacht gestorben.«

»Ist die Meldung sicher?«

»Sein Sohn hat es mir gerade selbst gesagt.«

Mit zwei Schritten war er an der Tür des Großraumbüros und riss sie auf. Er brüllte.

»Ernst?«

»Ist nicht da.«

Emma hörte Sebastians Stimme. Sie stand noch immer auf dem Flur.

»Dann ruf ihn an. Ich brauch einen Nachruf. Der Architekt Heinrich Bohmann ist gestorben. Und sag dem Chef Bescheid.«

Emma ging auf das Büro zu und blieb an der Tür stehen. Beobachtete die Routine, die bei einem prominenten Todesfall anlief. Die Nachrichtenredakteure suchten die Nachricht bei den großen Agenturen. Noch war es eine exklusive Meldung. Die hausinterne Agentur wurde informiert, die die Aufgabe hatte, noch mal den Wahrheitsgehalt zu überprüfen. Nichts war peinlicher, als den Tod eines noch lebendigen Prominenten zu melden. Alte Interviews und Berichte über den Mann wurden herausgesucht, die Musikredaktion musste informiert werden, damit nach der Eilmeldung ein getragener Song ins Programm gestellt wurde. Emma stand noch immer an der Tür und sah der Betriebsamkeit zu. Es war, als ginge sie das alles nichts an. Als Schneider an ihr vorbei ins Studio laufen wollte, blieb er vor ihr stehen. Leise sagte sie:

»Was ist mit meiner Geschichte?«

Er sah sie an. Weißt du es denn nicht selber, sagte sein Blick. Laut sagte er:

»Du sollst zu Schulenburg kommen. Jetzt.«

Gregor Schulenburg stand am Fenster seines Büros und schaute in den Innenhof des Rundfunkgebäudes. Auf der gegenüberliegenden Seite rauchten ein paar Redakteure auf dem Balkon der Bibliothek. Seit die Intendanz ihre persönlichen Abos gestrichen hatte, entwickelte sich das Zeitungsarchiv zu einem vielbesuchten Ort. Einer der Männer schaute hoch und grüßte. Schulenburg trat einen Schritt vom Fenster zurück.

Es gab eine Zeit, da hätte Schulenburg diese Männer zu seinen Freunden gezählt. Die meisten von ihnen kannte er seit vielen Jahren. Sie hielten sich noch immer für das Rückgrat der Redaktionen, dabei würde der Sender sie auf der Stelle feuern, wenn er könnte.

Der Betrieb lief längst an ihnen vorbei. In den 80er Jahren stellte der Privatfunk die Medienwelt auf den Kopf, und in den 90er Jahren setzte die digitale Revolution sie neu zusammen. Renommierte Journalisten sahen sich einem veränderten Beruf gegenüber, der neue Fähigkeiten verlangte. Viele wollten oder konnten nicht mithalten.

Den Sender stellte das vor ein Problem. Die Mitarbeiter waren festangestellt, mit Zulagen und Pensionsansprüchen, die sie in den 70er Jahren erstritten hatten und die ihnen auch heute noch jedes Arbeitsgericht bestätigen würde. Deshalb ließ die Intendanz sie dort, wo sie waren, und stellte ihnen ein Heer von freien Mitarbeitern zur Seite, die Stück für Stück ihre Arbeit übernahmen.

Und da sie weiterhin zu den Leuten mit einem Topgehalt im Sender gehörten, konnten sie sich einreden, ihre Erfahrung sei noch immer das Gut, das den Betrieb im Innersten zusammenhalte.

Schulenburg war diese Auffassung von Anfang an fremd gewesen. Er lebte so sehr im tagesaktuellen Journalismus, dass es ihm absurd erschien, vergangene Lorbeeren anzuführen. In ihrem Geschäft zählte nur das Heute. Und das bestand für ihn aus GfK-Marktanalysen, Sendeuhren und Werbesekunden. Als er die Leitung übernahm, waren es seine alten Freunde, die herumerzählten, er habe den Job wegen seiner investigativen Beiträge von früher bekommen.

Solange er einer von ihnen war, diente seine Beförderung auch ihrem Ruhm.

Während sie seine Ernennung mit altem Whiskey feierten, überlegte er, wie er sie aus dem laufenden Betrieb entfernen konnte. Manchem bot er eine lukrative Frühpensionierung an. Aber nur wenige nahmen es an. Die meisten saßen weiter im Sender die Zeit ab. Ohne wirkliche Aufgaben oder Verantwortungen pendelten sie zwischen den Besprechungen und ihren Büros hin und her und vertrieben sich die Stunden mit der Lektüre ihrer Lieblingszeitungen im Archiv.

Manfred Schneider war einer der wenigen, auf die das nicht zutraf. Er wusste, worauf es ankam, er war kompetent und erfahren. Mit fünfundfünfzig gehörte er auch noch nicht zu den Altlasten. Trotzdem hatte Schulenburg bemerkt, dass er nachließ. Meldungen waren unter seiner Leitung übersehen, Ereignisse in ihrer Bedeutung unterschätzt worden. Schulenburg war aber noch nicht bereit, auf Schneider zu verzichten. Er hatte einfach niemanden, der seine Stellung einnehmen konnte. Er brauchte Schneider. Deshalb hatte er sich bereiterklärt, mit der neuen Mitarbeiterin noch einmal zu reden. Die schwierige Situation, in die sie geraten war, hatte sie sich aber selbst zuzuschreiben. Er würde sie nicht in Schutz nehmen.

Als er sich umdrehte, stand seine Sekretärin in der Tür. Er fühlte sich beobachtet und ärgerte sich darüber. Sie sagte:

»Der Nachruf aus dem Stehsatz ist jetzt da. Ernst kommt rein und schreibt das Ende neu.«

Schulenburg ging zum Schreibtisch und griff nach seinem Kopfhörer. Die Sekretärin drehte sich um, sagte noch über die Schulter:

»Schneider will was für die Nachrichten rausschneiden.«

»Ich sag ihm Bescheid.«

Schulenburgs Büro lag im vierten Stock, direkt über der Redaktion. Wenn sein Name fiel, schauten die Kollegen nach oben, als redeten sie vom lieben Gott. Emma war noch nicht hier gewesen. Die Sekretärin winkte sie durch, ohne ihr Telefongespräch zu unterbrechen.

Schulenburg hatte den Kopfhörer auf und hörte einen Beitrag ab. Emma setzte sich auf den Stuhl vor den Schreibtisch und wartete. Im Büro war kein einziges Stück Papier zu sehen. An dem übergroßen Monitor hing ein Computer mit den verschiedenen digitalen Abspielgeräten, DAT und MiniDisc, Datenträger, die kurz als neue Generation im Hörfunksystem eingeführt und schon bald von den digitalen Tracks abgelöst worden waren. Unsummen hatten die Sender damals ausgegeben und alle paar Jahre ein komplett neues System installiert, um das digitale Zeitalter nicht zu verschlafen und die Konkurrenz in Sachen Tonbrillanz abzuhängen.

Auch auf dem Konferenztisch lagen weder Stift noch Block, dafür ein schmales Notebook, das im Standby-Modus die Buchstaben des Sender-Logos in tausend Einzelteile explodieren und wieder entstehen ließ.

Schulenburg nahm den Kopfhörer herunter. Emma drehte sich zu ihm. Er räusperte sich und griff zum Telefon.

»Einen Moment noch.«

Sie sah wieder weg. Er beobachtete sie, während er den Telefonhörer an sein Ohr presste. Er verlangte, Schneider zu sprechen. Emma sah hoch, und Schulenburg wandte den Blick zum Monitor.

»Schulenburg. Der Nachruf von Bohmann ist okay, Ernst muss nur das Ende neu machen. Er soll den Geburtstag noch reinnehmen.«

Schneider sagte etwas. Schulenburg scrollte mit der Tastatur über den Beitrag.

»Nimm das in der Mitte, die 50er Jahre. Sebastian soll nachfragen, ob ein Kondolenzbuch ausliegt. Dann muss der Ü-Wagen dahin.«

Schulenburg wartete die Antwort von Schneider ab, brummte dann etwas und legte auf. Emma setzte sich gerade hin. Schulenburgs Blick blieb am Monitor hängen, seine Augen waren starr. Emma wurde unsicher. Das Schweigen war zu lang. Dann sah er auf.

»Ich muss Sie vom Mikrofon nehmen.«

Der Rundfunkrat, dachte sie. Bremen. Aber es war doch alles gut gegangen.

»Ich bin nicht gerügt worden, nicht offiziell.«

Er hatte sich schon wieder abgewandt, tippte auf seiner Tastatur. Emma fühlte ihren Schweiß ausbrechen. Schulenburg stand auf und ging zum Konferenztisch. Er drehte den Monitor des Notebooks zu Emma. Eine PDF-Datei baute sich auf. Schulenburg redete, ohne den Blick vom Monitor zu nehmen.

»Ich habe heute eine E-Mail mit diesem Anhang bekommen. Es handelt sich dabei um einen Artikel, der morgen in der *Allgemeinen Berliner Zeitung* erscheinen wird.«

Jetzt sah er sie an.

»Es sei denn, ich kann den Herausgeber überzeugen, den Artikel aus dem Blatt zu nehmen.«

Emma starrte auf den Monitor. »Berliner Sender fischt am

rechten Rand«, lautete die Überschrift. Sie raste durch die Zeilen.

»Zum hundertsten Geburtstag des Berliner Stararchitekten Heinrich Bohmann recherchiert der Sender über illegale Geschäfte des jüdischen Kompagnons. Dass ein Jude Anfang der 30er Jahre in Deutschland in besonderen Zwängen steckte, wird dabei außen vor gelassen. Für diese Berichterstattung hat der Sender eine Reporterin beschäftigt, die für ihre unsauberen Methoden bekannt ist. In Norddeutschland hat sie ein 15jähriges Mädchen überredet, eine Vergewaltigung zu fingieren, um eine breitangelegte Frauenkampagne zu unterstützen. Als der Schwindel aufflog, hat sich das Mädchen in der Turnhalle ihrer Schule erhängt.«

Emma sah hoch in die Augen von Schulenburg. Er drehte sich zum Fenster und schaute hinaus. Sie las die letzten Zeilen auf dem Monitor.

»BerlinDirekt hat bereits dementiert, damit neue Hörer im rechtsradikalen Lager für sich gewinnen zu wollen.«

Emma räusperte sich, sie versuchte, ihre Stimme tief zu halten.

»Das ist eine Kampagne von Bohmann. Der Herausgeber war gestern auf dem Geburtstag.«

Schulenburg sagte nichts. Er ging zu seinem Schreibtisch und drückte mit einem heftigen Schlag auf die Tastatur. Die Datei auf den Monitoren verschwand. Emma versuchte es noch einmal.

»Das zeigt doch nur, dass Bohmann Angst bekommt. Wir sind auf der richtigen Spur.«

Jetzt sah Schulenburg hoch.

»Das zeigt nur, dass Sie sich die falschen Leute zu Feinden machen. Ab sofort taucht Ihr Name hier nicht mehr auf. Und ich versuche das hier zu verhindern.«

Emma sagte leise:

»Und was ist mit meinen Recherchen? Dem Interview? Es war vermutlich das letzte und ehrlichste, das er je gegeben hat. Wollen Sie das einfach fallenlassen?«

»Emma, der Mann ist tot! Wer sagt mir denn, dass Sie ihm nicht zu sehr zugesetzt haben? Vielleicht sind Sie ja schuld?«

Emma starrte ihn an. Ihr Augenlid fing an zu zucken. Er murmelte:

»Ich kann mir schon die Schlagzeile für übermorgen denken.«

Emma wurde die Luft eng. Sie musste aufstehen.

»Ich hätte nie gedacht, dass Sie sich vor denen fürchten.«

Jetzt stand auch Schulenburg auf.

»Vergessen Sie Ihre Story. So oder so – einem Toten pisst man nicht ans Bein.«

Schneider hatte zu tun. Die Nachricht vom Tod des weltberühmten Architekten stand jetzt in den Agenturen, er musste ein ARD-Angebot herausgeben. Der Ü-Wagen fuhr zur Dahlemer Villa und berichtete von Nachbarn, die verstört am Zaun standen. Aber auch der ursprüngliche Termin war wichtig, und Schneider telefonierte eine halbe Stunde nach einem Reporter, den er dorthin schicken konnte. Erst kurz vor Mittag fiel ihm auf, dass Emma von dem Gespräch mit Schulenburg nicht zurückgekommen war.

Er lief durch die Redaktionsräume, fragte die Kollegen und fand sie schließlich in der Kantine.

Noch waren die meisten Tische leer. Die Küche rüstete sich für den Ansturm, es roch nach Fisch und Pommes. Emma saß allein an einem Tisch am Fenster. Sie wandte den Kopf und schaute ihm entgegen.

»Du hättest mich warnen können.«

Schneider setzte sich ihr gegenüber. Er dachte einen Moment nach, dann nickte er.

»Tut mir leid. Die Sache mit Bohmann kam mir dazwischen.«

Emma sah wieder aus dem Fenster. Sie hat viel von Helene, dachte Schneider.

»Dein Vater hat die erste Zeit bei mir gewohnt. Als er von euch wegging. Wusstest du das?«

Sie sah ihn erstaunt an, presste die Lippen zusammen und schüttelte den Kopf.

»Ich hab ihm gesagt, er ist ein Idiot. Aber er wollte nicht zurückgehen.«

»Er wollte Ida nicht.«

Schneider schob das Blumengesteck zwischen ihnen zur Seite. Warum stellte man Blumen aus Plastik auf die Tische, fragte er sich. Wem soll das nützen?

»Du warst 17 und schon fast erwachsen. Er wollte mit Helene um die Welt segeln. Unabhängig sein. Helene wollte noch ein Kind. Sie hat ihm nichts erzählt, bis es zu spät war.«

»Zu spät, um abzutreiben, meinst du das?«

Ihre Stimme klang hart. Schneider sah sie an, sie war wütend. Sie sagte:

»Wir reden hier von Ida!«

»Damals war sie noch nicht Ida. Helene wusste, dass sie ein behindertes Kind kriegen würde. Und sie hat die Entscheidung ganz allein getroffen.«

Emma sah wieder aus dem Fenster. Sie kämpfte um ihre Fassung. Leise sagte sie:

»Wie kann man Ida nicht wollen?«

»Ich will ihn nicht verteidigen, Emma. Er hat euch verlassen, und das war das Dümmste, was er je getan hat. Ich will dir damit nur klarmachen, dass die Dinge nicht immer so einfach sind, wie manche Menschen sich das wünschen.«

Emma schaute noch immer starr aus dem Fenster. Eine einzelne Träne rollte ihre Wange hinunter. Eine Gruppe von Mitarbeitern betrat die Kantine und stellte sich plaudernd an die Essensausgabe. Schneider beugte sich vor und dämpfte seine Stimme.

»Carl Josef Rosenberg war vielleicht kein Unschuldslamm, genauso wenig wie dieses Mädchen, Jenni. Sie war etwas frühreif, oder? Ein kleines Flittchen?«

Emmas Kopf fuhr herum.

»So hab ich sie nie genannt.«

»Aber das darf sie sein. Sie kann so viel Scheiße bauen wie sie will, das gibt noch keinem das Recht, ihr weh zu tun.«

Emma sah Schneider an. Er beugte sich noch weiter vor.

»Der alte Rosenberg war ein Opfer, Emma. Genau wie deine Jenni. Ihnen wurde Unrecht getan. Das ist das Einzige, das du im Blick behalten musst.«

Schneider lehnte sich wieder zurück. Ein Mann ging mit einem vollen Tablett an ihnen vorbei und grüßte. Schneider reagierte nicht. Er sagte leise:

»Wenn du weiter Beiträge machen willst, dann kriegen wir das hin. Du kannst eine Weile anonym zuarbeiten. Es gibt immer Jubiläen.«

Emma schaute wieder aus dem Fenster. Schneider beobachtete sie.

»Wenn du dranbleiben willst, dann kann ich dir nichts versprechen. Ich kann dir nur sagen, dass Schulenburg der letzte Mensch auf Erden ist, der eine gute Geschichte fallenlässt.«

Er nickte ihr noch einmal zu, dann stand er auf und ging.

Als sich die Kantine füllte, verließ auch Emma den Raum. Ihre Sachen lagen im Redaktionsraum, aber sie konnte sich nicht überwinden, sie zu holen. Als sie am Pförtner vorbei auf die Rolltreppe stieg, schallten ihr die Werbeversprechen des Einkaufszentrums entgegen. Sie wollte sich am liebsten die Ohren zuhalten.

Zweimal lief sie um den Lietzensee. Sie dachte an Jenni. Das erste Mal hatte sie sie zwei Wochen nach der Vergewaltigung getroffen. Sie hatte sich das blonde Haar abgeschnitten und schwarz gefärbt. Jeder Schritt war ein Stampfen, und wenn sie antwortete, schrie sie fast. Sie war voll Wut, und Emma war froh darüber. Wer wütend ist, der hat die Kraft, sich zu wehren. Irgendwann zwischen den Zeugenaussagen seiner Kumpels und dem Stirnrunzeln des Richters war ihre Wut kleiner geworden und hatte der Scham Platz gemacht. Und sie, Emma, hatte es nicht gemerkt.

Der Wind frischte auf und fegte die braunrotgelben Blätter der mächtigen Kastanien herunter. Wenn es weiter so kalt blieb, waren die Bäume bald kahl. Sollte sie den Winter hier bleiben und Jubiläumssendungen machen? Sie dachte an ihre letzten Wochen in Bremen, als sie sich im Archiv verkrochen hatte. Mittags saß sie allein in der Kantine. Sollte sie das noch einmal durchmachen? Sie hatte nichts gewonnen, sondern nur verloren. Hatte ihre Familie aufgegeben.

Eine Frau mit einem Kinderwagen kam ihr entgegen. Sie sah aus, als ob sie fror.

Was war mit ihr? Hatte sie genug Kraft, um wütend zu sein? Konnte sie aufgeben, wo sie doch Jenni beschworen hatte zu kämpfen?

Sie ging immer weiter, machte große Schritte und wich den Pfützen aus. Das kalte Wetter machte ihren Kopf klar. Ihre Entscheidung war gefallen. Sie holte tief Luft, drehte um und ging zurück zum Funkhaus.

Als sie den Redaktionsraum betrat, hoben sich die Köpfe. Niemand sagte ein Wort. Manche waren verlegen und beugten sich gleich wieder tief über ihre Arbeit.

Vielleicht hatte Schulenburgs Sekretärin geplaudert. Oder er hatte den Redakteuren schon Anweisung gegeben, sie nicht mehr ans Mikrofon zu lassen. Emma entdeckte ihre Sachen, jemand hatte sie gestapelt und auf das kleine Tischchen neben die Kaffeemaschine gelegt. Sie setzte sich damit an den freien Platz der Vormittagsredakteurin und fuhr den Computer hoch. Ernst ging an ihr vorbei. Emma zwang sich, den Kopf zu heben und ihn anzusehen. Aber er schaute nur geradeaus und lächelte.

Zwei vom Nachrichtenteam kamen plaudernd herein. Als sie Emma sahen, verstummten sie und gingen zu ihren Plätzen. Emmas Finger zitterten, als sie ihr Passwort eingab. Das kenne ich schon, dachte sie. Ich steh das nicht noch einmal durch. Als sich wieder Schritte näherten, senkte sie den Kopf und starrte auf den Bildschirm.

Vor ihr wurde ein Becher mit dampfendem Kaffee abgestellt.

»Weißt du, was Schulenburg letzte Woche zu mir gesagt hat?« Bente stand vor ihr. Emma fuhr mit den Fingerspitzen den Becherrand nach und fragte leise:

»Was denn?«

Bente schob einen Schreibtischstuhl heran und setzte sich neben Emma. Sie zog ihr schmales Gesicht noch mehr in die Länge und ahmte den butterweichen Gestus des Chefs nach.

»Wenn du noch einmal scheinbar und anscheinend verwechselst, Bente, dann kannst du dir einen neuen Job suchen!«

Emma versuchte zu lächeln. Bente lachte.

»Tut mir leid mit deiner Geschichte. Jetzt ist dir dein Hauptverdächtiger gestorben, oder?«

Emma nahm den Kaffee und trank einen Schluck. Das heiße Getränk rann ihr durch die Kehle und löste den Kloß. Danke, wollte sie sagen und sagte stattdessen:

»Ich hab ja nicht gedacht, dass der Hundertjährige den Mann umgebracht hat, sondern, dass sein Sohn damit zu tun hat.«

»Die Rechtsradikalen-These kannst du vergessen, die sind draußen. Vielleicht hast du sogar Recht, und Bohmann junior hat die Faschos dazu gebracht, die Hakenkreuze zu sprühen. Aber für den Mord sind sie definitiv aus dem Spiel.«

Emma ließ den Kopf sinken.

»Nichts passt zusammen. Irgendwas hab ich übersehen.«

Bente schaute sie nachdenklich an. Sie warf einen Blick auf die Uhr.

»Ich hab noch über eine Stunde, bis ich die Kinder holen muss. Erzähl mir einfach, was du weißt. Vielleicht finden wir einen neuen Ansatz.«

Und Emma erzählte. Gemeinsam gingen sie noch einmal den Abend durch, als Tom Rosenberg ermordet wurde. Bente machte sich Notizen, fragte nach, unterstrich. Sie redeten über das Zehlendorfer Bauland, das dem Großvater gehört hatte und das dann in den Besitz von Bohmann gekommen war. Als Bente von dem internationalen Haftbefehl hörte, mit dem Caro Rosenberg gesucht worden war, stutzte sie.

»Warum wurde er gesucht?«

Emma zuckte die Schultern.

»Keine Ahnung. Meinst du, das könnte wichtig sein?«

Bente kritzelte nachdenklich auf ihrem Block.

»Möglich. Weißt du, ob der Haftbefehl hier ausgestellt wurde oder erst nach der Flucht, in einem anderen Land?«

»Nein. Wieso?«

»Wenn er hier ausgestellt wurde, dann könnten wir ihn finden.«

Bente rollte mit ihrem Stuhl an den Nebentisch und fuhr den Computer hoch. Als ihre Eingangsmaske blinkte, durchfuhr Emma das schlechte Gewissen. Bente murmelte:

»Ich hab darüber schon mal was gemacht. Internationale Haftbefehle wurden bis in die 50er Jahre in überregionalen Zeitungen veröffentlicht. Zum Beispiel im Deutschen Reichsanzeiger.«

»Und den kann man online einsehen?«

»Nein. Die alten Ausgaben stehen im Berliner Landesarchiv. Und ich kenne da eine sehr nette Archivarin. Kannst du den Zeitraum einschätzen, in dem der Haftbefehl erschienen sein muss?«

Emma blätterte in ihren Unterlagen. Was hatte der Mann aus dem Jüdischen Museum gesagt?

»Hier, warte. Carl Josef und Miriam Rosenberg wanderten im Juni 1934 aus.«

Emma schaute Bente an.

»Wenn der Haftbefehl in Deutschland ausgestellt wurde, dann muss es danach passiert sein. Wenn er noch im Land gewesen wäre, hätten sie ihn nicht international gesucht.«

»Gut, vermuten wir, es gab hier noch ein Vergehen, und

Rosenberg flieht. Dann werden die Nazis nicht lange gewartet haben.«

Bente zog das Telefon zu sich heran und wählte eine Nummer, die sie vom PC ablas. Sie ließ sich durchstellen zu der Archivarin und erzählte ihr von dem Fall. Den Hörer noch am Ohr, sagte sie zu Emma:

»Der Reichsanzeiger ist schon im Schlagwortregister. Wenn es da drinsteht, dann geht es schnell.«

»Und wenn sie nichts findet?«

»Dann könnte man immer noch in den anderen Zeitungen gucken, zum Beispiel im Deutschen Kriminalpolizeiblatt. Aber dann musst du ins Archiv gehen und dich durch die Seiten in Frakturschrift kämpfen.«

Die Archivarin meldete sich wieder, Bente sprach mit ihr. Sie bedankte sich, sah Emma strahlend an und hob den Daumen. Sie ist so nett, dachte Emma. Bente legte auf.

»Sie hat was gefunden! Es gibt eine Anzeige vom 2. Juli 1934. Sie lädt es gerade auf ihren PC.«

»Bente?«

»Sie ruft mich gleich zurück.«

»Ich hab in deinem Archiv die Adresse von Siebenschläger nachgeschaut.«

Emma hielt die Luft an. Jetzt war es raus. Bente schaute sie erstaunt an. Ganz langsam zogen sich ihre Augenbrauen zusammen.

»Woher weißt du mein Kennwort?«

»Ich weiß es nicht. Dein Computer war noch nicht ganz heruntergefahren, und dann hab ich nachgeguckt.«

Bente wollte etwas sagen, da klingelte das Telefon. Sie nahm den Hörer ab, lauschte, nickte und notierte sich etwas. Während sie sich bei der Archivarin bedankte, sah sie Emma von der Seite aus an. Dann legte sie auf.

»Steuerflucht. Er wurde gesucht wegen Steuerhinterziehung.«

Emma notierte es sich und schrieb ein Fragezeichen dahinter.

»Wie kann uns das weiterbringen?«

Bente packte ihre Sachen in die Tasche.

»Ich weiß nicht, wie dich das weiterbringt. Ich muss nach Hause.«

Jetzt ist sie sauer, dachte Emma. Sie wusste nicht, was sie sagen sollte. Bente stand auf und wollte gehen. Dann drehte sie sich doch noch mal zu Emma um.

»Und was hast du mit der Adresse gemacht?«

»Ich bin hingefahren.«

Bente ließ sich wieder auf den Sitz fallen.

»Und was ist dann passiert?«

»Ich hab versucht, als normale Kundin aufzutreten, was sofort in die Hose ging. Sie haben mich beschimpft und mein Fahrrad demoliert. Und dann bin ich heulend wieder abgezogen.«

Bente grinste.

»Du bist nicht feige.«

»Dafür total bescheuert.«

Die beiden sahen sich an. Bente beugte sich vor.

»Weißt du, was sie hier über dich sagen?«

Emma schluckte. »Was denn?«

»Dass du was mit beiden Chefs hast. Du hast dich für Schneider entschieden, und deshalb will Schulenburg dich loswerden.«

»Weil ich ihm das Herz gebrochen habe?«

»Genau.«

Die beiden lachten so laut, dass sich die Köpfe nach ihnen umdrehten. Emma sagte, immer noch lachend:

»Schneider ist mein Onkel.«

Bente hörte auf zu lachen. Jetzt wurde auch Emma ernst.

»Tut mir leid. Bitte entschuldige.«

Bente zögerte, aber dann nickte sie.

»Mach das nicht noch mal.«

»Nein.«

»Heißt das jetzt, nein, das mache ich nie wieder, oder nein, das kann ich dir nicht versprechen?«

»Das heißt, ich bin so froh, dass du noch mit mir redest.«

Bente stand wieder auf.

»Du bist echt bescheuert. Bis morgen.«

Emma lachte. Ihr war jetzt leicht ums Herz.

»Grüß mir deine Kinder.«

Bente winkte und verschwand durch die Tür.

Als sie allein war, schaute Emma auf das Blatt vor sich. Immer wieder kreiste sie mit dem Kuli das Wort »Steuerhinterziehung« ein, bis der Stift ein Loch in das Papier riss. Sie gab bei Google verschiedene Kombinationen ein, Steuerrecht und Nationalsozialismus, Berlin, Steuerhinterziehung, 30er Jahre, Jude. Ratlos klickte sie sich durch Unmengen von PDF-Dateien. Langsam leerte sich das Büro. Draußen wurde es dunkel, die vielen Lichter der Stadt gingen an.

Emma gähnte. Noch einmal ging sie ihre Notizen durch, um einen Zusammenhang zu finden. Und dann setzte sie sich plötzlich kerzengrade hin. Der Kollege, den Rosenberg am Tag vor seinem Tod treffen wollte, war Professor für Steuerrecht. Vielleicht war das doch nicht nur ein Höflichkeitsbesuch unter alten Bekannten gewesen? Sie wählte die Nummer seines Büros, aber es ging niemand ran. Sie warf einen Blick auf die Uhr. Kein Wunder. Er stand mit seiner Privatadresse im Telefonbuch. Nachdenklich trommelte sie mit ihrem

Kuli auf die Schreibtischplatte. Vielleicht fand sie einen Vorwand, irgendeine Spezialfrage, mit der sie glaubhaft machen konnte, warum sie den Professor noch am Abend zu Hause stören musste? Sie klickte sich im Netz durch Ankündigungen seiner Vorlesungen und las ein Kurzportrait von ihm. Ganz langsam entwickelte sich ein Gedanke in ihr. Sie stand auf und ging zum Schreibtisch von Ernst. Rosenbergs Buch lag noch immer oben auf dem Stapel. Sie blätterte im Register, fand nicht, was sie suchte, und kehrte zurück an ihren Platz. Sie öffnete weitere Internetseiten, schaute in Universitätsjahrbüchern und rechnete. Kurz vor acht Uhr wählte sie seine Privatnummer.

»Professor Waldreich? Mein Name ist Emma Vonderwehr, entschuldigen Sie, dass ich Sie so spät noch störe, ich weiß … oh danke, das ist sehr nett von Ihnen. Ich bin Journalistin und arbeite an einem Feature über die Steuerpolitik im Nationalsozialismus. Ich habe da ein paar Fragen und komme allein einfach nicht weiter.«

Er hatte eine angenehme Stimme, versicherte ihr, dass er gerne helfe, sie solle doch morgen mit seiner Sekretärin einen Termin vereinbaren.

»Das ist wirklich freundlich von Ihnen, aber leider muss ich das Manuskript heute noch fertig bekommen. Ich habe morgen schon die Aufnahme, und es soll doch in die gesamte ARD ausgestrahlt werden.«

Er zögerte, und Emma betete, dass er sich mit den Vorlaufzeiten für Feature-Aufnahmen nicht auskannte.

»Natürlich wäre es auch sehr schmeichelhaft für mich, Sie in meinem Hörfunkbeitrag zu erwähnen. Jeder weiß schließlich, dass Sie der Experte für diese Fragen sind.«

»Landesweit, sagen Sie?«

Emma ballte die Hand zur Faust.

»Ja, eine Kooperation.«

»Na gut, dann kommen Sie vorbei. Wissen Sie, wo ich wohne?«

»Ja. Ich schaffe es in einer Viertelstunde.«

»Wenn Sie klingeln, kann es eine Weile dauern, bis ich aufmache. Ich bin aber da. Gehen Sie nicht weg.«

Emma bedankte sich und legte auf. Sie musste sich jetzt beeilen. Trotzdem konzentrierte sie sich noch eine Minute auf ihre Notizen.

Ein paar ihrer Schlussfolgerungen waren Spekulationen, gründeten sich auf Jahreszahlen und Ortsangaben. Es konnte sich auch um Zufälle handeln. Und wenn er abstritt, würde sie niemals etwas beweisen können.

Sie nahm ihre Sachen und verließ das Büro.

Im Einkaufszentrum machten die meisten Läden gerade zu. Die Kunden standen unschlüssig in den Gängen, als wüssten sie nicht, wohin sie gehen sollten. Emma bahnte sich einen Weg an ihnen vorbei nach draußen. Auf ihrer Haut spürte sie ein wohlvertrautes Prickeln.

Sie würde pokern müssen.

Kommen Sie herein.«

Er schloss die Altbautür mit Nachdruck, doch sie sprang wieder aus dem Schloss. Sie hielt erst mit einem eisernen Riegel, den er davorschob. Emma registrierte, wie schwer er sich bewegen ließ. Dann drehte er sich um und ging vor ihr den Flur entlang, langsam und vorsichtig. Das rechte Bein zog er nach.

»Hatten Sie einen Unfall?«

Er drehte sich zu ihr um. Er trug ein Cordjackett mit Fliege, auf der Nase eine randlose Weitsichtbrille. Sein Alter war schwer zu schätzen, Emma wusste von den Unterlagen, dass er Mitte fünfzig war. Er sieht so harmlos aus, dachte sie. Der Professor zwinkerte ihr zu.

»Kinderlähmung. Wie war das noch – Schluckimpfung ist süß, Kinderlähmung grausam. Ich war das abschreckende Beispiel in der Werbung.«

»Oh, ich …«

Er hob abwehrend die Hände.

»Nein, ich muss mich entschuldigen.«

An der Tür zu seinem Arbeitszimmer blieb er stehen. Viele Regale in Weiß und Chrom, reihenweise Aktenordner. Aber auch Pflanzen, ein schlichter Holztisch mit summendem Notebook, viele Fotos an den Wänden. Unter dem Fenster stand ein blau leuchtendes Aquarium.

»Bitte setzen Sie sich.«

Er zeigte auf einen zierlichen Sessel. Für sich selbst schob er den Schreibtischstuhl heran. Es war eine Sonderanfertigung mit einer Kunststoffablage für das Bein. Emma setzte sich. Auf einem Servierwagen stand ein gerahmtes Foto. Sie warf einen Blick darauf. Der Professor stand vor einem historischen Gebäude inmitten einer Schar junger Leute, Studenten, vermutete Emma. Er wies mit einem Kopfnicken auf das Bild.

»Auch Juristen dürfen Exkursionen machen. Das ist gut für den Zusammenhalt. Bei mir springt keiner ab.«

»Ihnen scheinen die Studenten wichtig zu sein.«

Waldreich lachte.

»Schmieren Sie mir keinen Honig um den Bart, junge Dame, ich helfe Ihnen auch so. Sie sagten, Sie beschäftigen sich mit den Steuergesetzen der Nationalsozialisten.«

»Ja, unter anderem.«

»Ein interessantes Feld, auch noch weitgehend unbekannt. Lange Zeit hieß es, hier sei kein Unrecht geschehen, alles sei nach Vorschrift gegangen.«

Der Professor setzte sich auf seinen Schreibtischstuhl und legte das Bein hoch. Emma schob den Servierwagen zwischen sie und baute ihr Mikrofon auf.

»Stimmt das denn nicht?«

Waldreich besah sich interessiert das Aufnahmegerät. Dann lehnte er sich mit einem zufriedenen Lächeln wieder zurück.

»In gewisser Weise schon. Die Perfidie der Beamten: Gesetze wurden geschaffen, um das Recht Einzelner zu brechen.«

»Ich habe in dem Zusammenhang von einer Reichsfluchtsteuer bei Auswanderung gelesen.«

»Das war allerdings keine Erfindung der Nazis, das hat Reichskanzler Brüning schon 1931 eingerichtet. Es herrschte Weltwirtschaftskrise und Massenarbeitslosigkeit. Viele sind ausgewandert. Ihr Kapital sollten sie aber bitteschön im Land lassen. Die Nazis haben das übernommen, den Steuersatz nur beträchtlich angehoben.«

Emma kontrollierte den Pegel des Aufnahmegerätes. Sie drehte am Lautstärkeregler. Das gab ihr einen Moment Zeit sich zu sammeln. Als sie wieder hochschaute, versuchte sie, offen und wissbegierig auszusehen.

»Wenn jemand im nationalsozialistischen Deutschland auswandern wollte, was musste er dann tun?«

»Er musste einen Antrag auf steuerliche Unbedenklichkeit stellen. Wurde dem Antrag stattgegeben, bekam er einen Stempel in seinen Reisepass, den sogenannten ›Ausreisesichtvermerk‹.«

»Und mit diesem Stempel im Reisepass konnte man auswandern?«

»Zumindest noch vor dem Krieg, also bis 1939, ja.«

»Und wie wurde man steuerlich unbedenklich?«

»Man musste eine Liste mit allen Vermögenswerten vorlegen. Dass dabei nicht geschummelt wurde, überwachte der Nachrichtendienst der Steuerfahndung. Das war nun aber wirklich eine Erfindung der Nazis. Stellte jemand den Ausreiseantrag, wurde sofort das Inventar überprüft. Wir haben in den Archiven Briefe gefunden von Nachbarn und Bekannten der Antragsteller, die von teuren Servicen oder Möbeln erzählen. Eine Frau schreibt da, ihr Nachbar wolle ausreisen und habe in der Nacht das Silberbesteck im Keller vergraben. Vermutlich hoffte sie, das Zeug später selber zu bekommen.«

»Und was passierte mit dieser Liste der Vermögenswerte?«

»Nun, die Liste bekam das zuständige Finanzamt. Und das errechnete dann zusammen mit den Einnahmen vom letzten Steuerbescheid die Höhe der Reichsfluchtsteuer. Und wenn man die dann bezahlt hatte, dann bekam man in der Regel den Stempel zur Ausreise.«

»Und wenn es Juden waren, die ausreisen wollten?«

Waldreich sah sie an, sein Blick wurde wachsam. Ruhig redete er weiter.

»Nun, die Juden wurden in ganz besonderer Weise geschröpft. So gab es zum Beispiel eine Judenvermögensabgabe. Die meisten verließen als arme Schlucker das Land. Sogar wohlhabende Leute mussten sich das Geld für die Ausreise bei Freunden leihen.«

»Was passierte, wenn jemand das Land verließ, ohne zu zahlen?« Waldreich zögerte.

»Ich denke, es geht Ihnen um die Steuergesetzgebung?«

Emma lächelte ihn an. Sie registrierte, dass er genau zwischen ihr und der Tür saß. Das kranke Bein lag wie ein Schlagbaum im Raum.

»Wer Gesetze erlässt, muss auch für ihre Einhaltung sorgen. Was passierte, wenn ein Jude das Land verließ, ohne diese hohe Abgabe zu zahlen, Professor?«

Auf der Stirn des Professors erschien ein Schweißtropfen. Er stand mühsam auf und ging zum Aquarium. Als er etwas Futter hineinstreute, zitterte seine Hand. Leise sagte er:

»Dann wurde ein internationaler Haftbefehl gegen ihn ausgestellt.«

»War das so schlimm? Die Leute hatten doch das Land verlassen?«

Waldreich drehte sich zu ihr um.

»Es gab Auslieferungsabkommen. Bis zum Krieg war Deutschland noch anerkannt, die ausländischen Behörden wussten wenig über Hitler.«

Er drehte sich zum Fenster um. In der Scheibe spiegelte sich sein Gesicht.

»Zumindest in Europa war ein Neuanfang unmöglich.«

Emma stand auf und stellte sich neben ihn. Ihre Spiegelbilder sahen sich an.

»War es das, was Tom Rosenberg von Ihnen wissen wollte?«

Es war still im Raum. Nur die Sauerstoffanlage im Aquarium sprudelte leise. Nach einer kleinen Ewigkeit sagte der Professor:

»Sein Großvater wollte unbedingt legal ausreisen. Ein Bauunternehmer mit krimineller Vergangenheit – wie sollte er da Kredite bekommen? Also gab er, was er hatte, um den Ausreisestempel zu bekommen.«

»Aber dann ging etwas schief.«

Waldreich nickte.

»Seine Großmutter hatte Tom davon erzählt. Carl ging es gesundheitlich nicht gut, sie scheuten eine weite Reise. Außerdem hofften sie, bald nach Deutschland zurückkehren zu können. Am Ende waren sie arm wie Kirchenmäuse, aber sie hatten den Stempel so gut wie sicher. Das Haus war verkauft, sie waren unterwegs. Und dann kam der Haftbefehl. Sie mussten untertauchen.«

»Was war passiert?«

Waldreich stützte sich auf die Fensterbank. Er presste die Lippen zusammen und schüttelte den Kopf. Emma beugte sich über das Aquarium. Die Fische darin, rot und blaugrün schillernd, schnappten noch immer nach den Leckerbissen, die der Professor ihnen hineingestreut hatte. Emma fuhr mit dem Finger an der Scheibe entlang.

»Es hat mit den jungen Fischen zu tun, nicht wahr?«

Es war still im Raum. Schließlich sagte er:

»Ich kann mit Ihnen nicht darüber reden.«

»Können Sie nicht, oder wollen Sie nicht?«

Waldreich drehte sich um. Schneller, als sie es ihm zugetraut hätte, war er am Tisch und stellte ihr Aufnahmegerät aus. Dann drehte er sich zu ihr um.

»Weil ich einmal darüber geredet habe. Und was immer Rosenberg mit dem Wissen angestellt hat, er war zwei Tage später tot.«

»Was wollen Sie mir erzählen, dass Sie nichts mit seinem Tod zu tun haben?«

Waldreich sah sie erschrocken an.

»Natürlich nicht! Sind Sie verrückt? Warum sollte ich ihn umbringen?«

Emma ging einen Schritt auf ihn zu.

»Vielleicht ist es ein schönes Gefühl, den Mann zu töten, der die eigene Familie zerstört hat.«

Er starrte sie an. Dann drehte er sich langsam um und setzte sich in seinen Stuhl. Es war, als würde die Luft aus ihm entweichen, so sehr sank er in sich zusammen. Emma setzte sich ihm gegenüber auf den Sessel. Und wartete ab. Nach einer Weile hob er den Kopf.

»Wie sind Sie darauf gekommen?«

»Erst war es Ihr Geburtsort. In einem Porträt stand, Sie seien aus einem Professorenhaushalt. Tom Rosenberg hat in seinem Buch ausführlich über diese Universität geschrieben, an der Professor Kühling lehrte. Aber ein Waldreich wird dort nicht erwähnt. Kein Wunder, denn es ist ja der Name Ihrer Exfrau. Also musste ich erst einmal Ihren Geburtsnamen herausfinden. Das war gar nicht so einfach.«

Er lächelte, aber seine Augen schauten an ihr vorbei ins Leere.

»Geboren wurden Sie als Hans Weydrich. Kein sehr häufiger Name. Ich suchte den Namen an der Universität Ihrer Heimatstadt. Aber ich fand ihn nicht.«

»Nein.«

»Also sah ich mir noch einmal näher das Umfeld von Professor Kühling an. Er war in den 60er Jahren an die juristische Fakultät gekommen und hatte Karriere gemacht. 1995, als Rosenbergs Buch erschien, wurde er mit Schimpf und Schande davongejagt. Er hatte all seinen Einfluss geltend gemacht, um zu verhindern, dass jüdische Kollegen aus dem Ausland an die Universität zurückkehren konnten. Aber das wissen Sie ja alles. Suchfunktionen sind eine praktische Sache. Ich suchte jeden Jahrgang nach dem Namen Weydrich ab. Ich fand wieder nichts. Aber dann ist mir etwas anderes aufgefallen. Können Sie sich denken, was ich merkwürdig fand, Professor Waldreich?«

Der Professor schaute hoch und sah sie an. Er war blass, seine Augen glänzten.

»Ja.«

»Ab Mitte der 60er Jahre gibt es einen Lehrstuhl weniger in der juristischen Abteilung. Überall in Westdeutschland werden die Universitäten ausgebaut, nur hier nicht. In den 70ern gibt es irgendwann sogar keine Leitung mehr im Institut.«

»Ab 1972, um genau zu sein.«

Emma schaute den Mann vor sich an. Er tat ihr leid. Sie nickte.

»Das Präsidium hat Ihren Vater 1995 aus allen Listen herausgestrichen. Es gab ihn praktisch nicht mehr an dieser Universität.«

Waldreich fuhr sich mit der Hand über die Augen und seufzte laut. Er sagte:

»Zu dem Zeitpunkt war er bereits zwei Jahre emeritiert. Sie hofften, dass sich der Skandal kleiner halten ließ. Rosenberg hatte nur Kühling namentlich erwähnt. Ein findiger

Doktorand wäre aber ganz schnell auch auf die Spur meines Vaters gekommen. Ein einzelnes schwarzes Schaf ist zu verschmerzen. Die ganze Leitung antisemitisch, davon hätte sich das Institut nicht mehr erholt.«

»1995 mag man noch gedacht haben, dass so ein Täuschungsmanöver funktioniert. Aber heute stellt jeder ins Netz, was er will. Man findet alles, wenn man lange genug sucht.«

»Wie haben Sie ihn gefunden?«

»Ein banaler Trick. Ich bin über die Bilder gegangen. Ein Student Ihres Vaters, ein Notar in Oberbayern, bekam zum Fünfzigsten von seinen Enkeln eine Fotogalerie. Da war er, neben Kühling, alles sauber beschriftet. Sie sehen ihm sogar ein bisschen ähnlich.«

Waldreich lachte freudlos. Er sah aus, als stünde er kurz davor zu weinen. Emma legte ihm eine Hand auf den Arm.

»Ihr Vater ist mit einem blauen Auge davongekommen.«

Waldreich sah sie an.

»Mein Vater hat ein Leben lang um seinen Status gerungen. Sie hätten ihm nichts Schlimmeres antun können.«

»Wusste Rosenberg davon? Der Name Weydrich muss ihm bei seinen Recherchen begegnet sein. Wusste er, dass Sie sein Sohn waren?«

Der Professor schüttelte langsam den Kopf.

»Nein. Er hat jedenfalls nie davon gesprochen.«

»Warum kam er ausgerechnet zu Ihnen?«

»Wir kannten uns aus New York. Ich bin Experte im deutschen Steuerrecht. Als er den Haftbefehl gegen seinen Großvater las, wollte er wissen, was dahintersteckte. Ich fand für ihn heraus, wo die alten Steuerakten liegen. Ich war aufgeregt, ich dachte …«

»Wollten Sie auch bei ihm einen hässlichen Fleck in der Vergangenheit finden, Professor?«

Er ließ die Schultern hängen.

»Ich wollte, dass er sich auch schämt für seine Familie.«

»Aber dann erzählte er Ihnen von den jungen Fischen.«

»Seine Großmutter hatte immer wieder davon geredet. Er hatte nie richtig Deutsch gelernt, er konnte nur ein paar Brocken, und auch die vergaß er wieder. Als sie starb, fand er bei ihr diese Fotografie mit der Nachricht auf der Rückseite. Und er erinnerte sich an die Worte ›Junge Fische‹.«

»Wussten Sie gleich, was es damit auf sich hat?«

»Ich hatte davon schon einmal gehört, und ich brauchte ziemlich lange, um es wiederzufinden. Aber dann war mir klar, dass der alte Rosenberg nicht … dass er …«

»Dass er reingelegt worden war, wollen Sie das sagen?«

»Ja.«

»Sie finden also heraus, dass der Großvater unschuldig war. Waren Sie nicht enttäuscht? Sie hatten so sehr gehofft, dass Sie Tom Rosenberg etwas heimzahlen konnten, und dann das.«

»Ja, ich …«

»Waren Sie wütend, Professor Waldreich? Sie sagen ihm, dass der Haftbefehl gegen seinen Großvater zu Unrecht ausgestellt worden war. Natürlich ist er froh darüber. Vielleicht lacht er erleichtert, vielleicht schlägt er Ihnen sogar mit der Hand auf die Schulter. So machen das doch Amerikaner, oder? Und zwei Tage später ist er tot!«

»Aber damit habe ich nichts zu tun, Herrgott, ich habe doch nichts mit einem Mord zu tun, bitte, das müssen Sie mir glauben.«

Waldreich atmete schwer. Sein Gesicht war rot, sein dünnes Haar schweißnass. Emma sah ihn an. Der Professor fuhr sich mit der Hand über das Gesicht.

»Sein Großvater war betrogen worden, das ist wahr. Aber

er war beileibe kein Engel. Er hat mit übelsten Methoden den Leuten ihr Ackerland abgeschwatzt, um daraus teures Bauland zu machen. Und das habe ich Tom auch gesagt!«

Emma seufzte.

»Warum haben Sie das nicht öffentlich gemacht?«

Waldreich verzog den Mund zu einem Lächeln, aber es kam nur eine schiefe Grimasse dabei heraus.

»Ich hab ihm damit gedroht.«

Langsam stand er auf und ging wieder zum Fenster. Eine Weile schaute er hinaus, dann sagte er ruhig:

»Ich habe meinen Vater gerächt.«

Emma sah an ihm vorbei auf das blau leuchtende Aquarium. Sie fing an zu verstehen.

»Die Professur?«

Waldreich nickte.

»Für den Haftbefehl, den die Nazis gegen ihn ausstellten, konnte sein Großvater nichts. Aber es gab dunkle Flecken in seinem Leben.«

Er öffnete das Fenster. Kalte frische Luft drang in den Raum. Waldreich atmete tief durch.

»Tom war prominent. Er hatte sich als Rächer aufgespielt, und das hatten ihm viele in diesem Land übelgenommen. Ich sagte ihm, es gäbe genug Zeitungen, die die Geschichten über die unsauberen Geschäftspraktiken seines Großvaters drucken würden.«

Waldreich schloss das Fenster wieder und drehte sich zu Emma um.

»Er sollte die Professur abgeben.«

Emma nickte langsam.

»Rosenberg konnte kaum Deutsch. An dem Abend las er seinen Rücktritt von einem Zettel ab.«

»Ich bin nicht würdig … klingt religiös, oder?«

Waldreich kicherte wie ein Kind.

»Ich wünschte, mein Vater hätte ihn hören können.«

Da steht er und freut sich über seinen kleinen schäbigen Sieg, dachte Emma. Aber wer hat Rosenberg dann umgebracht?

»Professor, bitte sagen Sie mir, was hinter den jungen Fischen steckt!«

»Das werde ich ganz bestimmt nicht tun.«

»Soll noch länger über alles geschwiegen werden? Rosenberg ist tot!«

»Und Sie sind es vielleicht auch bald, wenn Sie so weitermachen.«

Emma war zu wütend, um Angst zu spüren.

»Sie haben von den Akten geredet. Es gibt immer Beweise. Man muss nur gut genug suchen.«

»Sie werden nicht an diese Akten kommen. Sie sind nur für Familienmitglieder einsehbar.«

Er stand auf und strich sich über sein gelähmtes Bein.

»Bitte gehen Sie endlich.«

Sie stand auf und nahm ihre Tasche. An der Tür drehte sie sich um. Sie sagte leise:

»Ich werde das hier nicht ruhen lassen. Ich kann es nicht.«

Er sah sie erschöpft an.

»Ich hätte nie gedacht, dass ich das einmal sage. Aber manchmal ist es gut, nicht zu wissen.«

Langsam ging Emma die stille Seitenstraße entlang. An der Ecke hatte ein Spätkauf geöffnet, ein Schwall warmer Luft streifte sie im Vorbeigehen. Ein Mann mit einem Stapel Obdachlosenzeitungen stand an der Tür. Er trug ein Jackett und eine zerknitterte Hose, zu dünn für den kalten Wind. Die Leute, die aus dem Spätkauf kamen, machten einen Bogen um ihn. Ein älterer sehr dicker Mann schob seinen Einkaufswagen zurück in die Abstellspur, kettete ihn fest an die anderen und drückte dem Obdachlosen das herausgenommene Geldstück in die Hand, ohne ihn anzusehen. Der Mann nahm den Euro und beugte dabei seinen Rücken wie ein getretener Hund. Ein Mann kam mit seinem kleinen Sohn an der Hand aus dem Laden. Er trug einen Rucksack, aus dem eine Lauchstange ragte. Der Junge blieb mit großen Augen vor dem Obdachlosen stehen. Der lächelte ihn an. Der Kleine wollte gerade etwas zu seinem Vater sagen, da zog der ihn weiter. Sie gingen schnell die Straße entlang, an Emma vorbei, ohne den Kopf zu heben. Emma sah ihnen hinterher, bis sie um die Ecke verschwanden. Sie lehnte sich für einen Moment an einen Baum und schloss die Augen. Ihr war schlecht vor Wut und Traurigkeit und vielleicht auch vor Hunger. Sie dachte an Väter, an solche, die ihre Kinder nicht aufwachsen sehen können, wie Carl Rosenberg, und an solche, die ihre Kinder nicht sehen wollen, wie ihr eigener Vater. Kinder fühlen sich schuldig, wenn die Eltern wütend sind, das hatte Emma von Ida gelernt. Ihre fröhliche kleine Schwester hatte sich immer verkrochen, wenn der Vater vorbeikam.

Tom Rosenberg hatte die offene Rechnung seiner Leute übernommen. Er wollte wissen, was passiert war, er schrieb ein Buch darüber, und es hatte ihn berühmt gemacht. Die Referentin hatte gesagt, er wäre ein schwieriger Mann gewesen, ungeduldig und ruppig. Hatte er die Wut seiner Familie geerbt? Und wollte er deshalb unbedingt die Wahrheit herausfinden? Hoffte er, der Wut endlich zu entkommen?

Auch Waldreich hatte die Gefühle seines Vaters übernommen. Ein stolzer Mann wird um sein Lebenswerk gebracht. Und sein Sohn leidet mit, obwohl er weiß, dass der Vater die Schmach verdient hat. Er ist wütend, und er schämt sich. Es muss ihn innerlich zerrissen haben.

Als sich Waldreich die Gelegenheit bietet, rächt er den Vater. Er spürt, wie wichtig es Rosenberg ist, die Wahrheit herauszufinden. Und er nutzt das Wissen über den Großvater, um ihm die Jahre der Scham heimzuzahlen.

Langsam ging Emma in die Hocke. Mit dem Rücken lehnte sie an der feuchten Rinde. Niemand nahm Notiz von ihr.

Rosenberg war bereit, einen hohen Preis zu zahlen. Er hatte seine Professur aufgegeben. Aber das reichte irgendjemandem nicht. Als es um die persönliche Geschichte seiner Großeltern ging, musste er mit dem Leben bezahlen.

Emma stand auf, schob sich den Trageriemen ihrer Tasche auf die Schulter und ging langsam zu ihrem Fahrrad zurück. Das Schloss klemmte, und sie rüttelte daran. Sie holte tief Luft und blieb einen Moment ruhig stehen. Sie sah Jenni vor sich. Wie sie im Gerichtssaal saß, die Lippen zusammengepresst, die Augen schwarz umrandet starrten ohne Regung auf den Richter. Sie war fünfzehn Jahre.

Das Schloss gab nach, und Emma schob ihr Rad zur nächsten S-Bahn-Haltestelle. Sie wischte sich mit dem Arm über das Gesicht. Hatte sie selber Wut übernommen? Stand sie so unter Strom, weil sie hoffte, ihrem schlechten Gewissen zu entkommen?

Sie wusste noch, wie sicher sie war, das Richtige zu tun. Wehr dich, hatte sie zu Jenni gesagt, ich bin an deiner Seite. Aber nach dem Freispruch riefen die Freundinnen nicht mehr an, und die Jungs betatschten sie auf dem Schulhof. Die Lehrer waren verlegen, und die Eltern warfen sich zweifelnde Blicke zu. Und hatte sie, Emma, ihnen nicht die Munition geliefert mit ihren Berichten von dem fünfzehnjährigen Mädchen, das zu viel trank, sich raufte und die ganze Welt sehen wollte?

Die S-Bahn war voll. Emma spürte die bösen Blicke, als sie sich mit ihrem Fahrrad hineindrängte. Sie presste ihr Bein gegen den Hinterreifen und hielt sich mit einem Arm an der Haltestange fest. Sie wollte nur noch nach Hause.

Im Hausflur war es still. Emma schloss ihr Fahrrad im Hinterhof an und fuhr in den zwölften Stock. An ihrer Tür klebte mit Tesa ein Zettel. Er war hellblau. Im Hintergrund ritt ein Pferd mit Flügeln auf einem Regenbogen.

Libe Emma, stand dort, ich bin wider da. Wollte dich besuchen. Kommst du morgen zum fernsehn? P.

Emma lächelte. Ja, dachte sie, fernsehen ist eine gute Idee. Sie schloss ihre Wohnung auf und ging hinein. Ihr Anrufbeantworter blinkte. Helenes Nummer wurde angezeigt. Emma zögerte. Sie sehnte sich danach, Helenes Stimme zu hören, aber sie wusste, dass sie ihrer Mutter nichts vormachen konnte. Sie würde spüren, dass sich etwas verändert hatte.

Emma wählte schnell, Helene nahm nach dem ersten Klingeln ab. Sie war fröhlich und wollte über den Brief vom Sender reden. Das müssen wir feiern, sagte sie. Was denn, fragte Emma. Das drohende Arbeitsverbot vom Rundfunkrat kam ihr vor wie vor tausend Jahren. Was ist denn, fragte Helene.

»Ich hab mit Schneider gesprochen.«

»Worüber?«

Über dich und Papa, wollte Emma sagen. Und dass die Dinge nicht immer so eindeutig sind. Aber sie brachte die Worte nicht heraus. Sie war zu müde. Sie hatte Angst, den einzigen Menschen zu verletzen, der immer an ihrer Seite war.

»Ich kann hier erst mal weiterarbeiten.«

»Ja«, sagte Helene. »Das habe ich mir gedacht. Vielleicht ist das auch besser so. Erst mal.«

»Ja.«

»Hast du sonst noch was? Du bist so komisch.«

»Ich bin müde.«

Sie redeten noch eine Weile, dann legte Emma auf. Sie strich über die Feder von Ida, die auf dem Esstisch lag. Ich rufe sie morgen noch mal an, dachte sie. Oder am Wochenende. Sie spürte, dass sie ihre Mutter jetzt anders sah. Aber das musste nicht so bleiben, sagte sie sich. Ich werde mit ihr reden. Und dann wird alles wie früher. Wenn ich nicht mehr so müde bin.

Am Morgen war sie früh wach. Sie wusch sich und zog sich an, dann fuhr sie nach unten. Sie ging eilig zum nächsten Zeitungskiosk und kaufte sich die *Allgemeine*. Ihr Magen krampfte sich zusammen, als sie die Medienseite überflog. Aber dann atmete sie auf. Der Artikel war nicht gedruckt. Schulenburg schien den Herausgeber überredet zu haben, die Geschichte fallen zu lassen.

Emma legte die Zeitung auf eine Parkbank und ging in ein Internetcafé. Sie hatte jetzt Hunger, einen Riesenhunger. Sie bestellte sich ein XL-Müsli und setzte sich damit vor einen Monitor. Während der Computer hochfuhr, rührte sie in ihrem Müsli.

Schneider hatte gesagt, Schulenburg ließ eine gute Geschichte nicht fallen. Wenn sie also jemals wieder ans Mikrofon zurückwollte, durfte ihre Recherche keine Fragen offenlassen.

Emma gab Steuerakte ein, Berlin 1934. Es dauerte eine Weile, bis sie das Archiv fand, in dem die Akten lagen.

Edgar Blume trommelte mit dem Schlüsselbund auf den Tisch. Die Tür zum Nebenraum war halb offen, Blume sah den Rücken von Hans Erkenschwick, er saß am Schreibtisch und schien etwas zu lesen. Blume trommelte stärker mit den Schlüsseln. Er hoffte, dass Erkenschwick sich umdrehte und über den Lärm beschwerte, damit er einen Grund hatte, ihn anzublaffen.

Seit zwei Tagen hatte er nichts mehr von Emma gehört. Bei ihrem letzten Telefongespräch war sie im Krankenhaus bei ihrer Nachbarin gewesen. Er war sich nicht sicher, ob sie ihn abserviert hatte. Ihre Stimme hatte traurig geklungen, so wie es sich anhörte, wenn man eine Geschichte beendete, aber ihre hatte ja noch nicht einmal angefangen. Aber vielleicht war sie auch nur in Sorge wegen der Nachbarin.

Sein Handy klingelte. Als er ihre Nummer sah, freute er sich, obwohl er sich vorgenommen hatte, erst mal abzuwarten.

»Blume?«

Sie antwortete sachlich, erzählte von einem Gespräch mit dem Waldreich von der Universität und einem Archiv. Er wusste, er sollte interessiert sein, aber ihr kühler Ton ärgerte ihn.

»Wenn nur Verwandte Einsicht haben, kann ich dir leider nicht helfen.«

Erkenschwick richtete den Oberkörper auf, Blume sah es aus den Augenwinkeln. Emma schwieg jetzt, dann sagte sie leise:

»Bitte. Ich glaube, es ist wichtig.«

Was ist wichtig, dachte Blume. Laut sagte er: »So wichtig wie dein Zeitungsmann in Zehlendorf, oder was?«

Jetzt sagte Emma nichts mehr. Blume hätte sich selber treten können, so dumm fand er seinen Trotz.

»Ich habe jetzt eine Sitzung. Bitte wende dich an den Polizei-Pressesprecher.«

Er legte auf. Erkenschwick stand an der Tür. Sein Jackett hatte er in der Hand, man sah die breiten Hosenträger, die den Bund der Jeans hielten. Schwach wehte ein Schweißgeruch durchs Zimmer. Wer nimmt denn noch Hosenträger, dachte Blume. Er hätte seinen Assistenten am liebsten angeschrien, aber er hielt den Mund und nahm sich vor, heute Abend bis zum Umfallen zu joggen. Erkenschwick sagte:

»Ich hol mir einen Kaffee an der Ecke, willst du auch was?«

Blume schüttelte den Kopf und blätterte in einer Akte, die seit Monaten auf seinem Tisch verstaubte. Als er nichts hörte, sah er wieder hoch. Erkenschwick stand immer noch in der Tür und sah ihn an.

»Ist noch was?«

»Nee«, sagte Erkenschwick, »ich dachte nur, du überlegst es dir vielleicht noch mal.«

»Warum sollte ich?«

»Weil man manchmal Dinge tut, obwohl man sie nicht tun will. Und manchmal macht man Dinge nicht, obwohl man eigentlich will.«

»So was wie Kaffee bestellen?«

»Genau.«

Erkenschwick drehte sich um und wollte aus dem Zimmer gehen. Dann blieb er noch mal stehen.

»Und weißt du was? Am Ende bereut man immer die Dinge, die man nicht getan hat.«

Es dauerte fast eine halbe Stunde, bis Hans Erkenschwick sein Büro wieder betrat. Er war schon so lange dabei, dass er auf jedem Flur jemanden traf. In der Hand hielt er den leeren Kaffeebecher, den er unterwegs getrunken hatte. Er warf einen Blick in Blumes Büro. Es war leer. Auf seinem Schreibtisch fand Erkenschwick einen Zettel, bin noch mal weg, stand dort. Wenn was ist, ruf mich auf dem Handy an.

Erkenschwick lächelte und warf den Pappbecher quer durch den Raum in den Mülleimer.

Seine Stirnfalte war noch tiefer als sonst. Er hatte die Hände in den Hosentaschen und schaute an ihr vorbei die roten Backsteinfassaden hoch. Das Bundesamt für zentrale Dienste war wie eine eigene Stadt, sieben- oder achtgeschossige Neubauten, zwischen denen der Wind durchpfiff. Emma hatte Blume noch mal genau gesagt, was sie suchten, und er hatte unwirsch genickt. Jetzt lief er hinter ihr das Gelände ab. Sie spürte seinen Blick in ihrem Nacken. Was soll ich sagen?, dachte sie.

Vor Haus 5 blieben sie stehen, Blume zeigte seinen Ausweis vor, und sie gingen die Stufen hinunter ins Archiv.

»Warum Moabit?« Seine ersten Worte an sie.

Emma drehte sich zu ihm um.

»Was?«

»Du hast gesagt, du suchst etwas aus dem Bestand des Finanzamtes Moabit-West. Warum? Rosenberg wohnte in Lichtenberg.«

»Bei Ausbürgerungsangelegenheiten von Juden war reichsweit das Finanzamt Moabit-West zuständig.«

»Aha.«

Sie beobachtete ihn.

»Blume, können wir das hier bitte sachlich angehen?«

»Sicher.«

»Was ich dir am Telefon gesagt habe, das war nicht, weil ich dich nicht …«

»Erspar es mir. Es ist so schon unangenehm genug. Aber ich muss nun mal allen Hinweisen nachgehen.«

Sie sah ihn noch einen Moment an, dann drehte sie sich wieder um und ging die letzten Stufen hinunter.

Die Frau im Archiv war schon älter, ziemlich dick und trug den unvermeidlichen Blusen-Westen-Zweiteiler ihrer Generation. Nachdem sie sich lange mit Blumes Ausweis beschäftigt hatte, verschwand sie mit den Suchangaben von Emma in der Tiefe der Regale. Blume hatte eine Hand auf die Theke gelegt, und Emma spürte, welche Wärme davon ausging. Sie zwang sich, woanders hinzusehen.

Die Frau kam mit einem kleinen Pappkarton zurück. Sie zog einen blauen Hefter heraus und legte ihn vor sie hin.

Oberfinanzpräsident Berlin Brandenburg, Akte Nr. 1269, Rosenberg, Carl Josef.

Emma streckte die Hände danach aus, aber Blume war schneller. Die Archivarin zeigte mit dem Kinn nach rechts.

»Sie können sich die Akte im Lesesaal anschauen. Für Kopien brauchen Sie eine Sondergenehmigung.«

Blume hatte sich mit der Mappe in der Hand schon umgedreht, da fiel ihm noch etwas ein.

»Hat sich in den letzten Tagen schon mal jemand nach dieser Akte erkundigt?«

»Das weiß ich nicht, ich hatte letzte Woche Urlaub.«

»Können Sie es herausfinden?«

Die Archivarin starrte ihn an. »Jetzt?«

Blume lächelte sie strahlend an.

»Das wäre sehr wichtig, ja.«

Die Frau brummelte etwas und verließ den Raum. Emma ging vor Blume in Richtung Lesesaal. Sie brannte darauf, in die Akte zu schauen.

Der Lesesaal war ein kleiner Raum mit vier weißen Kunststofftischen. Licht fiel nur wenig durch die Souterrainfenster.

Blume setzte sich an den ersten Tisch, legte die Akte vor

sich hin und knipste die kleine Leuchte an. Emma holte sich einen Stuhl vom Nachbartisch und setzte sich an seine Seite. Sie hielt den Atem an, als er das blaue Heft aufschlug.

Das erste Blatt war ein leicht vergilbter Vordruck, ausgestellt von der Ortspolizeibehörde, Verteiler: Geheime Staatspolizei, Berlin Landesfinanzamt Alt-Moabit und die Reichsbankanstalt, Berlin. Mit Schreibmaschine waren Name und Beruf eingetragen. »Rosenberg, Carl Josef, Bauunternehmer, bei der Auswahl Deutschblütig, Mischling 1. o. 2. Grades, Jude«, Letzteres war unterstrichen, »beabsichtigt, nach eigener Aussage ins Ausland zu gehen. Ein Antrag auf eine Unbedenklichkeitsbescheinigung ist abzulehnen. Begründung: ausstehende Vermögenswerte.«

Emma nahm das Blatt vorsichtig und legte es beiseite. Darunter befand sich ein Brief eines Notars aus Berlin Lichtenberg, der Briefkopf mit dem NSDAP-Adler. Das Haus in Lichtenberg sollte an einen Schlossermeister für 5000 Reichsmark verkauft werden. Eine Anzahlung von 500 Reichsmark wäre geleistet worden.

Emma sagte:

»Vermutlich hat er den Rest nie zu sehen bekommen.«

»Nicht mal das«, Blume zeigte auf einen klein gedruckten Satz am Ende der Schrift.

Das Geld wird auf ein öffentliches Konto gelagert für eine etwaige Mehrwertsteuer. Vorgelegt wurde ein Antrag des Verkäufers, über einen Teil des Geldes verfügen zu können. Antrag abgelehnt.

Der Schlossermeister hatte nicht lange Freude daran, dachte Emma, eine Bombe und alles kaputt. War das jetzt ausgleichende Gerechtigkeit?

Die nächste Seite war eine Liste, per Hand geschrieben auf feinstem Büttenpapier.

Umzugsgutliste:

1 Paar Breecheshosen

6 Paar Stoffhosen

1 Lodenjoppe

1 Übergangsmantel

1 schwarzer gestreifter Anzug

10 Hemden

Seitenweise ging es so weiter, auch Arbeitsmaterialien wurden aufgeführt, ein Rechenschieber, Baulineale und Wasserwaage, sowie Materialien zum Modellbau.

Emma zeigte darauf.

»Das Bauland konnte er nicht mitnehmen, aber seine Arbeitswerkzeuge hatte er dabei.«

»Er wollte weitermachen. Und wenn der Nazispuk vorbei ist, zurückkommen.«

Sie nickte.

»Deshalb war es ihm auch so wichtig, legal auszureisen. Waldreich meinte, der Haftbefehl hat ihm das Genick gebrochen. Einem kriminellen Bauunternehmer würde niemand einen Kredit geben.«

Blume blätterte in der Akte.

»Aber was ging schief? Das Ganze hier ist zwar ungeheuerlich, aber irgendwie hat man das ja schon fast erwartet. Er war doch bereit, alles offenzulegen, oder?«

Emma rückte näher an ihn heran.

»Was ist denn noch drin? Lass mal sehen.«

Ein erneuter Antrag auf die Unbedenklichkeitsbescheinigung. Ein letzter Steuerbescheid von der Zentralen Steuerfahndungsstelle, die Festsetzung der Reichsfluchtsteuer.

Das letzte Blatt in dem Ordner war ein Brief von der Gestapo an die Oberfinanzdirektion.

»Der oben genannte Jude ist flüchtig. Gemäß dem Gesetz

über die Einziehung volks- und staatsfeindlichen Vermögens vom 14. Juli 1933 wird das gesamte Vermögen zugunsten des Deutschen Reiches eingezogen.«

Emma seufzte enttäuscht. Sie wusste jetzt zwar mehr über die Ausreise des Großvaters, aber noch immer war ihr das Motiv am Mord von Tom Rosenberg nicht klar. Dabei hatte sie so sehr gehofft, hier eine Antwort auf ihre Fragen zu bekommen. Sie zog noch einmal den Ordner zu sich und vertiefte sich in die Dokumente. Blume kontrollierte sein Handy und stellte fest, dass er hier unten keinen Empfang hatte. Als die Archivarin den Raum betrat, schreckten beide hoch. Sie lächelte ihnen flüchtig zu und legte einen Stapel Bücher auf den Nachbartisch. Dann kam sie zu ihnen.

»Also, Ihre Anfrage vorhin.«

Blume sah sie fragend an.

»Ja?«

»Jemand hatte die Akte angefordert. Letzten Montag. Meine Kollegin sagte, er hatte seine Geburtsurkunde und die seines Vaters dabei und hat sich als Enkel ausgewiesen.«

Emma und Blume sahen sich an. Sie sprachen nicht aus, was sie dachten. Montag, einen Tag vor dem Mord.

Emma wandte sich an die Archivarin:

»Haben Sie schon mal den Ausdruck »Junge Fische« gehört?«

Die Frau trat näher an ihren Tisch.

»Nein. Steht das da drin? Zeigen Sie mal.«

Sie überflog mit einem Stirnrunzeln die Papiere. Bei dem Steuerbescheid sah sie auf.

»Ich hab mal gehört, dass so eine letzte Steuererklärung vor der Ausreise ein Fisch genannt wird. Abkürzung für fiskalischen Schluss. Aber jung? War der Mann vielleicht jung?«

Blume sah Emma an. Die zog ihr Notizbuch heraus.

»Ich glaube nicht. Warten Sie. Hier. Rosenberg ist 1886 geboren. Dann war er zu diesem Zeitpunkt … 48 Jahre alt.«

Blume verzog das Gesicht.

»Nicht wirklich jung.«

»Tja dann«, die Frau zuckte mit den Schultern, »keine Ahnung.« Sie verließ den Raum.

Emma beugte sich wieder über den Inhalt des blauen Ordners. Sie vertiefte sich in den Steuerbescheid. Blume beobachtete sie.

»Was ist?«

Emma schaute ihn an wie aus weiter Entfernung.

»Irgendwas ist komisch. Warte mal.«

Sie stand auf und rannte aus dem Raum. Die Archivarin saß wieder an ihrem Platz hinter der Theke und schaute hoch, als Emma hereinkam.

»Kann ich auch noch die anderen Steuerbescheide von dem Mann einsehen? Also die aus den Vorjahren?«

Die Frau sah nicht begeistert aus, aber sie nickte.

»Die muss ich aber erst raussuchen.«

»Ja. Danke.«

Emma schaute in den Lesesaal, aber Blume war nicht mehr dort. Sie ging die Treppe hoch und sah ihn vor der Tür auf und ab gehen. Er telefonierte. Sie setzte sich auf die Eingangsstufen. Als er sie sah, klappte er sein Handy zu und kam zu ihr.

»Unten ist kein Empfang.«

»Ist was?«

»Nee. Aber ich hab meinem Assistenten gesagt, ich bin erreichbar.«

Sie nickte.

Blume setzte sich neben sie auf die Stufen und sah sie an.

»Hast du was rausgefunden?«

»Ich hab noch die anderen Steuerbescheide angefordert.«

»Warum?«

»Weiß nicht. Ist nur so eine Idee.«

»Was denn?«

»Vielleicht ist es gar nichts.«

Blume drehte sich nach vorn. Er massierte sich so heftig die Fingergelenke, dass sie knackten.

»Du gehst mir auf die Nerven mit deiner Geheimniskrämerei.«

Keine Antwort. Als er eine Bewegung neben sich spürte, drehte er sich zu ihr. Sie rieb sich die Augen.

»Was ist denn jetzt los?«

Sie nuschelte:

»Mir ist was ins Auge geflogen.«

Sie starrte geradeaus. Dann hob sie den Arm wieder zum Gesicht.

Er fing ihre Hand ab und hielt sie am Gelenk fest.

»Lass das doch, du machst es nur noch schlimmer.«

Sie drehte sich zu ihm und küsste ihn. Einen Moment war er so überrascht, dass er zurückfuhr. Dann küsste er sie auch. Sie ließen sich Zeit, waren zuerst vorsichtig. Sie streichelten sich über das Gesicht und atmeten den Geruch des anderen ein. Dann küssten sie sich wieder. Als die Archivarin auftauchte, fuhren sie mit roten Gesichtern auseinander.

»Ich hab alles auf den Tisch gelegt.«

Emma stand schnell auf.

»Ja, danke.«

Die ältere Frau ging wieder zurück in ihr Reich. Emma drehte sich zu Blume um. Er war auch aufgestanden. Ruhig stand er da und sah sie an. Emma lächelte.

»Kommst du mit?«

»Sicher.«

Sie gingen nebeneinander die Treppe hinunter. Im Lesesaal setzten sie sich eng nebeneinander. Ein Stapel von sieben blauen Ordnern lag vor ihnen auf dem Tisch. Emma nahm sich den von 1932, blätterte ihn rasch durch und ließ ihn offen vor ihnen liegen. Blume sah sie an. Emma fühlte, dass sie schon wieder rot wurde, und fing schnell an zu reden, während sie sich den nächsten Ordner mit den Unterlagen von 1931 griff.

»Der Professor für Architektur, Klinke, der hat doch gesagt, dass Rosenberg bei den Nazis kaum mehr Aufträge bekam. Aber seine Steuererklärung von 33 weist jede Menge Einnahmen auf.«

Sie zog die Akte zu sich.

»Hier. Grundstückshandel am Botanischen Garten, Zehlendorf-West. Siedlungsbau in Klein-Machnow, eine ganze Häuserreihe. Gewinne aus einer Dampfziegelei in der Nähe von Schneidemühl. Insgesamt beträgt der Umsatz der Firma Rosenberg Bauausführungen im Jahr 1933 etwas mehr als 4,2 Millionen Reichsmark.«

Blume besah sich noch einmal alles stirnrunzelnd.

»Und wenn es sich dabei um alte Rechnungen handelt? Klinke hat auch gesagt, dass Rosenberg sehr gut im Geschäft war, bevor die Nazis kamen. Vielleicht sind das die Einahmen von Aufträgen, die er im Jahr davor erledigt hatte und die erst jetzt bezahlt wurden.«

»Möglich. Aber ist es wahrscheinlich, dass er 1932 so viel zu tun hatte? In dem Jahr musste schon das Bauhaus in Dessau auf Drängen der NSDAP schließen. Und Rosenberg war auch noch Jude!«

Blume schwieg und verglich die Zahlen in den Aktenordnern. Emma schlug weitere blaue Ordner auf und legte die Seiten untereinander.

»Die Steuererklärung von 1932. Rosenberg hat noch Einnahmen von 80.000 Reichsmark. Dann 1931. Der gesamte Umsatz beläuft sich auf 1,2 Millionen. Und 1930 dann immerhin noch zweieinhalb Millionen.«

Blume sagte:

»Also das stimmt mit Klinkes Aussage überein. Rosenbergs Umsatz geht Anfang der 30er rapide zurück.«

»Aber warum dann so ein Riesenverdienst 1933?«

Als Emma das Jahr 1929 aufschlug, blieb sie einen Moment ganz still. Dann drehte sie sich zu Blume und hielt ihm die Unterlagen hin.

»Sieh mal.«

Und Rosenberg las:

»Grundstückshandel am Botanischen Garten, Zehlendorf-West. Siedlungsbau in Klein-Machnow, dreizehn Häuser. Gewinne aus einer Dampfziegelei in der Nähe von Schneidemühl. Insgesamt 4,2 Millionen.«

Sie sahen sich an. Emma sagte: »Sie haben den Steuerbescheid gefälscht. Es sind die Angaben von 1929. Vermutlich war das wirtschaftlich gesehen Rosenbergs bestes Jahr.«

Blume verglich noch einmal die Zahlen aus den Ordnern von 1933 und 1929. Er sah Emma an.

»Aber warum?«

»Waldreich hat mir erklärt, wie das funktionierte. Wollte jemand bei den Nazis ausreisen, musste er eine Reichsfluchtsteuer zahlen. Diese Steuer wurde prozentual aus dem Vermögen berechnet. Und das wiederum setzte sich zusammen aus den Teilen der Umzugsgutliste, also dem, was die Leute, die ausreisen wollten, mitnahmen, und ihren Einnahmen, abzulesen im letzten Steuerbescheid.«

»Und wenn jetzt also dieser Steuerbescheid falsche Angaben enthält …«

»Dann ist natürlich auch die Reichsfluchtsteuer viel zu hoch angesetzt! Rosenberg hat 1932 gerade mal noch 80.000 verdient. 1933 wird es noch viel weniger gewesen sein. Und dann bekommt er einen Steuerbescheid, in dem steht, dass er über vier Millionen versteuern muss.«

Blume sah hoch.

»Er konnte nicht zahlen.«

Emma nahm sich noch einmal die Akte und schlug sie auf.

»Sein Geld steckte in den Baufeldern, die er bereits verpachtet hatte. Und denk an sein Haus in Lichterfelde! Selbst wenn er es noch geschafft hätte, etwas zu verkaufen, er bekam ja das Geld nicht zu sehen.«

Blume nickte.

»Also war klar: Gefängnis oder Flucht.«

Langsam schloss Emma die Akte und lehnte sich zurück.

»Jetzt wissen wir also, was ein junger Fisch ist. Sie haben den fiskalischen Schluss, die letzte Rechnung vom Finanzamt, vordatiert. Verjüngt, sozusagen.«

Beide schwiegen einen Moment. Emma dachte an den Mann von der Fotografie, Rosenberg, der seine schöne Frau Miriam im Arm hielt und zärtlich anlächelte. Er hatte versucht, ihr Leben zu sichern.

»Aber wem hat das genutzt?«

Emma drehte sich zu Blume.

»Was meinst du?«

Blume legte seine Hand auf die blauen Hefte.

»Das hier hat es ihm im Ausland verdammt schwer gemacht. Und an eine Rückkehr nach Deutschland war überhaupt nicht zu denken. Wem hat das genutzt?«

Die beiden sahen sich an. Schließlich sagte Emma:

»Bohmann.«

»Ich fahr noch mal zu dem Sohn. Vielleicht hat ihm der Vater doch noch was erzählt.«

Emma stand auf und packte die Ordner zusammen.

»Gut. Ich bring nur noch schnell die Sachen zurück.«

Blume räusperte sich.

»Du kannst nicht mitkommen.«

Sie stand da mit den blauen Heften und drehte sich zu ihm um.

»Wie bitte?«

»Ich kann da nicht mit dir aufkreuzen. Das muss dir doch klar sein.«

Emma starrte ihn an.

»Ohne mich wärst du nie auf diese Spur gekommen, verdammt!«

»Und du hättest mir nichts davon gesagt, wenn du mich hier nicht gebraucht hättest!«

Sie sahen sich wütend an. Dann nahm Blume seinen Autoschlüssel vom Tisch und spielte damit herum.

»Soll ich dich irgendwo absetzen?«

Emma nahm wieder die Hefte und drehte ihm den Rücken zu.

»Viel Erfolg. Bisher hast du ja ohne mich nicht viel zustande gebracht.«

Sein versöhnliches Lächeln verrutschte. Er starrte sie noch einen Moment an, als wollte er etwas sagen. Dann ging er schnell zur Tür und warf sie laut hinter sich zu.

Emma murmelte Flüche und trug die Ordner zurück zur Archivarin. Als sie sie vorsichtig auf den Tisch legte, schaute die Frau dahinter hoch.

»War etwas nicht in Ordnung?«

»Nein, schon gut. Vielen Dank.«

Die Frau nickte und war schon wieder abgetaucht. Emma

ging zögerlich die Treppe Richtung Ausgang hoch. Es war ihr, als habe sie etwas Wesentliches übersehen. Wenn es wirklich der alte Bohmann gewesen war, der hinter dem Betrug steckte, wie hatte er es angestellt? 1934 war er Anfang zwanzig. Er war bei einem Bauunternehmer angestellt. Konnte er sich so gut mit den Steuergesetzen auskennen?

Eine Frau machte die Tür von außen auf und wäre fast über Emma gestolpert. Die Frau hatte einen Karton mit Papieren auf den Armen. Sie stutzte, nickte kurz und ging an Emma vorbei hinunter zur Archivarin. Emma hörte die Stimmen der beiden, eine scherzhafte Begrüßung, ein paar Worte zu den mitgebrachten Papieren. Dann kam die Frau ohne Karton zurück. Sie schaute auf Emma, die noch immer an der gleichen Stelle der Treppe stand. Wieder lächelte sie kurz, nickte und ließ die Tür von außen hinter sich zufallen.

Emma starrte ihr nach. Natürlich, Bohmann hatte einen Helfer! Jemanden, der die neuen Steuergesetze der Nazis kannte und das schon 1934. Jemanden aus der Finanzverwaltung.

Sie drehte sich um und ging rasch zurück zur Archivarin. Die hob überrascht den Kopf.

»Ist noch was?«

»Kann ich irgendwo sehen, wer den Steuerbescheid bearbeitet hat?«

Die Frau nickte.

»Ja, da gibt es Zahlencodes, die kann man zuordnen. Zeigen Sie mal.«

Emma reichte ihr den Ordner von 1934. Die Frau gab den Code in den Computer ein. Emma hatte einen trockenen Mund.

»Hier, warten Sie. Bearbeitet von Anton Steiner.«

»Anton …« Nein, dachte Emma. Bitte nicht.

Sie sah die Frau an, sie soll zurücknehmen, was sie gerade gesagt hatte. Aber die Archivarin sah nicht auf, sondern scrollte mit der Maus die Liste entlang.

»Das ist ja merkwürdig.«

Emma fragte mit heiserer Stimme:

»Was ist merkwürdig?«

Die Frau zeigte auf den Bildschirm.

»Anton Steiner hat sich in dem Jahr zum Finanzamt Moabit versetzen lassen. In die Reichsfluchtsteuerstelle.«

»Na und? Jeder fängt doch mal wo an.«

Jetzt sah die Frau hoch. Emma bemerkte, wie sie zusammenzuckte. Ich sehe bestimmt schrecklich aus, dachte Emma. Die Frau fing sich wieder und sagte:

»Der Mann hat sich 1934 nach Moabit versetzen lassen. Was glauben Sie, was da los war. Es gab zu der Zeit vermutlich keinen Arbeitsplatz im Finanzamt, der stärker überlastet war.«

Sie drehte sich wieder zu ihrem Computer und fuhr die Liste entlang, als könnte sie nicht glauben, was sie da sah.

»Die Nazis sind gerade an der Macht, und der Mann geht freiwillig an den Posten, der die Ausreisen bearbeitet. Ob das der Steiner ist, der später Finanzsenator wurde?«

Als sie keine Antwort erhielt, hob sie den Kopf. Aber Emma war schon verschwunden.

Immer einen Fuß vor den nächsten setzend, ging Emma die Straße entlang. Sie sah nicht, wo sie langging, sie hörte nicht die Autos und auch nicht den schimpfenden Fahrradfahrer, der ihr ausweichen musste. Ihr Atem ging schnell, und sie knirschte mit den Zähnen. Ganz plötzlich blieb sie stehen, so dass eine Frau mit einem Einkaufskorb fast in sie hineingelaufen wäre. Sie holte ihr Handy aus der Tasche. Hoffentlich hatte sie die Nummer der Referentin von der Universität eingespeichert. Während es läutete, brauste ein Lieferwagen an ihr vorbei. Sie stellte sich in die Ecke einer Bushaltestelle und presste das Handy an ihr Ohr. Nachdem es zweimal geklingelt hatte, nahm jemand ab.

»Anne Friedrich?«

»Frau Friedrich, hier ist Emma Vonderwehr. Ich bin die Journalistin, die …«

»Ich weiß noch, wer Sie sind. Kann ich Sie zurückrufen, ich bin gerade …«

»Nein, warten Sie! Es geht ganz schnell und ist wirklich dringend. Hat Martha Steiner sich um die Betreuung von Rosenberg bemüht?«

Stille. Dann fragte die Referentin:

»Wie meinen Sie das?«

»Hat sie darum gebeten, Rosenberg herumzuführen? Oder ist sie ihm zugeteilt worden?«

»Nein.«

»Was nein?«

»Es gab keine Zuteilung, wie Sie das nennen. Eine Martha Steiner bittet auch nicht um etwas. Sie hat das so bestimmt.«

Emma traf die Antwort wie ein Faustschlag. Sie lehnte ihren Kopf an die Scheibe des Bushäuschens. Ihre letzte Hoffnung, alles könnte nur ein Zufall sein, verpuffte.

Anne Friedrichs Stimme drang zu ihr:

»Sind Sie noch da?«

Emma flüsterte:

»Ja.«

»Sie hat mit ihren guten Englischkenntnissen argumentiert. Die Mitglieder im Stiftungsrat sind ja nicht gerade die Jüngsten. Und Englisch kann dort tatsächlich kaum jemand.«

»Ja. Danke. Entschuldigung, dass ich Sie aufgehalten habe.«

»Schon gut.«

Anne Friedrich machte eine kurze Pause, dann lachte sie leise.

»Ich habe eigentlich gar nichts zu tun. Das soll man nur immer sagen. Damit man beschäftigt wirkt.«

Sie gehört da nicht hin, dachte Emma. Und obwohl ihre Gedanken jetzt bei Martha Steiner waren, fragte sie die Referentin:

»Was machen Sie jetzt?«

»Wie meinen Sie das?«

»Ich glaube, Sie sollten da nicht bleiben. Sie sind zu ehrlich für den Job.«

Einen Moment lang sagte niemand etwas. Eine Frau im engen Rock blieb vor Emma stehen und las den Fahrplan, der hinter einer Plastikscheibe klemmte. Sie hatte sich Strumpfnähte in Dunkelrot auf die Waden gemalt. Es sah aus wie Blut, das ihr an den Beinen herunterlief.

Anne Friedrich sagte:

»So eine Stelle. Ich kann von Glück reden!«

Emma wusste nicht, was sie sagen sollte. Die Referentin sagte leise:

»Sie kennen mich doch gar nicht.«

Emma sah der Frau mit den aufgemalten Strumpfnähten nach, die es sich anscheinend anders überlegt hatte und jetzt weiterging.

»Ja. Entschuldigung. Alles Gute.«

»Ja. Ihnen auch.«

Die Praktikantin knabberte vor Aufregung an ihren Fingernägeln, dabei hatte das French Manicure ihr halbes Wochentaschengeld gekostet. Sie konnte es kaum erwarten, bis Abend war und sie die anderen aus der Klasse sah. Bestimmt hatte sie es am besten getroffen. Sie würde die anderen erst reden lassen, vom Kartonauspacken und Kundinnen-die-Haare-Waschen. Und dann würde sie ganz lässig erzählen. Dass sie beim Ü-Wagen mitgefahren war und ins Kino gehen durfte, ganz umsonst und mitten am Tag! Sie konnte im Internet surfen und Musik hören, nur leider spielten die hier voll die Opatitel. Gestern war sie im Studio gewesen. Der Moderator hatte ein bisschen mit ihr geflirtet. Jetzt waren alle in der Sitzung. Sie hatte sich genau aufgeschrieben, was sie sagen sollte, wenn das Telefon klingelte. Trotzdem lief gleich das erste Gespräch schlecht, die Frau war aber auch komisch. Sie sollte eine Nachricht für Schneider aufschreiben, aber erstmal brauchte sie dafür ja wohl einen Stift und neues Papier. Und dann der Text! Die Frau fuhr ins Panther-Haus zu einer Martha Steiner, und Schneider sollte in einer Stunde die Handynummer eines Polizisten wählen, falls sie sich nicht meldete. Der Praktikantin kam das merkwürdig vor, und sie überlegte, ob sie hier veräppelt wurde, vielleicht von den Jungs aus der Technik-Ausleihe, die hatten sie gestern ganz schön auflaufen lassen. Aber sie ging lieber auf Nummer sicher und schrieb alles langsam und in Schönschrift noch mal ab. Dann ging sie zu Schneiders Büro und klopfte vorsichtshalber noch mal an. Aber alle waren ja in der Sitzung. Auf dem Schreibtisch herrschte ein Riesenchaos, das sollte ihre Mutter mal sehen, dann würde sie nicht mehr sagen, dass sie zu schlampig wäre und aus ihr nichts werden könnte. Den Zettel legte sie obenauf und beschwerte ihn mit einem Brieföffner, damit er nicht herunterfiel. Dann ging sie zurück ins Großraumbüro.

Martha Steiner war da, natürlich war sie da. Als sie die Tür öffnete, sah Emma die Einsamkeit in den Augen der alten Frau, den Hunger nach Unterhaltung, die Erleichterung, den stillen Räumen für eine Weile entkommen zu können. Es war nur ein Wimpernschlag, dann setzte sie wieder ihr hochmütiges Gesicht auf. Aber Emma war auf der Hut, sie ließ sich nicht mehr täuschen mit angeblichen Freunden, die keinen Blick an sie verschwendeten.

»Was ist denn noch?«

Emma lächelte, es schmerzte in den Mundwinkeln.

»Ich möchte spielen.«

Wieder das Zögern, das Emma nun schon kannte. Dann öffnete Martha die Tür weit und ging voraus ins Wohnzimmer.

Emma ließ ihre Schuhe an. Martha warf einen Blick darauf, sagte aber nichts.

»Möchten Sie Tee?«

Emma nickte, und Martha ging sehr gerade in Richtung Küche. Emma warf einen schnellen Blick in das halbrunde Wohnzimmer. Es hatte sich nichts verändert, alles stand noch so da wie an ihrem letzten Besuch vor fünf Tagen. Sie hörte Martha mit dem Geschirr in der Küche und rief:

»Wir waren doch schon beim Du!«

Martha kam zurück, in der Hand das Tablett. Wieder

nahm Emma ihr die Last ab und stellte die Tassen auf das Tischchen beim Dame-Spiel. Martha war ihr gefolgt und setzte sich. Sie sah Emma an. Dabei kniff sie die Augen ein wenig zusammen, als hätte sie Schwierigkeiten, ihr Gegenüber zu erkennen.

»Ob ich zu solchen Vertraulichkeiten bereit bin, muss ich jeden Tag wieder neu herausfinden.«

»Das ist bei mir anders«, sagte Emma und stellte die Tassen vor Martha und sich selbst ab, »wenn ich erst einmal jemanden in mein Herz geschlossen habe, dann kann ich nicht mehr zurück.«

Sie nahm einen Schluck von dem Tee und lehnte sich zurück.

»Es ist mir, als würde ich dich schon ganz genau kennen, dabei weiß ich eigentlich kaum etwas über dich. Was ist denn zum Beispiel mit deinem Ehemann?«

Martha hielt ihren Tee in den Händen, ohne zu trinken.

»Was soll mit ihm sein?«

»Ich weiß nur, dass er Finanzsenator war. Er war älter als du, oder?«

Martha sah Emma forschend an, dann nickte sie.

»Fast fünfundzwanzig Jahre. Unsere halbe Ehe war ich seine Krankenpflegerin.«

»Aber er hat dir auch viel gegeben, oder? Ihr wart sicher sehr gesellig. Immerhin erhältst du jetzt noch Einladungen. Ehrenbürger von Berlin, das ist ja auch etwas. Das wäre schon schade, wenn das wegfiele, oder?«

Die alte Frau stellte die Tasse auf den Tisch zurück.

»Worauf wollen Sie hinaus?«

»Ich stelle mir das nur vor. Wenn ein Schatten auf deinen Mann fiele, dann würdest du nicht mehr eingeladen werden. Vermutlich würden deine Posten in den Gremien und Stiftungen automatisch an jemand anderen fallen. Für die Berliner Gesellschaft bist du nur eine Verpflichtung. Vermutlich wäre so mancher froh, wenn er deine herrische Art nicht mehr ertragen müsste.«

Martha stand auf. Die Hand war so fest um ihren Stock gekrallt, dass die Adern dunkelblau hervortraten. Es sah weniger wie eine Stütze als vielmehr wie ein Rohrstock aus, mit dem sie Emma eins überziehen wollte.

»Ich glaube, wir beenden diesen Besuch jetzt besser.«

Emma blieb ruhig sitzen und verteilte die Steine.

»Nein. Wir spielen. Einen Stein für eine Wahrheit.«

Die alte Frau sah einen langen Moment auf Emma herunter. Dann setzte sie sich auf ihren Stuhl und nahm den ersten weißen Stein.

Als Edgar Blume auf den Kiesweg der Dahlemer Villa bog, war sein erster Gedanke, dass der Sohn keine Zeit verstreichen ließ, um den toten Vater und alles, was an ihn erinnerte, aus dem Haus zu bekommen. Neben dem Wagen von Berlins vornehmstem Bestattungsinstitut parkte der Lieferwagen eines Antiquariats.

Die Haushälterin öffnete ihm. Ihre Augen waren rot und vom Weinen geschwollen. Mit einem Nicken ließ sie ihn hinein und bat ihn in den Salon. Sie trug ein schwarzes Kostüm mit Spitzenbesatz.

Drei Männer blickten auf, als Blume durch die Tür kam. Alexander Bohmann stellte ihm die Herren vor, den Mann vom Beerdigungsinstitut und den Antiquar, beide vom Alter gebeugt. Blume fragte nach dem Toten. Er war bereits aufgebahrt in der Totenhalle seiner Gemeinde.

Als er den Männern ins Gesicht schaute, sah Blume, dass sein erster Eindruck falsch gewesen war. Diese Männer waren nicht da, um ein Geschäft zu machen, sie trauerten um einen verstorbenen Freund.

Die Haushälterin brachte eine Tasse für Blume und frischen Kaffee. Sie setzte sich auf einen Sessel und strich über den Spitzensaum ihres Kleides. Niemand sagte ein Wort. Nach einer Weile fragte Blume nach, wie lange die Herren Heinrich Bohmann kannten, was sie von den Anfängen seiner Geschäfte mitbekommen hatten und ob er manchmal darüber gesprochen hätte. Keiner wusste ihm zu antworten.

Alexander Bohmann redete von privaten Papieren seines Vaters in dessen Arbeitszimmer, bisher wäre er noch nicht in der Lage gewesen, die Dinge zu ordnen. Blume könnte sich das ansehen, aber er dürfte nichts durcheinanderbringen. Der Kommissar nickte, und die beiden verließen den Raum.

Emma holte sich den ersten weißen Stein. Es war leicht. Wurde die alte Frau nachlässig oder wollte sie reden? Emma rollte die Spielfigur zwischen ihren Fingern.

»Erzähl mir von den jungen Fischen. Wer hatte die Idee dazu? Anton oder Heinrich?«

Martha schnaubte verächtlich durch die Nase.

»Heinrich hatte überhaupt nicht den Durchblick für so etwas. Anton hatte schnell erkannt, dass sich da Geld machen lässt. Er setzte überall Rechnungen aus früheren Erklärungen dazu. Die meisten von denen hatten noch einen Notgroschen, der musste dann eben dran glauben.«

»Aber Caro Rosenberg konnte nicht zahlen. Es hat nichts für deinen Mann gebracht.«

»Das Problem mit Anton war, dass er gerne prahlte. Er hatte von den jungen Fischen erzählt, und Heinrich hatte dann die Idee, Rosenberg so auszuschalten. Die beiden, Anton und Heinrich, kannten sich seit der Schulzeit. Heinrich hatte gerade die Firma übernommen, und Anton sollte dafür sorgen, dass Rosenberg nicht mehr zurückkommen könnte.«

»Willst du mir erzählen, dein Mann hätte das aus alter Freundschaft zu Heinrich Bohmann gemacht?«

Schon als sie es aussprach, verstand sie. Bohmann, der nach dem Krieg ein berühmter Architekt wurde. Der das Panther-Haus baute.

»War der Lohn diese Wohnung?«

Martha nickte. Sie kassierte zwei schwarze Steine und versuchte ein Lächeln.

»Wir hatten lange genug gewartet.«

Emma starrte sie an und verzog keine Miene.

»Wann hast du von Tom Rosenberg erfahren?«

Martha zeigte auf das Brett.

»Sie müssen ziehen.«

Emma schaute auf das Spiel. Sie dachte an Tom Rosenberg, den sie nie kennen gelernt hatte und der ihr so vertraut geworden war in den letzten Tagen. Sie fuhr ganz leicht über das Brett. Die Spielsteine gerieten durcheinander.

»Wann hast du von Tom Rosenberg erfahren?«

Martha schaute mit verkniffenem Mund auf das Brett und bemühte sich, die Steine wieder zu ordnen. Ohne Emma anzuschauen, sagte sie:

»Er schrieb an Bohmann, schon aus den Staaten. Bohmann bekam einen Riesenschreck und rief mich an. Ich sagte, ich würde mich um alles kümmern. Der Junge konnte kein Deutsch, aber er verstand was von Zahlen und Bilanzen. Er kannte einen Kollegen, der ihm den jungen Fisch erklärt hatte. Es war pures Glück, es wussten nur wenige, was das war.«

Glück, dachte Emma. Sie hatte einen bitteren Geschmack im Mund. Manchmal war es besser, nicht zu wissen, hatte Waldreich gesagt.

Martha hatte alle Steine wieder auf das Spielfeld gelegt und schob eine Figur nach vorn. Dann sah sie Emma herausfordernd an.

»Er ließ sich die alten Akten zeigen. Er weinte, als er mir davon erzählte. Wenn er damit an die Öffentlichkeit gegangen wäre, hätte sich sehr schnell die Frage gestellt, wessen Kürzel unter den Papieren steht.«

Emma warf einen Blick auf ihre Uhr. Vermutlich telefonierte Schneider in diesem Moment mit Blume. Ich habe nicht mehr viel Zeit, dachte sie.

Sie wusste nicht, dass die Frau von der Postabteilung einen dicken Stapel Lizenzunterlagen auf Schneiders Schreibtisch gelegt hatte. Der Zettel von der Praktikantin ruhte ungelesen darunter.

»Also musste er weg.«

»Das war nicht schwer. Anton war die letzten Jahre Diabetiker gewesen, ich wusste, was zu tun war. Er hustete. Ich sagte, ich würde ihm einen Tee machen, und dann habe ich die Ampullen ins heiße Wasser gestellt. Das zerstört das Insulin. Ich musste nur in seiner Nähe bleiben. Er hat seinen Rücktritt erklärt, das hat mich auch überrascht. Aber ich sah, dass es ihm schon schlechter ging. Er schwitzte, ich nahm ihm sein Jackett ab und führte ihn in den Erste-Hilfe-Raum. Er war so arglos.«

»Woher hattest du den Schlüssel?«

Martha lachte. Dieses heisere Geräusch, das Emma so liebgewonnen hatte, schnürte ihr jetzt die Kehle zu.

»Ich bitte Sie, ich bin Stiftungsmitglied. Ich hatte den ersten Stein gelegt und beim Richtfest die Schleife gebunden. Es war mir ein Leichtes, zu allem Zugang zu bekommen.«

»Und dann bist du wieder nach vorn zu dem Fest gegangen und hast in Ruhe abgewartet.«

Martha sah an Emma vorbei und presste die Lippen zusammen. Sie strich über die Orange in der blattförmigen Keramikschale, die wie immer auf dem kleinen Tisch stand.

»Wir müssen alle Opfer bringen.«

Emma beugte sich vor und fragte mit scharfer Stimme:

»Opfer?«

Martha sah hoch.

»Anton war im Grunde schon krank, als wir heirateten. Mir war bald klar, dass er mich nur in Kauf nahm, um noch ein Kind zu bekommen.«

»Warum hast du dich nicht getrennt? Du spielst mir hier vor, du wärst so stark und unabhängig! Und jetzt willst du dich so schäbig rausreden?«

Es war still im Raum. Marthas Stimme zitterte, als sie nach einer Weile sagte:

»Ich hab mir das verdient.«

Emma lehnte sich wieder zurück. Sie fühlte sich sehr müde. Leise sagte sie:

»Dieser Mann musste sterben, weil du nicht auf ein paar Einladungen verzichten willst. Weil du unbedingt irgendwo dabei sein willst, wo dich kein Mensch haben will.«

Marthas schöne graue Augen schwammen, aber keine Träne fiel.

»Sie wissen nicht, wie das ist.«

Emma sagte:

»Ich weiß genau, wie es ist, wenn man einsam ist.«

Martha beugte sich vor und legte ihre alte Hand auf die von Emma.

»Dann lass es doch jetzt gut sein. Alle sind tot. Die Rosenbergs, Heinrich, und ich bin es auch bald. Ich war doch damals gar nicht dabei, ich habe Anton erst nach dem Krieg kennengelernt. Immer habe ich mit der Angst gelebt, dass jemand das herausfindet. Was glaubst du, wie schwer das war! Wem nützt es, mich alte Frau jetzt noch anzuklagen?«

Emma sah auf Marthas Hand. Warum wollen Frauen nie, dass man ihnen ihr Alter ansieht, dachte sie. Es ist schön. Die Hügel und Täler auf der Haut sind wie eine sanfte Landschaft. Sie dachte an ihre erste Begegnung mit Martha hier in der Wohnung hoch über Berlin. Wie sie Komplizinnen geworden waren bei Bohmanns Fest. Wie sie sich gefreut hatte auf die Wiedersehen mit ihr. Sie wusste, dass sie Marthas Vorschlag nicht folgen konnte, aber sie wollte sich noch einen Moment der Illusion hingeben. Einen Augenblick, in dem sie glauben konnte, sie müsste sich nicht mehr allein in dieser Stadt fühlen und Martha wäre nur eine vögelvergiftende wunderliche alte Frau, die sie im Dame-Spiel schlug.

Es war dieser Moment, in dem sich ein brennender Schmerz in ihrem Innern ausbreitete.

Blume saß an dem breiten Eichenschreibtisch, der in erster Linie Macht ausstrahlte, und durchsuchte flüchtig Notizbücher und Hängeregister. Auf der Schreibtischplatte lagen stapelweise Glückwunschkarten, die meisten ungeöffnet. Dazu die Fahnen eines neuen Bildbandes, eine Werkausgabe zum Hundertsten. Blume sah sich nach Alexander Bohmann um, der an einem Regal lehnte.

»Hat Ihr Vater Tagebuch geführt? Gibt es Briefe oder anderes aus seiner Jugend?«

Bohmann schüttelte den Kopf.

»Es sind zwei große Biographien über ihn erschienen, in denen kaum etwas Privates steht. Er sagte einmal, an dem Tag, an dem er sein erstes Gebäude einweihte, sei er geboren worden. Alles davor braucht niemanden zu interessieren.«

»Gibt es enge Freunde von früher? Frauen? Was war mit Ihrer Mutter?«

»Meine Mutter war Bauzeichnerin. Sie haben zusammengearbeitet. Ich glaube, es war eher eine freundschaftliche Ehe.«

Der Sohn schien einen Moment in der Erinnerung versunken. Blume fragte sich, welche Bilder jetzt vor ihm aufstiegen. Dann hob Bohmann den Kopf.

»Die alten Freunde sind lange tot. Mein Vater war hundert. Die beiden im Salon kennen ihn seit den 70ern, das haben sie eben noch mal erzählt. Aber vorher? Nein.«

Blume seufzte.

Der alte Bohmann schien jemand gewesen zu sein, der für seine Arbeit lebte und der seine Familie vor der Öffentlichkeit schützte. Oder hatte er etwas zu verbergen gehabt? Blume hatte Männer in Verhören erlebt, die ihre frühen Taten gewaltsam aus ihrem Gedächtnis gestrichen hatten, bis die Erinnerung völlig gelöscht war. Er würde nach der Beerdigung ein Team ins Haus schicken, das alles noch einmal ganz genau durchsuchen sollte. Doch er fürchtete, dass der Betrug von damals nicht mehr ans Licht kommen würde.

Blume seufzte noch einmal und stand auf. Er ging auf Alexander Bohmann zu.

»Nochmals herzliches Beileid. Wir werden …«

Plötzlich hörte Blume auf zu reden und starrte an dem Mann vorbei ins Bücherregal.

Der Juniorchef sah ihn verwundert an und drehte den Kopf über seine linke Schulter in die Richtung, in die der Kommissar schaute.

»Was ist denn?«

Blume zeigte auf ein Foto, das in einem schlichten Messingrahmen steckte.

»Dieses Bild. Das habe ich schon einmal gesehen. Das heißt, einen Teil davon.«

Bohmann nahm das Foto aus dem Regal. Zwei Männer standen dort Arm in Arm und lachten in die Kamera. Sie trugen weite Anzüge und hatten das Haar mit Pomade aus dem Gesicht frisiert. Etwas entfernt lehnte eine junge Frau an einer Mauer. Sie trug ein elegantes graues Kostüm und war sehr schlank.

»Das ist mein Vater mit seinem Jugendfreund, Anton Steiner.«

Blume nahm Bohmann das Bild aus den Händen und betrachtete erstaunt die alte Fotografie. Jetzt, wo er es wusste, erkannte er in den Zügen des Mannes rechts den alten Bohmann. Als Vierzigjähriger war er massiv und rotgesichtig gewesen. Dass ich das nicht gleich gesehen habe, dachte er. Den Sechzehnjährigen habe ich sofort erkannt. Ein halbes Kind sieht dem Greis, der er einmal wird, ähnlicher als der erwachsene Mann.

»Was können Sie mir über den Freund Ihres Vaters sagen?«

»Die beiden waren viel zusammen, vor allem, als meine Mutter starb. Ich glaube, er war der wichtigste Mensch im Leben meines Vaters.«

Blume sah ihn erstaunt an. Alexander Bohmann lachte verlegen.

»Sie wundern sich, dass ich das sage, nicht wahr? Ja, ich glaube, er war ihm wichtiger, als ich es war.«

»Arbeitete er auch als Architekt?«

»Nein, er war Beamter. Später war er sogar Finanzsenator hier in Berlin.«

Der Steuerexperte, dachte Blume. Die Männer, die junge Fische fangen. Er tippte auf die Frau im Hintergrund. Sie sah lächelnd auf die Freunde, aber in ihrem Blick war Spott. In der einen Hand hielt sie eine Zigarette. Sie sah aus wie aus einem alten Modemagazin.

»Und wer ist das?«

»Das ist Martha Steiner. Antons Frau.«

Emma versuchte aufzustehen, aber sie brach schon nach ein paar Metern auf dem weißen Teppich zusammen. Martha setzte sich wie ein junges Mädchen neben sie auf den Boden und strich über ihr kurzes Haar.

»Als du bei Bohmann in der Tür gestanden hast, da wusste ich, dass das nicht gut geht mit uns beiden. Dabei bist du mir so ans Herz gewachsen.«

Emmas Magen krampfte sich zusammen, sie umfasste ihren Körper und krümmte sich. Sie flüsterte:

»Was hast du mit mir gemacht?«

»Der grüne Knollenblätterpilz. Wächst im Herbst hier überall im Tiergarten. Ich dachte, was bei Vögeln wirkt, geht auch bei Menschen.«

Der Tee, dachte Emma. Wie dumm von mir. Sie musste sich übergeben. Grünlich gefärbter Eierreis floss auf den weißen Wollteppich. Als sie wieder sprechen konnte, flüsterte sie:

»Ruf den Notarzt, Martha. Ich bitte dich.«

»Rede doch kein dummes Zeug.«

Emma weinte.

»Aber du hast mir doch geholfen! Warum hast du das getan?«

Martha wischte ihr die Tränen von der Wange.

»Ich musste doch wissen, wie viel du herausbekommst. Und was dir der alte Zausel erzählt. Du bist geschickt, das war mir klar. Irgendwann hätte er dir alles gebeichtet.«

Emma wurde schwarz vor Augen. Sie zwang sich, eine Hand vom Bauch zu nehmen, und tastete damit über den Boden. Der kleine Steinbock aus Papier kam ihr in den Sinn, der immer noch in der Seitentasche ihrer Jacke lag. Sie hätte ihn längst an Ida schicken sollen. Martha streichelte ihr wieder über das Haar und flüsterte:

»Es ist gleich vorbei. Bei Bohmann ging es auch schnell.«

Emma schloss die Augen. Der Schmerz in ihrem Innern ließ nach. Sie fühlte, wie sich eine große Taubheit ausbreitete. Erst spät wurde ihr klar, was Martha gerade gesagt hatte. Sie zwang sich, die Augen zu öffnen.

»Wieso Bohmann?«

»Er wäre doch sowieso gestorben. Hundert Jahre, das ist doch lächerlich.«

Martha lachte leise, und Emma schloss wieder die Augen. Sie spürte kaum mehr die weiche Wolle unter den Händen. Da stieß sie mit den Fingern an einen glatten Stein. Die Statue von Brancusi. Der Vogel, der für die Freiheit stand.

Jenni. Rosenberg. Bohmann.

Und in dem Moment, als Blume durch die Tür brach, zersplitterte der bronzene Vogel die Wand aus Glas in Millionen kleiner Scherben und flog weiter über den Garten von Berlin.

Emma wurde von den Rettungsärzten nach unten getragen. Sie erkannte Schneider, er beugte sich über sie. Er hatte sich durch die Absperrung gedrängt. Sie versuchte etwas zu sagen. Er beugte sich bis dicht an ihr Ohr. Dann richtete er sich wieder auf und nickte. Emma schloss die Augen. Die Türen des Krankenwagens wurden zugeschlagen, mit Blaulicht fuhr er auf die Straße des 17. Juni.

Blume hatte die beiden beobachtet und stellte sich jetzt zu Schneider.

»Was hat sie Ihnen gesagt?«

Schneider grinste.

»Dass sie mich umbringt, wenn jemand anderes die Geschichte erzählt.«

Ohne zu lächeln, schaute Blume in das Gesicht des Mannes vor ihm. Komisches Volk, dachte er, diese Journalisten.

Emma brauchte zwei Tage, dann hielt sie nichts mehr im Krankenbett. Noch etwas wacklig auf den Beinen, aber mit kräftiger Stimme saß sie bei Sönke im Studio und erzählte ihm und dem Rest von Berlin die Geschichte um Tom Rosenberg, Heinrich Bohmann und Martha Steiner. Damit sprengte sie alle Formate und Zeituhren, aber niemand, weder Schneider, der höchstpersönlich am Regiepult saß, noch Schulenburg, der mit verschränkten Armen hinter ihm stand, kam auf die Idee, warnend zur Uhr zu zeigen.

Bisher waren nur Einzelheiten öffentlich gemacht worden, Details, die die Neugierde der Menschen noch mehr weckten. Marthas Verhaftung, die Obduktion von Bohmann, die Anklage, die auf zweifachen Mord und Mordversuch lautete. Schneider führte ein langes Gespräch unter vier Augen mit Schulenburg und überzeugte ihn, dass Emma persönlich alles erzählen musste. Er sprach dabei von dem Potential der Geschichte und der stärkeren Hörerkraft, wenn das Opfer selbst, eine Kollegin, das Ganze erzählte. Nur im Nebensatz ließ er fallen, dass Emma mehr Unterstützung gebraucht hätte, dann wäre sie vielleicht nicht dieser Frau in die Hände gefallen. Schulenburg hörte sich die kleine Rede seines Chefredakteurs schweigend an und stimmte am Ende zu, ob aus geschäftlichem Kalkül oder schlechtem Gewissen, das vermochte Schneider nicht zu sagen, und es war ihm im Grunde auch gleichgültig.

Seitdem bekannt war, dass sich Emma aus dem Krankenhaus entlassen hatte, klingelte andauernd das Telefon am Platz des Redaktionssekretärs. Alle wollten Exklusivinterviews mit ihr, von den Länderanstalten der ARD bis zum *Spiegel*. Und nachdem Schulenburg ein klares Wort mit Sebastian gesprochen hatte, schrieb der Assistent nun gewissenhaft die Rückrufnummern auf.

Emma war mit ihrem Bericht fertig. Sönke fuhr die nächste Musik ab, und sie erhob sich schwerfällig, um das Studio zu verlassen. Schulenburg beeilte sich, für sie die schwere Studiotür aufzuhalten. Emma stützte sich noch auf eine hässliche graue Krücke, die sie im Krankenhaus geliehen bekommen hatte. Sie war blass und ließ sich vorsichtig auf der Besuchercouch nieder. Sebastian kam mit einer langen Liste herein und legte sie ihr in den Schoß.

»Hier. Die Lizenz zum Gelddrucken. Alle wollen deine Geschichte.«

Sie winkte ab. Auf ihrer Oberlippe bildeten sich ein paar Schweißtropfen.

»Später.«

Schneider sah sie prüfend an.

»Soll ich dir ein Taxi rufen?«

Sie stand langsam wieder auf.

»Nein. Ich werde abgeholt.«

»Emma?«

An der Tür drehte sie sich um. Schneider räusperte sich.

»Du hast jetzt ja erst mal zu tun. Lass dir Zeit. Aber danach wollen wir dich wiederhaben – als Polizeireporterin.«

Emma lächelte, hob winkend die Hand. Schneider sagte schnell:

»Unter einer Bedingung.«

»Und zwar?«

»Falls du mir noch mal mitteilen willst, dass du bei einer

Mörderin bist, mach das bitte persönlich. Ich bin zu alt für so etwas.«

Jetzt lachte sie.

»Räum du lieber deinen Schreibtisch auf.«

Sie wartete am Empfang. Leise drang die Kaufhausbeschallung von unten zu ihr hinauf. Sie hätte am liebsten ihren Kopf auf das Seitenpolster gelegt. Dann kam Blume herein. Er setzte sich neben sie.

»Ich hab dich im Auto gehört.«

Emma gähnte herzhaft.

»Wie war ich?«

Blume schwieg einen Moment und betrachtete die Gummipflanze neben dem Eingang. Dann drehte er seinen Kopf zu ihr.

»Ich glaube, ich mag dich am liebsten, wenn du nicht so viel redest.«

»Heh«, Emma lachte und boxte ihn in die Seite, »was ist denn das für ein Machospruch!«

»Aua! Unfair, ich kann nicht zurückschlagen.«

Emma lehnte ihren Kopf an ihn.

»Ich bin müde. Bringst du mich nach Hause?«

Er nickte, machte aber keine Anstalten, aufzustehen. Auch Emma rührte sich nicht. Sie bohrte ihre Nase in seine Jacke, holte tief Luft und schloss die Augen. Seine Hand lag auf ihrem Arm. Es fühlte sich gut an.

Dank an:

Meine beiden Mentoren, die Drehbuchautorin Claudia Messemer und den Schriftsteller Michael Wildenhain.

An meine Agentin Anna Mechler und meine Lektorin Sarah Leibl.

Für das Fachwissen und die Unterstützung:

Dr. Anne Beckmann, Dr. Marc Günther, Dr. Kerstin Schwarzer und Dr. Kathrin Werner.

Christoph, du solltest gut zu deiner Frau sein, sie kennt sich aus mit giftigen Pflanzen.

Martin Friedenberger für sein Buch: »Fiskalische Ausplünderung. Die Berliner Steuer- und Finanzverwaltung und die jüdische Bevölkerung 1933–1945«.

Martina Mundt-Stabenow für das Berliner Insiderwissen.

Thorsten Braunschweig für die Hinweise in den juristischen Belangen.

Das Brecht-Haus Berlin und das Literaturkontor Bremen.

Das jüdische Museum in Berlin. Arne Siemeit von I-shot, Berlin.

Meine Freunde, die bei zweistelligen Minusgraden zu kleinen Werkstattlesungen kommen und mich feiern.

Und ich danke Ingo. Für das Erstlesen und die Redaktion. Und überhaupt: Ohne dich und die Süßen geht gar nichts.